U0115265

兒童文學論集（四）

林文寶　著

目次

自序

　　在收錄的文章中，需要說明者有：〈後現代圖畫書的書寫〉一文，原是二〇〇八年一場研討會的報告，趁新春假期重新增訂，但有些行文出處已難復原，或許只能權當後現代書寫。但全文能有如此面貌，感謝當時學生林德姮的提供資源，與協助處理投影片。而〈敘說文化產業——以臺灣地區為例〉一文，有關內灣事例，取自學生黃玉蓮的碩士論文。

　　至於〈萬物靜觀皆自得〉，原應《萬物啟蒙詩歌讀本》而寫的長序，後來摘錄部分為序，原文收錄本書。

　　為讀者方便，文末附有文章出處表。其間體例不一，仍請見諒。

試析〈春的訊息〉

〈春的訊息〉

「春天來了！」
「春天在哪兒？」
弟弟想了半天也弄不清；
迎著東風放長了線，
就請風箏去打聽。

燕子說：春天在天空中徘徊，
難道你沒看見潔白的雲絮，
為他寫下美麗的詩句？
麻雀說：春天在田野上散步，
難道你沒聞到青蔥的草地，
為他散布清新的氣息？
杜鵑說：春天在山澗裡旅行，
難道你沒聽見涓涓的溪水，
為他唱出歡迎的歌聲？
太陽說：
春天在天上笑著，
春天在花上笑著，
春天在溪上笑著；
春天穿過了每一條大街，

也穿過了每一條小卷，

他走進了每個人的家，

也溫暖了每個人的心房。

弟弟收回了風箏，

捲起了線，

笑著說：

「原來春天就在我們的身邊！」

一

〈春的訊息〉，見於國民小學國語課本第十冊第一單元，也是該冊的第一課。該單元「春到人間」，包括〈春的訊息〉、〈春回大地〉、〈知識的寶庫〉三課。

〈春的訊息〉是篇新體詩，〈春回大地〉是篇敘述文，而〈知識的寶庫〉是篇說明文。三課皆以春天的景物為背景。其中，〈春的訊息〉是由楊喚的〈春天在哪兒呀？〉一詩改寫而成。

依課程標準的規定，國語科讀書、說話、作文和寫字四項，應採用混合的教學方法，而混合教學以統整與分析讀書教材為先。本單元以教學「怎樣描寫春天及意境的方法」為核心。又〈春的訊息〉依教材指引列其教學目標如下：

一、輔導兒童研讀課文，學習描寫春天意境的敘述方法。

二、輔導兒童研究本課的文句，學習描寫春天景象的詩句。

三、輔導兒童深究課文的內容，培養欣賞和想象景物的能力。

（見《國民小學國語教學指引第十冊》，1983年1月初版，頁53）

教學目標兼具「技能」、「認知」、「情意」等領域。因此，本文旨在透過修辭應用的技巧，對這首詩加以賞析。其間並以教學指引為據。並和原詩做一比較，一方面可以應用於實際教學；另一方面也可以看出改寫者用心之所在。

二

〈春的訊息〉是描寫春天景物的新體詩。這首詩完全運用轉化中擬人手法，來描繪各種景象，藉鳥兒們的傳達，知道春天來了的消息。這種形式，就是所謂的童話詩。

擬人手法是訴之於人類情感的修辭法。其基礎是建立在「移情作用」上。所謂移情作用，是透過移情，把人和自然的隔閡打破，讓沒有生命、感情的事物，一下子都熱情洋溢起來，世界變得格外親切而生動。

這種擬人技巧，常出現在童話作品，可說是童話的一大特色。孩子的心很容易受童話裡的草、木、蟲、魚、鳥、獸吸引住，因為這些角色都具備人性、有感情、又會說話，簡直跟「人」沒有兩樣。從這裡，我們再看整首詩，本身就是一個故事，一則童話，自然更容易討孩子喜歡了。

這首詩敘述的層次是：

一、打聽春來的訊息。
二、別人告訴春天的形景。
三、自己感覺到春來了。

以段落分，則可分成四段。以下依段落分析如下：

第一段有五行。

> 「春天來了！」
> 「春天在哪兒？」
> 弟弟想了半天也弄不清；
> 迎著東風放長了線，
> 就請風箏去打聽。

漫漫難熬的寒冬，大地一片死寂，毫無生氣，沒有人不企盼著春神早日降臨。

本詩第一句「春天來了！」，使用「感歎法」，把希望實現後那股喜悅的情緒，適切而自然地抒發出來。

當大伙兒高喊著：「春天來了！」欣喜的迎接春天時，小弟弟浸染在興奮的氣氛之中，卻不知道「春天在哪兒？」作者於是在此運用「設問法」，由弟弟提出疑問。藉著「春天在哪兒？」這個疑問，來引發我們的好奇心。春天到底有哪些訊息呢？我好像也不知道哦！自然會產生「想要繼續看下去」的強烈慾望。除此之外，「春天在哪兒？」也揭示了全篇主旨在於尋找〈春的訊息〉。

這種用法，就好比演講者一樣，什麼也沒說，就提出一些問題，讓聽眾去思考一樣。除了很容易吸引聽眾的注意力以外，已同時告訴聽者：我所要講的，就是這些問題，希望我們一起來探討。實在很值得學習，也很值得教給學生的一種技巧。

有疑問，就該設法解答，「弟弟想了半天也弄不清」，於是，祇有借用童話去思考，文章由此開始全面取用擬人手法。

東風，即春風，屬借代格。在古時詩、詞或文章中，常把春天的風寫作「春風」、「東風」、「和風」。把夏天的風寫成「南風」、「熏

風」。秋天的風寫成「秋風」、「西風」、「金風」。冬天的風寫作「北風」、「朔風」。

又「迎」、「就」兩字，頗具流暢、簡潔與明快的效果。「弟弟想了半天也弄不清；迎著東風放長了線，就請風箏去打聽。」是屬於條件句，「弟弟想了半天也弄不清。」是一個具體的條件，然後根據這個條件，推出後果，條件關係構成的複句，第一小句不用關係詞連繫，第二小句也就是後小句，用「就」、「則」等關係詞連繫。因此，這個「就」字，分析起來，則具有倒裝的效果。按一般的說法，應該是：

就迎著東風放長了線，請風箏去打聽。

這種後果小句，有失冗長緩慢。如今僅把「就」加變動，則效果全異。傅隸樸在《修辭學》中論及「倒裝」云：

善為文者，往往在關要處「故亂其序」，一方面梗澀閱讀者的眼口，喚起其注意；一方面增加文章的波瀾。
（正中版，頁34）

從這幾句話，我們不難發現這個「就」字的妙處。又詩語言力求鮮活，避免直接敘述「就」字達成這個效果，唸起來格外清新有力。且使讀者注意到弟弟解決疑問的辦法。

在教學指引裡，針對「春天在哪兒，為什麼要放風箏去打聽？」曾有下列四點的提示：

1. 風箏隨風會飄到什麼地方。
2. 在地面上跟在天空上看東西，哪個地方看得廣、看得多。

3.只在一個地方打聽消息有什麼缺點。

4.讓風箏去打聽春的訊息有什麼含義。（頁60）

教師在教學過程中，可善加應用與發揮。

三

風箏究竟打聽到什麼消息呢？且看第二段。第二段共九行。

燕子說：春天在天空中徘徊，

難道你沒看見潔白的雲絮，

為他寫下美麗的詩句？

麻雀說：春天在田野上散步，

難道你沒聞到青蔥的草地，

為他散布清新的氣息？

杜鵑說：春天在山澗裡旅行，

難到你沒聽見涓涓的溪水，

為他唱出歡迎的歌聲？

比較上來說，這一段是全詩重心所在，也是寫得最美、最精彩的一段。其中運用了擬人、摹寫、反問、排比等各種不同的修辭方式。尤其是把春天的各種景象，鮮活地描繪出來，實在是十分成功的「摹寫」範例。「摹寫」的練習與應用，是本段的重心，是以教學指引有較為詳細的提示（見頁60-64）。

在風箏的打聽中，首先，燕子說：「春天在天空中徘徊。」事實上，在天空中徘徊的，是潔白的雲絮，而不是春天。

　　為什麼雲絮會在空中徘徊呢？理由很簡單，因為「春天來了！」徐徐的春風，取代了颯颯的寒風，雲絮自由自在地飄呀飄，就像人在「徘徊」一般。假如在冬天，一定是灰厚的雲層，就像人在「徘徊」一般。假如在冬天，一定是灰厚的雲層，哪來潔白的雲絮？又怎能看到它在空中徘徊呢？這些在在證明了「春來了！」潔白的雲絮，飄在淨藍的空中，像不像一首美麗的詩呢？你說。

　　同樣的道理，小草們紛紛褪去黃色的外衣，冒出綠意散發清新的氣息，當和風輕吹，他們便在田野上散起步來了，換做冬天，哪能如此悠閒？又哪來清新的氣息呢？

　　至於溪水能在山澗裡旅行，更是春天的功勞。冬天，溪床枯竭了，了無生氣，怎麼可能唱出涓涓的歌聲呢？

　　本段透過燕子、麻雀、杜鵑對春天形跡的感受，並加以形容描述，這是所謂的「摹寫」，摹寫的對象，可包括視覺、聽覺、嗅覺、味覺、觸覺等等的感受。其實這種的摹寫，即是所謂的觀察。觀察就是仔細觀看自然現象，或留心辨明事物。也就是以達到認識某事物為目的，在一定方針下，對現象的發生經過給予確認。觀察是以感官為主。本段的摹寫，包括「視覺」（看見）、「嗅覺」（聞到）、「聽覺」（聽到）等三種不同的摹寫。

　　先以「燕子說：春天在天空中徘徊，難道你沒有看見潔白的雲絮，為他寫下美麗的詩句？」為例。其中，「難道」、「看見」、「為他」皆屬重要字詞。而本段最主要是使用了「反問法」。

　　這個反問用得十分成功，原因在於它產生了「懸宕」效果，就因為這麼一個反問，我們一定會暫時緩一緩腳步，想仔細推敲一下燕子說的「話」。於是，就隨著燕子去觀賞春天的美景了。

　　等到看見了潔白的雲絮在空中徘徊之後，才發覺「唉！我怎麼這麼笨呢？」擺在眼前的，明明是異於往常冬天的一幅美麗圖畫，我怎

麼視而不見呢？

有了這麼一段歷程，要探訪春天就容易多了，只要如法炮製，不就得了嗎？因此，整段使用了「排比」技巧。

探尋的問題說來只有一個，那就是「春天在哪兒？」作者卻讓天空中的燕子、田野上的麻雀、山澗旁的杜鵑，分別就其活動空間內發現的〈春的訊息〉，傳達給風箏先生。在相同的句型中，小弟弟學到了各種不同的觀察方法，那就是「用眼睛去看」、「用鼻子去聞」、「用耳朵去聽」。只要善用這些感官，春天的芳跡一定不難察覺。

像這樣在形式設計上，用幾個結構相似的句型，描繪視覺、嗅覺、聽覺所觀察到的種種「春天跡象」的方法，便是「排比」。空中、田野、山澗旁的春景，因此而一一顯現，春給人的感受也愈來愈強烈，這正是排比法效力之所在。

一幅原本就十分美麗的圖畫，因為「擬人法」的巧妙運用，使我們看到的，不再只是單純的畫面。潔白的雲絮、清新的氣息、涓涓的溪水，全成了劇中人物，登上舞臺。在各種不同的場景（天空、田野、山澗），有的徘徊、有的散步、有的旅行，演出了一場精彩絕倫的〈春的訊息〉。

四

〈春天在哪兒呀？〉

——春天來了！

——春天在哪兒呀？

小弟弟想了半天也搞不清；

頂著南風放長了線，

就請風箏去打聽。

海鷗說：春天坐著船在海上旅行，
難道你還沒有聽見水手們迎接春天的歌聲？
燕子說：春天在天空裡休息，
難道你還沒有看見忙來忙去的雲彩，
仔細地把天空擦得那麼藍又那麼亮？
麻雀說：春天在田野裡沿著小河散步，
難道你還沒有看見大地從冬眠裡醒來，
梳過了森林的頭髮，又給原野換上了新裳？

太陽說：
春天在我的心裡燃燒，
春天在花朵的臉上微笑，
春天在學校裡跟著孩子們一道遊戲一道上課。
春天在工廠裡伴著工作們一面工作又一面唱歌，
春天穿過了每一條熱鬧的大街，
春天也走進了每一條骯髒的小巷，
輕輕地爬過了你鄰家的牆，
也輕輕地走進了你的家。

小弟弟說：讓春天住在我的家裡罷！
我會把最好吃的糖果給它吃，
媽媽會給它預備一張最舒服的小木床，
等到打回大陸去，
讓爸爸媽媽帶著我跟春天一起回家鄉。

等那月姐向小河照鏡子；

等那星星們都頑皮地鑽出了頭，

等那夜風和小草低語的時候，

等那花朵都睡了，等那蟲兒都睡了的時候，

螢火蟲也該提著燈籠來了，

讓他們迎接你的小紙船和那忠實的小水手，

平安地彎進那生遍蘆葦的靜靜的小港口。

　　在臺灣，首先發表兒童詩的是楊喚，他把綠原的「童話」精神帶進了兒童詩裡。於是，他的兒童詩有人稱之為童話詩，對我國兒童詩的發展有很大的影響。

　　我們可以說，楊喚「春天在哪兒呀！」這首詩，充滿了一片純美真摯的詩情，洋溢著一片可愛活潑的童趣。在他神奇的想像裡，把春天點化得形象活現。因此，純就童趣而言，楊喚原詩（包括題目）較佳。但如就詩質與語文教育而言，〈春的訊息〉一詩，可說改寫得十分成功。個人的看法是：

　　原詩最後一段意義不甚明晰，似乎難以和前四段銜接。而最後第二段聯想到「打回大陸」。在楊喚時代也許非常普遍，但對一個小孩子，實在不必在美麗的詩句中，硬加上這一筆。因此，改寫者將這兩段刪除，而以弟弟滿意地收回風箏作結束，比原詩完美許多。

　　又從小地方加以比較，不難發現〈春的訊息〉一詩在用字上比原詩簡練。其中，又以第二、三兩段為最為明顯，同樣的修辭手法，原詩稍嫌冗長，使得效果降低了不少。〈春的訊息〉一詩，則因為用字精鍊，使得效果更加集中，意象就更為鮮明生動了。只是包文正先生在〈楊喚的苦惱〉一文裡（見《國語日報》，〈兒童文學周刊〉705期，1985年12月8日），對改寫的「春天的訊息」有意見，尤其是：

春天在天上笑著，

春天在花上笑著，

春天在溪上笑著；

似乎有盜襲林武憲先生〈陽光〉一詩之嫌。「陽光」詩如下：

陽光在窗上爬著，

陽光在花上笑著，

陽光在溪上流著，

陽光在媽媽的眼裡亮著

（見《怪東西》，省教育廳中華兒童叢書，1972年12月，頁4）

編寫者（包括國語課本與教學指引）能不慎重乎！

　　一篇文章，一首詩，它「美」在哪裡，「妙」在何處，有各種不同的欣賞角度。身為一個教師，不可以只告訴學生「這首詩好美」或「這篇文章好妙」，重要的是根據各種不同角度，和學生一起討論，讓學生了解「為什麼美」、「為什麼妙」，以免學生知其然卻不知其「所以然」。

　　本文根據修辭角度賞析詩作，正是一種嘗試，希望對實際教學，能夠有所助益。（1986年6月）

楊喚對兒童文學的見解
──楊喚研究之一

　　楊喚之熱心兒童文學是來臺以後的事。當時，他已由上等兵逐次地擢升為上士文書，生活稍加安定，於是寫出了不少綺麗的兒童詩。我們相信，這正是他對淒苦童年的憑弔和補償。那一時期，除兒童詩外，還有大量寫作童話及出版詩刊的計畫。可惜，在種種困擾下，詩刊夭折，而童話也只留下三個殘稿。

　　殘稿之外，更發現幾張稿紙上僅寫了題目和筆名，或單有題目，連筆名也付之闕如的。雖然如此，在臺灣兒童文學的開路工作中，他是個重要的工程師。

　　政府遷臺之後，有關兒童文學出現在報紙上，除供兒童閱讀為主的《國語日報》之外，其他各報也先後闢有兒童副刊，而中央日報的〈兒童周刊〉開風氣之先，於一九四九年三月十九日創刊，由孔珞主編。至同年五月十四日第九期起，改由陳約文主編，至今仍繼續出版中。

　　至於純以兒童為對象的雜誌則不多。當時可見的兒童雜誌有：

　　　　《臺灣兒童》　　　1949年2月創刊
　　　　《小學生雜誌》　　1951年3月20日創刊
　　　　《小學生畫刊》　　1953年3月創刊
　　　　《學友》　　　　　1953年2月創刊
　　　　《東方少年》　　　1953年11月創刊

　　在有限的兒童副刊與雜誌中，楊喚即以「金馬」為筆名。將其兒童詩發表在中央日報的〈兒童周刊〉上。以「金馬」為筆名的第一篇作品是〈童年裡的王國〉，計有六十二行，發表的時間是一九四九年九月五日。而後，一九五二年初與詩人李莎結織後，開始以楊喚為筆名發表抒情詩。兒童詩也幾乎不太寫了。持此，可知一九四九年到一九五一年之間，是他寫兒童詩最努力的一段日子。

　　在當時貧瘠的兒童文學園地裡，楊喚曾努力耕耘過，也曾想辦兒童刊物。雖然，其源起或屬憑弔與補償。但我們相信他對兒童文學亦有他的見解在。引申的說：他的見解或許不成體系。但是，在少有人重視兒童文學的當時，可說彌足珍貴。因此，本文擬略述他對兒童文學的看法。

　　約言之，最能代表楊喚對兒童文學見解者，自以〈感謝 —— 致安徒生〉一詩為主：

　　〈感謝
　　　　—— 致安徒生〉
　　你父親製的鞋子不能征服荊棘的路，
　　你母親的手也沒有洗淨人們的骯髒；
　　而你點起來的燈啊，
　　將永遠地，永遠地亮在這苦難的世界上。

　　在那北風嗚嗚地吹著大喇叭的冬夜，
　　我不會寂寞，更不覺得冷；
　　因為溫暖著我的有你的書的爐火，
　　坐在身旁的是哪個賣火柴的小姑娘。

縱然那北方的春天曾拒絕我家的邀請，
我還是像雀鳥那樣快樂，太陽般的健康；
過去的牧豬奴已長成為一個戰士；
我這從農場裡出來的醜小鴨啊，
已生一對天鵝的翅膀。

感謝你給我以你的童話的教室。
感謝你給我以你的心的蜜糖。
感謝你給我以愛情和營養。
今天，我要在我詩的小城裡完成一座偉大的建築，
那就是立起你這丹麥老人的銅像。

這首詩十八行。安徒生和他有類似的成長歷程，是他認同的對象，也是他的「童話城」的守護神。這首詩可說是安徒生大部分作品的論述，也是一篇論文。他委婉地道出對安徒生的崇敬和禮讚，並且表達出他對兒童文學功能的肯定。兒童文學的功能，一般可分為文學功能、教育功能與社會功能。而楊喚似乎著重在文學功能。文學作品的最終目的在陶冶性靈、美化人生。而其達成則有賴作品能對讀者產生文學效果。所謂文學效果，首先是感覺效果，其次是情緒效果，最後則是理性效果。就「感謝你給我以你的童話的教室」觀之，似乎不具理性效果，而是以感覺獎金。有誰肯花了大半天的氣力，去換兩包香菸錢呢！我不是在吹牛，說我如何如何。總之我不想，也從來沒有熱中於什麼成就。你知道，群眾是最好的考驗，孩子們也是有他們的鑑賞力的。（全集下冊，頁361-362）
　　他對童話的興緻頗高，一九五○年二月一日給康稔信云：

若是一高興，幾個童話也該出籠了。告訴你，這不只是打算，我已經在動手寫了呀！我想用它來騙我的寂寞。（頁292）

一九五〇年四月二十二日的信：

我愛童話，我永遠愛它。（頁292）

一九五〇年六月二十四日的信：

很久很久沒有寫東西了，我的筆怕都銹壞了吧！童話最難寫，兒童詩更難寫，但現在我願意學習，因為這樣，我便可以找到失去的快樂了，能和可愛的孩子們一道哭，一道笑了。
（頁297）
我打算多在這方面下功夫。童話我還沒嘗試過，等等看，過幾天情緒好一定要寫幾篇給你看。（頁298）

一九五〇年七月五日信云：

想寫童話。（頁302）

一九五〇年十一月二十日信云：

還講什麼童話，我是很久沒摸過筆了。還是昨天看到兒童週刊又出來一個什麼叫金牛的也寫兒童詩，我才把金馬也請出來。童話我還是想寫的，因為我要為我自己完成這提出了很久的意圖。（頁315）

而終其生，僅見童話三個殘稿。倒是在另則書簡裡，他對童話文筆有說明，一九五〇年七月二十日給康稔信云：

> 你說錯了，寫童話，是需要一支美麗纖巧細膩的筆。孩子是株芽，我願做一名平凡又平凡的小園丁。（頁305）

這位願意做一名童話裡的平凡小園丁的楊喚，不但做不成童話的小園丁，甚至也成了兒童詩裡的小逃犯。一九五三年一月六日給葉纓的信裡說：

> 提起詩，我只有感到慚愧。幾年來，我寫的很少，也極壞。發表的哪些又沒有剪貼起來過。因為我恥於讓它們再見我。現在且把這些兒童詩拿給你看（這是一個朋友為我剪貼的，在我生日那天，他把它當做禮物送給我的）。但這要有條件，你不能不把批評寫給我或說給我。因為你們即將做「先生」的，對「兒童心理」這一課，要遠較我這亂寫東西的內行而又高明得多多。（全集下冊，頁462-463）

同年同月十四日再致葉纓云：

> 我的詩本微不足道，很感激你們對它的錯愛。它能使你們遭到了一堂曠課的處分，這更是我的不好。
> 是的，「金馬」是我。可是，我很久沒有用這個名字寫兒童詩了。現在由於你們的感動，我很想再試寫一點。但在你們的最公正、最公正的批評沒有給我以前，我還不能寫，我還是不敢寫。（全集下冊，頁464-465）

其實，早在一九五一年的後半年，他對童話詩似乎已是興趣缺缺。一九五一年十一月十七日給笑虹的信說：

> 近來我打算寫寫詩。當然我不會忘記了孩子們，還要給他們寫東西。不過我不想老是只寫兒童詩。（頁481）

而後，童話城裡的小飛俠，心中又升起一股難解的輕愁。一如那寂寞無語的丹麥老人的銅像，已然成為歷史的見證而已。

試說我國古代童話

一　前言

　　中國童話，就發展觀點言，自當就以孫毓修編撰《童話》集為分水嶺。之前，統稱之為古童話或古代童話；之後，則是現代創作童話的開始。

　　童話，在清末，依附民俗學隨著列強的船堅砲利來到中國。因此，有人認為我國古代沒有「童話」，這種說法頗為流行。

　　在我國，「童話」這個名詞的出現，始於孫毓修編撰的《童話》，出版時間是一九〇九年三月，即清末宣統元年，至今有八十年。但比起世界上第一本童話集《鵝媽媽的故事》（〔法〕貝洛爾著，1697），大約晚了二百年。所以，嚴格說起來，我國童話的歷史似乎很短。但是從世界童話發展的歷史去觀察，「童話」名詞出現得晚，並不表示我們從前就沒有「童話」。依據人類學、民俗學的說法，童話也是民間文學的一部分，如果我們不把「童話」的解釋，侷限於現代童話部分的話，我們便可以發現，我國童話實在有其悠久的歷史。

　　申言之，童話乃是緣於教育與娛樂之需要，它的發源地是每個人的「純真的心境」。人類從有兒童有語言開始，就有童話。童話的歷史，就是兒童的歷史。那時候，雖不叫童話，但是已經產生了童話。

　　所以要談我國的童話歷史，絕不可能提它說成是有了「童話」這個名稱以後才開始有童話。我國童話的顯現與興起，雖然是受外來力量的刺激，但我們確信，中國是個有豐富童話寶藏的國家。

二　古代童話概要

在我國古代的文獻資料中，找不到「童話」這個詞彙，但也沒有「神話」、「傳說」這些詞。那時候，它們是不分的。

而後，由於人類學、民俗學的興起，始有神話、傳說、民話之分。又由於兒童學的成立，始有兒童文學、童話等出現。我們知道，童話的發源地是每個人的「純真的心境」。童話與兒童之關係，乃是緣於教育與娛樂之需要。因此，自有人類有兒童有語言開始，就會有童話存在，童話是兒童的生活，也是兒童的歷史。然而，在我們的觀念裡，卻有「童言鳥語，百無禁忌」的諺語，人們看輕童言，也害怕童言。所以，把它和鳥語列在一起，說明它不足為訓，自然也就少有人會去加以搜集。

所謂古代沒有童話，還是不了解兒童歷史與不研究所致。至於古書中缺乏童話記載與童話概念的認識，則是時代與民族性限制使然。魯迅在《中國小說史略》裡，認為中國神話之僅呈零星者其原因有二：

> 中國神話之所以僅存零星者，說者謂有二故：一者華土之民，先居黃河流域，頗乏天惠，其生也勤，故重實際而黜玄想，不更能集古傳以成大文。二者孔子出，以修身齊家治國平天下等實用為教，不欲言鬼神，太古荒唐之說，俱為儒者所不道，故其後不特無所光大而又有散亡。（見坊間影印本，頁28）

其實，不只是神話，是凡脫離「原道」、「徵聖」、「宗經」的故事性敘事文類，皆有自生自滅的命運。其中，寓言可說是唯一的變數。並不是中國人不善想像，一言以蔽之，乃雅俗觀念使然。申言之，我國的古書中，所記載的童話不多，也沒有一本較為完整的童話著作留下，

這是有原因的。我們知道,歷代的封建帝王,皆崇尚實用主義的儒家。童話這種富於想像的故事,是被斥為玄學的。儒家不但避開不談,而且盡一切可能,把這種想像性的故事,或斥為異端邪說,或將它們改變成歷史,加上封建統治者歷來輕視兒童,兒童在社會與家庭中,都沒有地位。對於為兒童喜愛的童話,更是忽視無視,再加上古代語文不一致,所以古代童話文字記載是不多的。而今,只要我們肯去加以搜集與整理,自能發現有無窮的寶藏存在。

民國初期,由於文獻不足,未敢論斷當時的搜集與整理的成果。但是,他們的研究能以民俗學為據,則是正確不移的方向。反觀目前,則不知民俗學為何物?如此缺乏過去的基礎,而卻奢言「中國本土化」,豈非緣木求魚?

環視當前,較能關心古代童話者,亦似乎僅有蘇尚耀先生一人而已,而他最主要的文章是〈中國童話〉,該文收錄於一九六六年五月小學生出版社《童話研究專輯》(頁122-129)。

所謂中國古代童話,依蘆谷重常的分法,即指「古典童話」與「口述童話」。古典童話,是指我國歷代文學作品中,有童話特質者,本文稱之為典籍裡的童話;而口述童話,即指民間童話,它包括我國各地廣泛流傳的,且具有童話特質者。

童話的特質在於想像性。具體的說,童話是想像的產物,而這種想像又是來自生活。它的根本特徵是表現超自然的力量,超人間的存在,可以不受現實性和可能性的規範。總之,它是超越時空,它是萬物有靈,它也是變型。童話這種想像要皆以誇張和擬人為表現的特徵。

以下依此特質,分典籍裡的童話與民間童話兩節,概述我國古代童話於一、二。

（一）典籍裡的童話

典籍裡的童話，顧名思義是指我國歷代文學作品中，有文字記載的古童話作品。其中，有些雖已被稱作神話、傳奇、小說、寓言、筆記、掌故。但這些作品也可以視為童話，收入它的範圍。

緣於道統與雅俗觀念的關係，雖然在正統的古文裡，可見童話的記載並不多。然而，我們仍可以從文學史與小說史上，發掘出童話的寶藏。

我們可以說，在文學裡的遣興作品，時常可見純真想像的故事；在小說史裡的紓解性作品，更是到處可見想像的童話。因此，本文試以小說史為據。

「小說」一詞，最早見於《莊子》的〈外物篇〉。所謂「飾小說以干縣令，其於大達亦遠矣。」小說與大達對舉，指的是一些淺俗瑣碎的言論。這種淺俗瑣碎的言論，或許具有娛樂的意義。到了東漢，桓譚在他的《新論》中說：「小說象合殘叢小語，近取譬喻，以作短書，治自家理事，有可觀之辭。」（據河洛本李善注《昭明文選》卷三十引，下冊，頁292）而班固在《漢書》〈藝文志〉則說：「小說家者流，蓋出於稗官。街談巷語，道聽塗說者之所造也。」所謂「街談巷語、道聽途說」是說它們大都來自民間口頭傳說。這種口頭傳說者流，其旨不在經國濟民，要皆不離遣興志怪。試引錄幾種序跋，以見不入流的小說之特徵所在：

《山海經》郭璞序：

> 世之覽《山海經》者，皆以其閎誕迂誇，多奇怪俶儻之言，莫不疑焉。
>
> （據〈歷代小說序跋選注〉，文鏡版，1984年6月，頁7引）

《搜神記》序：

> 今粗取足以演八略之旨，成其微說而已。幸將來好事之士錄其根體，有以游心寓目而無尤焉。（同上，頁10）

湯顯祖《點校虞初志》序：

> 《虞初》一書，羅唐人傳記百十家，中略引梁沈約十數則，以奇僻荒誕，若滅若沒，可喜可愕之事，讀之使人心開神釋，骨飛眉舞。雖雄高不如《史》、《漢》，簡澹不如《世說》，而婉縟流麗，洵小說家之珍珠船也。其述飛仙盜賊，則曼倩之滑稽；志佳冶窈窕，則季長之絳紗；一切花妖木魅，牛鬼蛇神，則曼卿之野飲。意有所蕩激，語有所托歸，律之風流之罪人，彼固歉然不辭矣。使呫呫讀古，而不知此味，即日垂衣執笏，陳寶列俎，終是三館畫手，一堂木偶耳，何所討真趣哉！余暇日特為點校之，以俟世之奇雋沈麗者。（同上，頁81-82）

李日華《廣諧史》序：

> 良卿手所匯廣諧史一編，闖余關曰：子史功適竟乎？失史職記載而其神駿在，描繪物情，宛然若睹，然而可悲可愉，可詫可愕，未必盡可按也，以人往而筆留也，筆之幻化，令蕉有彈文，花有錫命，管城有封邑，銅鐳門有拜表，於是滑稽於藝林者史裁悉具，又寧獨才局意度與其際用之微，可藉形以托，即閥閱譜緒，爵里徵拜，建樹諡誄，人間亹亹之故，悉在楮墨出之，若天造然，是則反若有可按者。嗟乎！從古王侯將相，博

偉男子，所灼爍照耀寰區者，靡不與枯楊白草俱盡，所留者僅
僅史氏數行墨耳！而滑稽者又令群物得媲而同之，不亦悉歸幻
化而無一可擅者耶。嗟乎！可以悟矣！且也因記載而可思者，
實也；而未必一一可按者，不能不屬之虛。借形以托者，虛
也；而反若一一可按者，不能不屬之實。古至人之治心，虛者
實之，實者虛之。實者虛之故不係，虛者實之故不脫，不脫不
係，生機靈趣潑潑然，以坐揮萬象將無忘筌蹄之極，而向所讐
校研摩之未嘗有者耶。余躍然曰：然！然則是編也，不徒廣
諧，亦可廣史；不徒廣史，亦可廣讀史者之心。子命吾矣！
（同上，頁105-106）

無碍居士《警世通言》敘：

　　人不必有其事，事不必麗其人。（同上，頁134）

　　所謂「閎誕迂誇，多奇怪俶儻」、「游心寓目」、「奇僻荒誕」、「筆
之幻化」、「人不必有其事，事不必麗其人」，即是指想像、誇張、擬
人之特質。以下試依小說史為主，以見典籍裡的童話。
　　上古時代的神話、傳說，是人類創造的最早的藝術形式之一；而
中國古代的小說，也可以說是從神話傳說演化而來的。

1 先秦的神話

　　我國古代的神話、傳說，內容豐富，有著濃厚的浪漫主義色彩。
它表現出人類童年時期的天真可愛，更表現出人類初期，在征服自然
過程中所表出來的力量、美德和理想。而在神話、傳說、童話不分的
先秦神話時期，其實，此中有不少的古童話。以今天的觀點視之，神

話的主角多屬天神，傳說的主角卻多是有神性的人，而童話的主角則是不具神性的凡人，有時雖具非凡的智慧或才能，乃至奇特的狀貌和神力，但皆不離人性之本位。這些古童話，散見於先秦的經、史、子等古籍中。如《詩經》〈大雅・生民篇〉寫后稷的誕生，最初家人把他丟在小巷裡，有牛羊來餵他的奶；再把他丟在樹林裡，正巧有樵夫來砍柴；後來把他丟在寒冰上，又有飛鳥來翼護他；他長大以後，種豆、種瓜、種麻、種禾，都有很奇妙的結果，都很具有童話趣味。莊子〈應帝王篇〉的儵、忽和渾沌，〈秋水篇〉的埳井之蛙，雖是寓言，也可以當作童話的材料來處理。此外，《山海經》、《穆天子傳》、《諸子書》、《呂氏春秋》、《楚辭》等，其蘊藏之豐，更是有目共睹。在古籍中，有的援引一段故事，而這類故事，大多取自民間，有時也是很好的童話作品。我們可以想像，那時候，諸子百家爭鳴，所以常在文章中引用一些故事，做為依據，想借此說服對方。這些故事，現在看來，有歷史、有神話、有寓言、有傳說，也不乏有童話作品，這些故事有的採擷自民間、有的也可能作者自編。而這種故事，現在能看到的卻只是一些零星的片斷；它們散落在各種古籍中，記載還常常是矛盾而雜亂的。而其中《山海經》，是唯一保存古代神話資料最多的古籍。在先秦古籍中，《山海經》是一部具有豐富內容和獨特風貌的書。全書雖僅三萬一千多字，它不但是史地之權輿，更是神話之淵府。其中海經部分，保存神話之資料最多，除《楚辭》〈天問〉，他書均無法與之相提並論，為研究神話之門。有關《山海經》這本書的作者與時代，袁珂在〈《山海經》寫作的時地及篇目考〉一文說：

> 總的說來《山海經》的著作時代，是從戰國中年到漢代初年，著作地方是戰國時代的楚國和漢代初年的楚地，作者是楚國和楚地的人。《山海經》篇目古本為三十四篇；劉向《七略》以

〈五藏山經〉五篇加〈海外〉、〈海內經〉八篇為十三篇，《漢志》因之，劉秀校書，乃分〈五藏山經〉為十篇而「定為十八篇」；郭璞注此書復於十八篇外收入「逸在外」的〈荒經〉以下五篇為二十三篇，即《隋志》所本；《舊唐書‧經籍志》復將劉秀原本所分的〈五藏山經〉十篇合為五篇，加《海內外經》八篇、〈荒經〉以下五篇為十八篇，求符劉秀表文所定篇目，即今本。（見《山海經校注》，里仁版，頁521）

《山海經》是一本想像豐富的作品。如卷二的「鼓」（本文以袁珂《山海經校注》為據，里仁版，1982年8月，頁42），這是一種人面獸身的怪物。而卷五的〈神計蒙〉（頁43），則是龍首人身。這些奇怪的造型，當是根據真實的生活想像而成。

又卷六的「羽民國」（頁187），其人全身生羽，兩年為翼。「長臂國」（頁202），其人兩手由肩垂下，可抵地面。又有雙腳長過三木的「長股國」（卷七，頁227），以及其人矮小只有九寸的「小人國」（卷十四，頁342）。

又狀如白犬，黑面長角，能飛行的「天馬」（卷三，頁86），形如狐，背上有角，乘之壽有三千歲的「乘黃」（卷七，頁225）。有狀如牛，蒼身而一角；一足，出入必有風雨的「夔」（卷十四，頁361）。

這些異物或寶物，在《山海經》裡只記述了幾行字。很可能是由於當時刻書不易，未能將整個故事記載下來。這些故事，有可能會是有趣的童話作品。

再如「燭陰」（卷八，頁230），則是一個道地的童話人物，所謂「鐘山神神，名曰燭陰，視為晝，瞑為夜，吹為冬，呼為夏，不飲、不食、不息，息為風，身長千里。在無晵之東。其為物，人面蛇身，赤色，居鍾山下。」可說想像奇異。而「發鳩之山的精衛」（卷三，

頁92），也是一個上好的童話故事。至於〈追日的夸父〉（並見頁83、
123、238、427等處），更是一個精美的童話。

我們知道，《山海經》中有地理、歷史、生活等方面的知識，有
神話、有傳說，也有一些童話，《山海經》有文有圖，在那沒有兒童
文學書籍出版，兒童還沒有書可讀的時候，他們怎麼會不喜歡這樣一
本圖文並茂的富於想像的讀物呢？

今人對神話研究最有成果者，首推袁珂，試提供下列三書可供
參考：

《中國神話選》　　袁珂編選　　長安出版社　1982年8月再版
《中國神話傳說》　袁珂著　　駱駝叢刊十二
《中國神話傳說辭典》　袁珂編著　　華世出版社　1987年5月

中國神話裡，童話材料，可說俯拾即得，端視個人之採掘與應用。

2 漢魏六朝的筆記小說

秦始皇、漢武帝等人好長生不老之術，再加上東漢以來的頻繁戰
亂，社會動盪不安，佛教和道教廣泛流傳。於是宗教迷霧籠罩了整個
社會。在這種情況下，民間產生了大量的神怪故事。正如魯迅在《中
國小說史略》中說：

中國本信巫，秦漢以來，神仙之說盛行，漢末又大暢巫風，而
鬼道愈熾；會小乘佛教亦入中土，漸見流傳。凡此，皆張皇鬼
神，稱道靈異，故自晉訖隋，特多鬼神志怪之書。其書有出于
文人者，有出于教徒者。文人之作，雖非如釋道二家，意在自
神其教，然亦非有意為小說，蓋當時以為幽明雖殊塗，而人鬼

乃皆實有，故其敘述異事，與記載人間常事，自視固無誠妄之
別矣。（見坊間影印本，頁47）

然而，現存所謂的漢人小說，盡無一本真出於漢人。因此，我們
要找童話材料，可在《淮南子》、《論衡》或史傳等書裡去找。

從魏晉到南北朝時代，這些大量出現的小說，我們稱之為筆記小
說。它是繼承先秦神話、傳說的系統，又受其本身的時代、社會影響
演變而成。

所謂「筆記」二字，本指執筆記敘。由於南北朝時代崇尚駢儷之
文，一般人稱注重詞藻聲韻對偶的文章為「文」，稱信筆記錄的散行
文章為「筆」，所以後人就總稱魏晉南北朝以來「殘叢小語」式的故
事集為「筆記小說」。筆記小說包括談鬼神說怪異的「志怪」和記載
人物瑣事軼聞的「志人」。這種筆記小說始魏晉迄明清，歷代皆有
之。我國的筆記小說，超現實的志怪傳奇，取材之廣博，想像力之高
超，正與童話無異。

魏晉的志怪書，有題為魏文帝曹丕撰的《列異傳》、〔晉〕張華的
《博物志》、干寶的《搜神記》、祖沖之的《述異記》、託名陶潛的
《搜神後記》、〔晉〕祖台之的《志怪》、荀氏的《靈鬼志》、戴祚的
《甄異記》等。除《博物志》、《搜神記》、《搜神後記》外，現全都失
傳。南北朝的志怪書，有〔南朝宋〕敬叔的《異苑》、劉義慶的《幽
明錄》、東陽無疑的《齊諧記》、〔南齊〕王琰的《冥祥記》、〔北齊〕
顏之推的《冤魂志》、〔梁〕吳均的《續齊諧記》，以及題為晉王嘉實
為六朝人所撰的《拾遺記》等。

與志怪小說並行的志人小說，如三國時代〔魏〕邯鄲淳的《笑
林》、〔東晉〕葛洪的《西京雜記》、裴啟的《語林》、郭澄之的《郭
子》，〔南朝宋〕劉義慶的《世說新語》，〔南梁〕沈約的《俗說》、殷

芸的《小說》等。但是，除《西京雜記》和《世說新語》外，其他各書均已散佚。

一般說來，魏晉南北朝筆記小說，要以志怪小說為主。它以接近口語的散文寫成，隨筆記敘，不重辭采，是我國小說發展史上的趨形階段。大多數作品仍屬短小的故事，祇可說粗陳梗概、略服規模，還談不上更多的寫作技巧。但它不再依附歷史人物、事件，也不單為說明哲理；其中有些優秀作品，還可看出作者有意通過故事來反映生活，表現自己的思想感情和道德。

魏晉南北朝時代的志怪小說，數量相當可觀，可惜已經佚失不少。如今，只是零星見存於《太平廣記》等書之中。《太平廣記》於宋太宗太平興國二年（西元977年）三月敕撰，命取道、釋兩藏及野史小說集為五百卷。而《太平廣記》的價值亦即是在於能博採野史、傳記、小說等諸家。《廣記》所存古籍，重在野史軼聞之小說，而凡此典藏自始即為我先哲所不屑經心者，今反賴以之為存考之取材。故《四庫全書總目》卷一百四十二云：「古來軼聞瑣事、僻笈遺文咸在焉。卷帙輕者往往全部收入，蓋小說之淵海也。……又唐以前書，世所不傳者，斷簡殘篇尚間存其什一，尤足貴也。」（見藝文印書館，1974年10月四版，冊5，頁2800-2801）民國初年，魯迅講授中國小說史略，乃銳意爬梳，從《太平廣記》等書之中輯古小說凡三十六種，書名《古小說鈎沈》。雖屬殘篇斷簡，卻有助於唐以前志怪小說之研究。其實，搜集故事編輯成書的，當首推明代四明王瑩輯的一部《群書類編故事》（見新興版筆記小說三編三冊，頁1949-2063），凡二十四卷。王氏將該書分編為十六類，每類各包含故事若干篇，其材料的來源，包括各類的古籍。這是一部搜集豐富的好書。又就志怪而言，下列兩書可為參考：

《漢魏六朝鬼怪小說》　葉慶炳編譯　河洛圖書出版社　1976年8月

《唐前志怪小說輯釋》　李劍國輯釋　文史哲出版社　1987年7月再版

　　在筆記志怪小說中，要以《搜神記》、《搜神後記》、《異苑》、《幽明錄》、《續齊諧記》等書較為著名，以下試從各書中勾繪出童話的好材料。

　　《搜神記》以輯錄兩漢流傳下來的一些故事和魏晉民間傳說，也採輯史傳與早出的志怪書的材料。其中保存了一部分有意義的古神話和富於現實性的民間傳說。而通過想像的奇異情節，表現生活中的願望，此皆為童話的好材料。如〈董永〉（本文以李劍國輯本《唐前志怪小說輯釋》為據，文史哲版，1987年7月，頁216）、〈天上玉女〉（頁221）、〈東海孝婦〉（頁241）、〈韓憑夫婦〉（頁246）、〈范式張劭〉（頁252）、〈蠶馬〉（頁265）、〈李寄〉（頁307）。其中〈李寄〉，寫一個貧家少女，奮不顧身，為民除害，機智勇敢地殺死一條吃人的大蛇，全文結構完整，情節緊張，是一篇好的童話。

　　《列異記》裡的〈望夫石〉（同上，頁147）、〈宋定伯〉（頁157-158）。《搜神後記》的〈白水素女〉（頁433）、〈楊生狗〉（頁445），皆是童話的好材料。

　　至於《宣驗記》的〈鸚鵡〉（頁498-499），該文記一隻鸚鵡，飛進山裡，當地禽獸都對牠很好。後來山內大火，鸚鵡入水沾濕羽毛在空中灑水救火，因此感動天神，為牠將火熄滅。這個故事，充滿人情味，讚揚了竭盡微力以報德的至誠；全文以物擬人的寫法，已近似現代的童話。

　　又如《續齊諧記》的〈楊寶〉（頁596-597）、〈陽羨書生〉（頁

601-602），可說奇詭之至，更是童話的最現成的好材料。至於《金樓子志怪篇》的〈優師木人〉（頁636），是有關機器人的卓越想像，已似科學性的童話。

總之，志怪小說之所以流傳久遠，一直為大家所喜愛，主要就是在於它們保存了許多優秀的神話、傳說。因此，志怪小說對後世的影響很大，自唐以後，小說中始終有志怪一類，可以說是魏晉志怪小說的繼續和發展。尤其是唐朝段式的《酉陽雜俎》、清朝《聊齋志異》，更有現成的童話材料。

3 唐傳奇

唐代傳奇，是唐代文人的文言短篇小說。它是在六朝志人、志怪小說的基礎上發展起來的，在內容上還未全能擺脫志怪的痕跡，富於傳奇色彩。然而，卻是有意創作的開始。胡應麟認為「凡變異之談，盛於六朝，然多是傳錄舛訛，未必盡幻設語。至唐人乃作意好奇，假小說寄筆端。」（見《少室山房筆叢》下冊，世界書局，1963年4月，頁486）是以魯迅亦云：

> 傳奇者流，源蓋出於志怪，然施之藻繪，擴其波瀾，故所成就乃特異。其間雖亦或託諷喻以紓牢愁，談禍福以寓懲勸，而大歸則究在文采與意想，與昔之傳鬼神明因果而外無他意者，甚異其趣矣。（見《中國小說史略》，頁76）

所謂「變異之談」、「作意好奇」、「擴其波瀾」，正是童話所重視的。

現在保存下來的唐傳奇，大部分收在《太平廣記》一書裡。其他，如《太平御覽》、《全唐文》等總集中也有一些。魯迅編校有《唐

宋傳奇集》，精審可靠。又下列之書，參閱亦頗為簡便：

《唐人小說》　王之正編（當是汪辟疆）　遠東圖書公司
1956年11月

《唐宋傳奇小說》　葉慶炳編譯　河洛圖書出版社　1976年
8月

《唐人小說校釋》（上、下）　王夢鷗校釋　正中書局　1983
年3月、1985年1月

　　唐傳奇在內容上，依性質與主題，約可分為四大類：神怪與靈
異、俠義與公案、歷史與軼聞、愛情與世態。其中前兩類適合兒童閱
讀，尤其是第一類，似與童話無異。我們談童話，最重視「變異之
談」和「作意好奇」，而此二者正是唐傳奇之特徵，甚且又「擴其波
瀾」。所以唐人小說中，童話材料最可採，也最可觀。其中如王度
〈古鏡記〉、佚名〈補江總白猿傳〉、谷神子〈敬元穎〉、孫頠〈板橋
三娘子〉、常沂〈崔書生〉、沈既濟〈枕中記〉、李朝威〈柳毅〉、李公
佐〈南柯太守傳〉、李復言〈杜子春〉、〈張老〉、裴鉶〈聶隱娘〉、〈崑
崙奴〉、杜光庭〈虬髯客傳〉等，情節既多幻變，篇構也極完整；取
材至為方便。

　　除外，變文亦有童話材料。

　　變文湮沒了很久，幾十年前才在敦煌石窟裡被發現。它的起源與
佛教有密切的關聯。是屬於講唱的民間文學，這種講唱故事是緣於佛
教傳入之後，為了傳教而產生俗講，俗講後有講經文，講經文之後有
講佛經故事的變文，然後有講歷史故事的變文，最後有話本和通俗小
說。現存變文作品之撰寫時代，始於盛唐，終於梁末帝貞明七年（西
元921年）。

　　我們先人自古也喜歡說故事，在變文發生的時代稱之為「說話」，而故事的內容，以民間的傳說、寓言、笑話為主。對於經、史、諸子，則側重於忠實地闡釋。由於受到講佛經、變文發生的影響，於是又有取材於經、史、百家的變文發生，如此就為後來的俗文學開闢了一條大道，這是變文受到重視的原因。

　　今就王重民《敦煌變文集》（世界書局易名為《敦煌變文》，上下兩冊，1980年5月六版。），其中第三編、最具有童話的特質。第三編包括〈孔子項託相問書〉、〈晏子賦〉、〈燕鳥子賦〉（兩篇）、〈茶酒論〉、〈下女夫詞〉。

　　潘重規先生有《敦煌變文新書》（上、下）（文化中文研究所，1983年7月），除校訂王書缺失外，又新增八篇，全書凡八十六篇。

4 宋元話本

　　唐代以前，國境常亂，經濟失調，民間通俗藝術還未能入流。而後俗講、說話出現。唐宋以來，由於商業的發展、城市的繁榮、市民階層不斷擴大，相應需求的文化娛樂活動，亦達空前活躍。於是民間俗文明匯集成流。

　　話本的「話」，也叫「說話」，就是「講故事」的意思。話本是民間說話藝人講唱故事的底本。隨著民間「說話」技藝的發展，到了宋元時代，話本就廣泛地流傳起來。它是民間藝人和書會文人集體智慧的產物。

　　說話大致可分為四家：小說、說經、講史、合生。其中以小說、講史最受歡迎。據《醉翁談錄》書首〈舌耕敘引〉下的〈小說引子〉和〈小說開闢〉兩篇記載，當時的小說名目有一百十七種，但是，今天能見到的宋人小說話本，據胡士瑩在《話本小說概論》裡所論，至多不超過四十種（詳見丹青版第七章，頁200-234）。而這些現存話

本，主要是收錄於《京本通俗小說》、《清平山堂話本》，以及《三言》中。至於詩話，可以斷定是宋人作品的，只有《大唐三藏取經詩話》一種。

　　民間說話，是百姓的主要娛樂之一，也是兒童的娛樂，《東坡志林》：

　　　五彭嘗云：塗巷中小兒薄劣，其家所厭苦，輒與錢，令聚坐聽
　　　古話。至說三國事，聞劉玄德敗，頻蹙眉，有出涕者；聞曹操
　　　敗，即喜唱快……。
　　　（見《筆記小說大觀》二十二編冊二，新興版，頁900）

可見宋代說話的發達，以及兒童對於聽說話的興趣，和說話對兒童的影響。尤其是小說類的靈怪、傳奇、神仙三項，和童話的性質最近，必可供寫童話的材料。至於後來的擬話本，雖不再是說話用，但其性質亦與話本相近。

　　話本小說集，要以馮夢龍的《三言》，和凌濛初的《二拍》為主。而抱甕老人的《今古奇觀》，則是三言兩拍的選輯本。其中如〈白娘子永鎮雷峯塔〉、〈王安石三難蘇學士〉、〈轉運漢巧遇洞庭紅〉、〈灌園叟晚逢仙女〉等，皆具童話的情趣，也很富童話的色彩。

　　目前較為簡要的話本小說選集有：

　　　《宋人小說》　李華卿編　　遠東圖書公司　1956年12月
　　　《宋元話本小說》　葉慶炳編譯　　河洛圖書公司　1976年8月
　　　《古代白話短篇小說選集》　何滿子選注　　本鐸出版社
　　　1983年9月

除外，沿襲唐傳奇的文言小說，亦有可觀之處，如劉斧的《青瑣高議別集》，其中〈王榭傳〉（見《筆記小說大觀》九編冊四，新興版，頁207-211），便是一篇可注意的童話材料。蘇尚耀先生曾改寫為〈王榭的奇遇〉一文（收存於〈小黃雀〉，小學生版，1966年4月，頁43-54）。

5 明清小說

明清小說中，如李汝珍的《鏡花緣》等文言小說，或許仲琳的《封神傳》等通俗小說，都有童話的章節。而其中最具特質的，自當是《西遊記》和《聊齋志異》。吳承恩的《西遊記》，雖為神怪小說，但想像美妙，文字活潑，雖不能算是一部純粹的童話，卻也不能拒絕拿它來作童話的處理。

至於蒲松齡的《聊齋志異》，雖然是文言短篇小說集，卻也是素描、奇談、寓言和神怪故事的合集。這些故事中的一部分，數百年來在民間非常流行，婁子匡曾有〈臺灣俗文學與聊齋志異〉一文（詳見《臺灣俗文學叢話》北大民俗叢書第五十二種，東方文化書局影印本，頁103-154），討論臺灣民間故事與《聊齋志異》相互雷同的篇章。聊齋的故事是人們冬日向陽、夏夜納涼時最樂於談述的故事。因此，它與童話頗有關係。這本書的編集與格林兄弟的童話，實在有極相類似的地方。有關故事的來源和內容，蒲松齡自序云：

> 顛蘿帶荔，三閭氏感而為騷；牛鬼蛇神，長爪郎吟而成癖。自鳴天籟，不擇好音，有由然矣。松落落秋螢之火，魑魅爭光；逐逐野馬之塵，罔兩見笑。才非干寶，雅愛搜神；情類黃州，喜人談鬼，聞則命筆，遂以成編。久之，四方同人，又以郵筒相寄，因而物以好聚，所積益夥。甚者，人非化外，事或奇於斷髮之鄉；睫在眼前，怪有過於飛頭之國。遄飛逸興，狂固難

辭；永託曠懷，癡且不諱。展如之人，得毋向我胡盧耶？……
（見《聊齋志異》，漢京版，頁1-2）

就童話的情趣而言，《聊齋志異》中的〈畫馬〉、〈促織〉、〈癲道
人〉、〈瑞雲〉、〈翩翩〉、〈竹青〉、〈種梨〉、〈農人〉、〈雨錢〉、〈王六
郎〉、〈勞山道士〉、〈書癡〉、〈黃英〉、〈鳥語〉、〈考弊司〉、〈放蝶〉、
〈堪輿〉、〈牛瘟〉、〈醫術〉、〈申氏〉、〈阿寶〉、〈聶小倩〉、〈水莽
草〉、〈向杲〉、〈雷曹〉、〈汪士秀〉、〈考城隍〉、〈狐嫁女〉、〈酒友〉、
〈趙城虎〉等，都是最富童話色彩，不必費太多的周折就可以寫成古
典的童話。張友鶴輯校的《聊齋志異》（漢京版，1984年4月）頗為詳
盡，可供參閱。

其他各種典籍亦有許多童話寶藏。如《諧史》、《廣諧史》等書，
諧史是明神宗萬曆七年（1579）武進徐敬修所刻。這本書所收文章，
都是將木石、禽獸以至服食器用等，以擬人化的手法，各自敷衍成一
篇完整的傳論文字。計收七十二篇。後來，陳邦傑花了二十年時間，
在諧史的基礎上，廣詢博訪，將散見在各文集、類書或私坊刻中類似
的文章，搜錄濡選，增加到二百四十二篇，取名《廣諧史》。這類文
章，各慮才情，遊戲翰墨，窮工極變，可謂幻化之至。這種極變與幻
化，正是童話的特徵所在。

又如清雲間子的《草木春秋演義》（樂山人纂，〔清〕最樂堂繡像
刊本），把草藥都當成人來寫，分為好人壞人兩大陣營，互相打來打
去。這本書雖然用草藥的藥名來作為人名，卻沒有好好根據草藥的形
狀和性能，來寫這些人物的性格和作用，所以這本書沒有被孩子當成
童話來讀，也沒有被大夫們當作藥物常識課本來教授學生。但是它的
擬人手法卻值得我們注意。

其他，歷代文人的文集，亦有不少的精彩童話素材。

　　總之，仍有許多古童話被湮沒在浩瀚的典籍裡，等待著我們去挖掘。

（二）民間童話

　　兒童文學原本就是屬於民俗學。後來雖然獨立門戶，然而，就研究的角度視之，兩者關係仍是密切，尤其是童話，更是與民間故事糾纏不清。

　　我們認為童話是來之於兒童的生活。當然，我們也相信自有人類、有語言、有兒童始，也就有了童話。申言之，無論在未開化或文明社會中，都有著古老的信仰、習俗與故事，它均為沒有文字記載時代的遺物，這些未開化民族或開化的先民，所遺留的言語或行為，不論發生在何地，都必定有其共通的性質，而其所以能被承認或繼續保存，不是由文字的記載或科學的證明，卻是由於習俗與傳襲而連綿不斷，傳到後代。現代的民俗學，逐漸地開始採用科學的觀點與方法，研究這些傳襲的事物，加以正確的觀察與歸納的推論。

　　在民俗學的範疇中，沒有文字或雖有文字而不善於應用的民族，常發揮其智力於故事、歌謠、諺語、謎語等方面，這種口傳的東西，通稱為民間文學。人類學者、民俗學者們，都特別加以重視，因為它們所表現的，是人類初期的推理、幻想、記憶、聯想、理想等，也非常顯著地反映著他們所生活時代的社會型態與生活意識。

　　這種傳襲的民間文學，是民間百姓的娛樂，也是他們教養的素材。

　　其中，傳襲的故事，略可分為神話、傳說、與民譚（民話）。從民俗學觀點言之，這三者各有不同的發生背景與顯著的性格，而我們一般統稱之為「民間故事」。而本文所謂的民間童話，自是包含在民譚（民話）裡。這種統稱的民間故事，是廣義的解釋。至於狹義的民間故事，即是指與神話、傳說並存的民譚（民話）而言。這種狹義的

民間故事，可包含魔法故事、動物故事、生活故事、笑話等四種。前
二者想像性較強；後二者想像因素少。申言之，魔法故事又稱為魔術
故事，過去也通稱之為民間童話。而動物故事也是富於想像內容的民
間故事，過去又被稱作自然童話。動物故事把人類社會生活、社會關
係等反射到動物身上加以想像虛構成的故事。這些故事中，活動角色
幾乎全都是動物形象，這些動物都和人一樣進行各項活動，有思想、
有人類的心理狀態和性格特徵，但在一定程度上，這些性格特徵又與
動物本身的習性特點相接近。這種動物故事，其中有寓言、有童話。
至於生活故事與笑話，則不屬於童話的範疇。是以所謂民間童話，譚
達先的說法是：

> 在一九七〇年代，年輕的民間文學研究者張紫晨在《民間文學
> 知識講話》一書裡，則把「民間故事幻想成分最濃的一種，兒
> 童們最喜歡」的，當作民間童話，也稱作魔法故事或魔術故事。
> 我認為，如果要說得確切點，扼要點，可以這麼說：具有幻
> 想、怪異、虛構占優勢的民間故事，才可以稱為「民間童
> 話」。這是一種民間所創作、流傳的口傳的童話。
> （見《中國民間童話研究》，木鐸版，1982年6月，頁2）

一般說來，民間童話與神話、傳說之區別在於人物。申言之，神
話的主角多屬天神，這種天神的事蹟，是對抗自然，以及社會生活在
廣大的藝術概括中的反映。因此，神話是一種藝術形式，它產生於現
實生活，而不是出自空想。而傳說的主角多是有神性的人，傳說是神
話的演變。隨著社會的進步，現實生活也不斷豐富，人們的認識能
力、自信力逐步提高，神話的主人公也就更具有人性，故事也就更具
有現實性，而這些敘述古代勇武英雄的故事，則被稱為傳說。至於民

話或童話的人物，則是生活中的百姓。他們沒有英勇的事蹟，他們不全是現實生活的反映，他們的來源雖是生活，而卻又超越了生活，重要的是遙望未來。也就是說，童話的形成動機含有了娛樂的成分，已非直接的反映。童話主角雖是凡人，然而卻挾其想像，並輔以各式各樣的寶物，如「隱身帽」、「仙丹」、「聚寶盆」等異物。透過誇張與擬人的手法，使主角變成超自然性質的人物；而情節也超越了自然。這種超越自然的人物、寶物、情節，都是產生於民間無名作者積極的浪漫主義的美麗幻想，也是現實社會中根本不可能的事物，但又使聽者感到合乎情理，易於理解。

我國有著優秀豐富的民間童話遺產。產生於原始社會時期的作品有哪些，古代由於雅俗觀念與語文不一致的限制，有關記載不多，難於具體考見。試以「螺娘型」民間童話為例，說明其文字記錄與流傳的情形。有關螺娘型故事，民初前賢已有很多人討論過。其中以時人謝明勳《唐人小說白螺精故事源流考論》（見《中國書目季刊》22卷1期，1988年6月，頁26-32）較為詳盡。

目前可見最早有文字記錄的「螺娘型」民間童話，是〔西晉〕束皙的〈發蒙記〉。原文：

> 侯官謝端，曾於海中得一大螺，中有美女，云：「我天漢中白水素女，天矜卿貧，令我為卿妻。」
> （見《初學記》卷八，嶺南道「素女」條，鼎文再版，1976年10月，頁192）

又託名晉人陶潛所記《搜神後記》中有〈白水素女〉：

> 晉安帝時，侯官人謝端，少喪父母，無有親屬，為鄰人所養。

至年十七八，恭謹自守，不履非法。始出居（按：指離開鄰人而自立），未有妻。鄉人共愍（哀憐也）念之，規為娶婦，未得。端夜臥早起，躬耕力作，不捨畫夜。後於邑下得一大螺，如三升壺，以為異物，取以歸，貯甕中。畜之數十日。端每早自野還，見其戶中有飯飲湯火，如有人為者，端謂鄰人為之惠也；數日如此，端便往謝鄰人。鄰人皆曰：「吾初不為，是何見謝也？」端又以為鄰人不喻其意。然數爾不止，後便實問。鄰人笑曰：「卿已自取婦，密著室中炊爨，而言語為人炊耶？」端默然心疑，不知其故。後方以雞鳴出去，平旦（天平明也）潛歸。於籬外竊窺其家中，見一少女從甕中出，至灶下燃火。端便入門，徑至甕所視螺，但見女，乃到灶下問曰：「新婦從何所來，而相為炊？」女人惶惑，欲還甕中，不能得去。答曰：「我天漢（天河也）中白水素女也。天帝哀卿少孤，恭慎自守，故使我權為守舍炊烹。十年之中，使卿居富得婦，自然還去。而卿無故竊相窺掩，吾形已見，不能復留，常相委去。雖然爾後自當少差，勤於田作，漁採為生，留此殼去，以貯米穀，常可不乏。」端請留。終不肯。時天忽風雨，翕然而去，端為立神座，時祭祀。居常饒足，不致大富耳。於是鄉人以女妻之，後仕至令長（官名，一縣之長）。

（見《唐前志怪小說輯釋》，文史哲版，頁433-434）

這個故事，在舊題梁任昉撰《述異記》卷上也有記錄，主人公也是謝端，但事情不同，原文是：

晉安郡有一書生謝端，為性介潔，不染聲色。嘗於海岸觀濤，得一大螺，大如一石米斛。割之，中有美女，曰：「予天漢中

白水素女，天帝矜卿純正，令為君作婦。」端以為妖，呵責遣之。女嘆息升雲而去。

（見《四庫全書》冊一〇四七，商務影印版，頁621）

從上述三篇故事的文字記錄看，前兩篇記於晉；後篇記於梁。而民間的流傳還要比三者為早。也就是說，早在一千多年前，田螺娘童話已在民間流傳。至唐代，又有「白螺精」的記載，《太平廣記》卷八十三〈吳堪〉（引自〔唐〕皇甫氏《原化記》）云：

常州義興縣，有鰥夫吳堪，少孤無兄弟。為縣吏，性恭順。其家臨荊溪，常於門前，以物遮護溪水，不曾穢污。每縣歸，則臨水看翫，敬而愛之。積數年，忽於水濱得一白螺，遂拾歸，以水養。自縣歸，見家中飲食已備，乃食之。如是十餘日，然堪為鄰母哀其寡獨，故為之執爨，乃卑謝鄰母。母曰：「何必辭？君近得佳麗修事，何謝老身？」堪曰：「無。」因問其母。母曰：「子每入縣後，便見一女子，可十七八，容顏端麗，衣服輕豔，具饌訖，即卻入房。」堪意疑白螺所為，乃密言於母曰：「堪明日當稱入縣，請於母家自隙窺之，可乎？」母曰：「可。」明旦詐出。乃見女自堪房出，入廚理爨。堪自門而入，其女遂歸房不得。堪拜之。女曰：「天知君敬護泉源，力勤小職，矜君鰥獨，勑余以奉媲，幸君垂悉，無致疑阻。」堪敬而謝之，自此彌將敬洽，閭里傳之，頗增駭異。時縣宰豪士聞堪美妻，因欲圖之。堪為吏恭謹，不犯笞責。宰謂堪曰：「君熟於吏能久矣！今要蝦蟆毛及鬼臂二物，晚衙須納。不應此物，罪責非輕。」堪唯而走出。度人間無此物，求不可得，顏色慘沮，歸述於妻。乃曰：「吾今夕殞矣！」妻笑

曰：「君憂餘物，不敢聞命，二物之求，妾能致矣！」堪聞
言，憂色稍解。妻曰：「辭出取之，少頃而到。」堪得以納
令。令視二物，微笑曰：「且出。」然終欲害之。後一日，又
召堪曰：「我要蝸斗一枚，君宜速覓此，若不至，禍在君
矣！」堪承命奔歸，又以告妻。妻曰：「吾家有之，取不難
也。乃為取之。良久，牽一獸至，大如犬，形亦類之，曰：
「此蝸斗也。」堪曰：「何能？」妻曰：「能食火。奇獸也，君速
送。」堪將此獸上宰，宰見之怒曰：「吾索蝸斗，此乃犬
也。」又曰：「必何所能？」曰：「食火。其糞火。」宰遂索炭
燒之，遣食。食訖，糞之於地，皆火也。宰怒曰：「用此物
奚？」令除火埽糞，方欲害堪。吏以物及糞，應手洞然，火颷
暴起，焚爇牆宇，煙焰四合，彌亘城門。宰身及一家，皆為煨
爐。乃失吳堪及妻。其縣遂遷於西數步，今之城是也。

（見明倫出版社，1975年1月再版，頁538-539）

　　皇甫氏之《原化記》，可說總結六朝的傳聞，而益之以新義。這
則故事，較諸前代〈白水素女〉之單一情節，算是繁複了許多。馮夢
龍《情史》卷十九〈情疑類〉〈白螺天女〉條（見廣文書局影印本，
1982年8月），及清人程麟《此中人語》卷二〈田螺妖〉條（見《筆記
小說大觀初篇》，新興版，頁3648-3649）所記，大抵均未能超出前代
之範圍。在後來的流傳裡，此則故事由最先之簡單結構，又吸收了不
少助增血肉的材料，是以整個故事的內容便愈來愈趨於複雜。直到近
代，許多地方仍有田螺娘的童話流傳下來。如福建的〈嫘女江〉，除
《中國民間童話研究》引錄者外（見頁13-15），又〈福建傳說〉（北
大民俗叢書第一三八冊，東方文化書局有影印本）亦收錄有〈福州嫘
女江的神話〉：

福州南門外環抱螺洲的那條大江，俗稱螺女江，又名螺江。螺江在侯官十三都石岊對面，上接囷溪，下入閩江；螺洲居虎頭山北面，對外往來方便。

關於這條螺女江得名的由來，民間流傳著一段美麗動人的神話。很久很久以前，福州有個勤苦純樸的佃農，姓謝名端。謝端小時候就死了父親，家裡僅有一個雙目失明的老母，他每天既要下田耕作，又要燒飯煮菜養活母親。

一天傍晚，他從田裡回家，照例走到江邊洗濯手腳，忽然看見泥灘上有一只螺，又大又好看，便撿起帶回家，放在水缸裡養著。第二天中午，謝端從田間回家要燒午飯，一進門卻見飯菜都已煮好放在膳桌上，熱騰騰地像是剛從鍋裡倒出來，他以為是雙目失明的老母作出來的，母親卻說不是，謝端又以為一定是鄰居來幫他燒的了。可是一連幾天都是這樣，而且餚饌愈來愈豐盛了；他心裡很感激，又很納悶，想不出是哪個好心腸的鄰家送來的，飯後他四處找那燒飯人去道謝。誰知跑遍四鄰，大家都說沒有給他作過飯，他愈是疑惑究竟這些飯菜誰作的呢？第二天，他又照常出門下田，但心頭這個疙瘩解不開，哪有心思到田裡工作，不到一刻工夫，謝端荷上鋤頭，偷偷地摸到家門外廚房窗口窺望，一看大吃一驚，原來有一個美艷無比的女郎，從水缸中跨出來，在灶前淘米切菜，動手給他燒飯。他又驚又喜，連忙推門進去，一個箭步闖入廚房，問道：

「小姐，究竟是誰家女兒，素不相識，不敢請你作飯。」

那女郎一時閃避不及，只好據實告訴他，說自己是哪個大螺變的，因為同情他勤勞忠厚，清貧有孝，所以來幫助他。

從此，女郎便在謝端家裡幫助，不久，鄰居們給他作媒，結為夫妻，謝端和螺女一同勞動，過著恩愛和睦的好日子。

不久，這件美事傳到螺洲地主耳中，地主垂涎螺女姿色，很想奪占這位美人兒。他想了想，便將謝端積久的租糧，七加八翻的，弄出了個大數字，派人向謝端迫還，期限三天，逾期不還，就要將他妻子抵押。

謝端又氣又惱，終日愁眉苦臉，長吁短歎，螺女瞧在眼裡，悶在心裡，幾次追問他，總是吞吞吐吐不肯說明白。交租期限只剩一天了，謝端只好把原委一一告訴螺女，螺女聽了笑說：「欠租糧，我設法還他就是了。」

當晚，螺女施展法術，把地主家穀倉中的存穀，暗運到謝端家裡。第三天，地主的爪牙來迫租，滿以為可把螺女搶到手，卻不料謝端拿穀子還了債。

地主見迫租的計策失敗了，是很不甘心，便去勾結官府，誣告謝端盜竊。謝端夫妻被衙門差役逮捕了。鄉裡鄰居們都憤忿地跟著他們走，一同來到公堂上。貪官早收了賄賂，一開堂不由分說，立刻判處謝端死刑，妻歸地主。

堂下鄉人聞判大譁，就在這一剎那，忽然天昏地暗，日月無光，空中降下神火，把貪官和地主倆活活燒死。衙門吏役驚惶失色，連忙釋放謝端夫婦回家。

從此再也沒有人敢來欺侮他們了。夫妻倆日出而作，日入而息，夫耕婦織，過著恩愛好日子。後人為了紀念螺女，就將他們所居住的地方稱為螺洲，立廟祀奉。環繞螺洲的那條江水稱為螺女江，簡名螺江。（頁54-57）

除外，吳瀛濤的《臺灣民俗》，也收有〈蜆女〉一文：

有個窮農夫，沒有錢娶妻，過著了獨身的生活。他家有一隻祖

先時代就傳下來的老蜆。一日，這隻蜆裡化出來一個美女，趁
農夫去耕作不在的時候，就替他炊好了飯，洗好了衣服。農夫
回家，當然不知其理由，心裡感覺很奇怪。這樣一連過了幾
天，農夫要知究竟，有一天，就假裝著去耕作，卻躲在屋後窺
視。看到了蜆從水缸裡爬出來，並變出一個美女。農夫就趕快
將蜆殼藏匿懷中，且向哪個美女要求做他的妻子，美女不得已
答應了，以後生了幾個孩子。

一日，農夫不慎，竟對孩子說出了母親是蜆變的，孩子也就問
母親有沒有這種事。於是母親就去責問丈夫說：「你怎麼知道
我是蜆怪呢？」丈夫一被她這樣追問就答說：「當然知道的」。
說著就將平日很要緊地藏於懷中的蜆殼拿出給她看。她一看到
蜆殼，就趁丈夫不注意時，奪了回去，又復變回了從前的一隻
蜆，走入水缸去了。

（見《臺灣民俗》，眾文圖書公司，1984年1月，頁452-453）

這篇民間童話的最原始的作品，是否在晉代才產生呢？按民間文
學作品被記錄的慣例，總是在經過一段時間的流傳之後，才引起文人
學者的注意以及寫定。由此可知，田螺娘的童話，在晉代以前早已流
傳；到了晉代第一次寫定，又經過一段時期，到了梁代再一次被寫
錄。後來，經過一千多年的流傳、發展，到了近代，終於產生了各種
流變與異體。就以林蘭編輯的民間故事而論（東方文化書局有影印
本）。其中〈金田雞〉中有「九天玄女」（頁45-51）、〈怪兄弟〉中有
「河蚌精」（頁86-88），〈獨腳的孩子〉中有「田螺精」（頁39-42），
〈鬼兄弟〉中有「田螺娘」（頁90-92），皆屬「螺娘型」的民間童話。

又如「天鵝處女型」的童話，它在晉人干寶的《搜神記》卷十四
有記載：

豫章（郡名，漢置，今北西省）新喻縣（今江西清江縣）男
子，見田中有六七女，皆衣毛衣，不知是鳥。匍匐往，得其一
女所解毛衣，取藏之，即往就諸鳥。諸鳥各飛去，一鳥獨不得
去。男子取以為婦。生三女。其母後使女問父，知衣在積稻
下，得之，衣而飛去，後復以迎三女，女亦得飛去。
（見《筆記小說大觀》四編冊二，新興版，頁932）

後來，郭氏的《玄中記》裡，也記錄了這個故事，只是語句稍有不
同，原文是：

昔豫章男子，見田中有六、七女人，不知是鳥，匍匐往，先得
其毛衣，取藏之，即往就諸鳥。諸鳥各去就毛衣，衣之飛去。
一鳥獨不得去，男子取以為婦。生三女。其母後使女問父，知
衣在積稻下，得之，衣而飛去。後以女迎三女，三女兒得衣亦
飛去。（見《唐前志怪小說輯釋》，文史哲版，頁196）

到了本世紀初，在甘肅敦煌石室發現了唐代署名句道興撰的《搜
神記》裡，曾有〈田崑崙〉的故事（詳見《敦煌變文》下冊第八編，
世界版，頁882-885），全文約有二千字，在思想上裝飾較少，語言較
淺，也吸收了一些唐代的民間口語。這篇作品與前引兩篇作品相比
較，很明顯地可以看出它的故事情節已有了較大的發展演變。前兩篇
作品較簡樸，大約是很接近民間原型的作品。這種「天鵝處女型」的
故事。世界各地都有類似的記錄。在近代，《蒙古民間故事及寓言》
一書裡（周寶鳳編撰，臺北市：中華書局，1983年6月），有〈蜥蜴和
僕人〉（頁63-67）一文，其故事情節與「天鵝處女型」的故事相同。
據此，可以推知：就算僅僅從晉代算起，這類「天鵝處女型」的童

話，流傳至今至少有一千多年的歷史了。

又段成式的〈吳洞〉一文（見《酉陽雜俎》，漢京版，1983年10月，頁200-201）是記錄南方人傳誦的一篇童話。其女主角葉限，它的故事情節，與流行世界各地的「灰姑娘型」童話大同小異，它是現存「灰姑娘」故事最早見於記載的一則童話。

又如「老虎外婆」的故事，就和貝洛爾的「小紅帽」十分相似，而它最早的記載，似乎是清代康熙年間黃之雋所作〈虎媼傳〉（見黃承增編寄鷗問舫藏版《廣虞初新志》卷十九）。在現代，則有杭州中國民俗學會編審，一九三二年十一月發行的《民間月刊》二卷二號的〈老虎外婆故事專輯〉，共收各省此類童話二十一篇。這種作品最初可能產生於很古老的年代，那時在窮鄉僻壤中，人類和野獸有著極其密切的關係，不是惡獸吃人，就是人戰勝惡獸。這種故事情節大同小異，至今各地仍流行，祇是充當外婆的惡獸不同，有「老狼婆」、「老狐精」、「大黑狼」、「虎姑婆」、「熊家婆」等，在臺灣則稱為「虎姑婆」。

從上述的例子，我們明白有的民間童話是流傳很早的。不少在近代流傳的民間童話，由於缺乏早期的原始，已經無法考知產生的真實年代，但從所反映的思想內容，既有濃厚的原始生活、原始思想的因素，又有某些封建時代人物活動的色彩。雖然，由於流傳或適應某種需要，有些民間童話的結尾，時常把故事中的人物附會到特定的時空，給補充上傳說性尾巴，可能會引起懷疑，但只要從整個作品的思想與藝術特點來看，仍可確定它是童話的。

我們口述傳襲下來的民間童話，既豐富且量多。民國初期的民俗熱潮，曾經有過搜集與整理，但做得不夠好。我們還沒有一本有系統、比較完整的一些可供研究用的中國民間童話集出版。林蘭編輯的《民間故事叢書》三十種（臺灣東方文化書局有影印本。）是民國初

期的收集成果，其中〈金田雞〉、〈瓜王〉、〈怪兄弟〉、〈菜花郎〉、〈換心記〉、〈鬼哥哥〉、〈雲中的母親〉、〈三個願望〉等書，可說就是民間童話集。又一九三〇年十一月出版的劉克明的《臺灣古今談》，則是早期收集的民間傳說集。

三　古代童話的整理

中國是個童話古國，然而，使童話概念顯現者，則不得不歸之於外來力量的衝擊。

早期最用心於童話的人，自當首推趙景深其人。趙景深（1902-1985），四川宜賓人，一九二二年畢業於天津棉業學校，文學是他自學出來的。他在天津讀中學時，就開始翻譯安徒生的童話，至一九二二年畢業，開始撰寫有關童話的論述文章，計出單行本五種：

《童話論集》	開明書局	1927年9月
《童話概要》	北新書局	1927年7月
《童話學ABC》	世界書局	1929年2月
《童話評論》	新文化書社	1934年10月再版

這些童話論述的書，可說是代表早期研究的成果。他在一九二五年，曾由鄭振鐸推薦去上海大學講授童話，講義後來交北新書局出版，書名《童話概要》。這是我國最早在大學開設的童話課。

在趙景深之前，又有孫毓修、周作人兩人，對童話的發展有過貢獻，尤其是對於古童話的肯定，更是值得大書特書。以下試為介紹一、二：

（一）孫毓修

　　有人將孫毓修稱之為「現代中國童話的祖師」。因為〈無貓國〉童話的出現，正表示著中國現代童話的開始。

　　清朝末年，緣於西潮的衝擊，有識之士認為普及教育是強國之道。一九〇二年商務印書館在上海成立，開始編輯發行中小學校的教科書為主，並注意青少年與兒童的新知識教育，先後發行有《教育雜誌》、《小說月報》、《婦女雜誌》、《少年雜誌》、《兒童教育畫》等許多刊物。其中，有一個叫《童話》，這個《童話》不定期出版，像刊物，又像是叢書。

　　《童話》的創辦，時間是一九〇九年，即宣統元年的三月。這是我國第一次出現「童話」這個用詞。

　　《童話》的創辦者，就是孫毓修，他也是編撰者。孫毓修，又名星如、留庵，別署吳舊孫，生卒年月不詳，大約一八六二至一八六五年，即清同治初，生於江蘇無錫。幼時在無錫南菁書院讀書，有深厚的國學基礎。後來又曾向教堂中的美國牧師學過英語，所以又有外語能力。商務印書館開辦設立編譯部，他是高級館員。起先做版本審核工作，後來調到國教部，負責主編「童話」。

　　《童話》的第一篇作品是〈無貓國〉。這篇作品，可說是我國第一篇叫「童話」的作品，文長有五千多字。

　　《童話》集刊是按照兒童的年齡分為兩類。第一集是為七、八歲兒童編的，每篇字數限在五千左右。第二集是為十、十一歲的兒童編的，字數在一萬字左右。童話的第一、二集，計孫毓修的七十七種，沈德鴻（茅盾）的十七種，其他四種，合計共九十八種。再加上鄭振鐸所編的第三集四種，總計是一百零二種。這些書是當時孩子的恩物與伴侶。

　　孫毓修編撰《童話》的目的，是在啟發知識、涵養德性。而「童話」的題材，有取自古書舊事，有取自歐美所流行的故事。其題材來源據趙景深在〈孫毓修童話的來源〉一文裡說：

> 在這七十七種童話中有二十九種是中國歷史故事。其中取材最多的是史記，凡十二種：湛盧劍〈吳太伯世家〉、獻西施笨哥哥〈越世家〉、秘密兒〈趙世家〉、蘆中人〈伍子胥列傳〉、夜光璧〈廉頗藺相如列傳〉、火牛陣〈田單列傳〉、銅柱刧〈刺客列傳〉、丈人女婿〈張耳陳餘列傳〉、氣英布〈鯨布列傳〉、馬上談〈酈生陸賈列傳〉、救季布〈季布欒布列傳〉。取材於前後漢書的則有河梁怨〈李陵蘇武傳〉、河伯娶婦〈王式傳〉、雞黍約〈范式張劭傳〉三種。取材於唐人小說的則有蘭亭會扶餘王二種。其餘女軍人取材於孔雀東南飛木蘭辭等，風波亭取材於岳傳，伯牙琴取材於今古奇觀，風雪英雄取材於虞初新志，中山狼取材於馬中錫的中心狼傳，凡五種。此外晉朝的故事除三害，宋朝的故事紅線領賽臬陶風塵三達，明朝的故事教子杯無瑕璧哥哥弟弟凡七種。
>
> 西洋民間故事和名著，有四十八種，它們的來源，我疑心有一小半是取材於故事讀本，而不是取材於專書的。
>
> （見《民間故事研究叢話》，東方文化供應社影印本，1969年10月，頁35-36）

　　孫毓修有系統地介紹當時外國的一些童話名作，影響所及超過古書舊事的改寫。這一些富於想像的、大膽誇張的外國作品，給當時的兒童文學界很大的啟發。

　　至於他取材自古書舊事的童話，其實是一些歷史故事、傳奇故

事。在今天看來，還不能算是童話。但是，他撰寫童話作品的時候，很注意文筆的樸實，他的故事完全是中國式的，即使哪些外國故事，他也要它寫成適合中國閱讀習慣的作品。他每寫完一篇作品，一定讓哪些十來歲的兒童先閱讀，然後根據兒童的反映作刪改。

他為了使兒童能理解這些童話，在每篇童話之前，都按宋元評話話本的格式，寫一段楔子、評語。後來，一些童話作者都效仿他的寫法，可見影響之大。

雖然，孫毓修認為凡供應兒童閱讀的故事都是童話的觀念，是有失空泛。同時，他也忽略了民間童話。我們可以說，他當時對於「童話」這種文體，認識不可能是很完整的，這是歷史的限制，然而，他對於童話的功用、特點、題材所作的努力是非常可貴的，尤其是在題材方面，他讓我們知道：我們中國是有豐富的童話。他為日後童話的發展，開闢了一條道路，對為後人所沿行。

（二）周作人

周作人是新文學的一代大師，更是近代中國散文藝術最偉大的塑造者之一，他繼承古典傳統的精華，吸收外國文化的神髓，兼容並蓄，體驗現實，以文言的雅約以及外語的新奇，和白話語體相結合，創造生動有效的新詞彙和新語法，重視文理的結構，文句的均勻，和文采的彬蔚，為二十世紀的新散文刻劃出再生的風貌。

他早年亦曾經參與兒童文學理論的研究。就童話而言，他在我國現代童話史上，是一個有過貢獻的人。

周作人（1885-1968），原名遐壽，又名啟明、知堂老人等。浙江紹興人，是魯迅的弟弟。青年時代曾留學日本。一九一一年由日本回國，在故鄉的省立第五中學做教師，並擔任縣教育會會長，並在一九一三年十月創辦了一份《紹興教育會月刊》。同時開始寫童話和兒童

文學的理論。這些理論大多發表於他辦的刊物。這月刊成了我國早期的一本兒童文學理論刊物。五四時期，任教於北京大學等校。抗日時期，曾擔任偽華北政務委員會總署督辦。

他有關童話論述的文章，除收存於《兒童文學小論》（上海兒童書局，1942年3月）的三篇之外，還有和趙景深的童話對談，發表於《晨報》副刊，時間是一九二二年一月二十五日、二月十二日、三月二十八日、三月二十九日、四月九日，分五次登完，這次討論共發表書信九封，其中趙景深五封、周作人四封。這些討論書信後來收存於趙景深所編的《童話論集》裡。

收錄於《兒童文學小論》裡的三篇童話理論，即是〈童話研究〉、〈童話略論〉、〈古童話釋義〉。據作者在該書的序文裡說是寫於一九一三、一九一四年。而鄭樹森於《聯合報》一九八五年六月七日的〈文學日誌〉云：

> 一九一二年周作人在六月六日及七日《民興日報》發表〈童話研究〉。此文後來又重刊於一九一三年八月刊行的《教育部編纂處月刊》。該刊九月發表〈童話略論〉。這兩篇論文可能是中國現代文學史上最早關於童話的專論，前篇且以比較角度闡述中外童話之淵源與異同。

周作人的童話論述，是目前可見到的最早論述文章，也是當時最有研究、最有影響的一位童話理論工作者。

〈童話略論〉一篇，全文分緒言、童話之起源、童話之分類、童話之解釋、童話之變遷、童話之應用、童話之評騭、人為童話、結論等九節，是一篇有系統的論述性文章。本篇「緒言」說：「童話研究當以民俗學為據，探討其本原，更益以兒童學，以定其應用之範圍，

乃為得之。」（見《兒童文學小論》，頁7）可見其立足論點。又本文並見「兒童之文學」的用詞。

〈童話研究〉一篇，則仍以前文立足論點為據，分析中外童話。

至於，〈古童話釋義〉一文，其旨在論證「中國雖古無童話之名，然實固有成文之童話」。在前面兩篇文章亦曾有此論述：

> 中國童話未經蒐集，今所有者，出於傳譯，有大拇指及玻璃鞋為佳，以其係純正童話，〈無貓國〉盛行於英，但猶〈今古奇觀〉中洞庭紅故事，實世說之流也。
> （《童話略論》，里仁影印本，頁17）
>
> 今將就中國童話，少加證釋，以為實例。第久經散逸，又復無人采輯，幾將蕩然，故今茲所及，但以兒時所聞者為主，雖止一二叢殘之佳，又限於越地，深恨闕漏，然不得已，尚期他日廣蒐遍集，更治理之耳。（《童話研究》，頁19）
>
> 中國童話自昔有之，越中人家皆以是娛小兒，鄉邨之間尤多存者，第未嘗有人采錄，任之散逸，近世俗化流行，古風衰歇，長者希復言之，稚子亦遂鮮有知之者，循是以往，不及一世，漸沒將盡，收拾之功，能無急急也。格林之功績，弗勒貝爾（Froebel, 1782-1852）之學說，出世既六十年，影響遍於全宇，而獨遺於華土，抑何相見之晚與。（同上，頁37）

申言之，〈古童話釋義〉一文，是在否定中國古無童話說法，而他的寫作動機，則是針對商務《童話》第十四篇〈玻璃鞋〉而寫，在該文前端有云：

> 中國自昔無童話之目，近始有坊流行，商務童話第十四篇〈玻璃鞋〉發端云：「〈無貓國〉是諸君的第一本童話，在六年前剛

才發現，從此諸君始識得講故事的朋友，〈無貓國〉再算中國
第一本童話，然世界上第一本童話要推這本《玻璃鞋》，在四
千年前已出現於埃及國內」云云，實乃不然，中國雖古無童話
之名，然實固有成文之童話，見晉唐小說，特多歸諸志怪之
中，莫為辨別耳。今略舉數例，附以解說，俾知其本來意旨，
與荒唐造作之言，固自有別。用童話者，當上採古籍之遺留，
下集口碑所傳道，次更遠求異文，補其缺少，庶為富足，然而
非所可望於並代矣。（頁39）

周氏進而在文中舉〈吳洞〉、〈旁也〉（二者見《酉陽俎雜》續集卷一
支諾皋上）、〈女雀〉（見郭氏《玄中記》）三則為例，詳加說明與比
較，並旁及「雀折足」（越中童話）、〈馬頭娘〉、〈槃瓠〉、〈劉阮天
臺〉、〈爛柯〉等篇。除外，在〈童話研究〉一文裡，亦提及〈蛇郎〉
（越童話）、〈老虎外婆〉兩篇口述童話，其目的皆在印證中國自古即
有童話的存在。

　　總之，周氏這篇〈古童話釋義〉，對當時惟外國童話是瞻，說中國
古無童話的人，是很有說服力的反擊。洪汛濤在《童話學講義》曾說：

　　　　周作人的這篇〈古童話釋義〉，把一九〇九年開始的現代童話
　　　　和古代的無童話之名的童話傳統，從理論上銜接起來了。這對
　　　　中國童話的發展是有貢獻的。（見第二章第四節，頁266）

（三）其他

　　國外對於我們中國的童話寶藏，向來都是非常注意的。據趙景深
在《民間故事叢談》（中山大學民俗叢書、東方文化供應社有影印
本）與《近代文學叢談》（中華藝林文物出版公司，1976年11月）兩
書裡，可見外國人收錄的中國童話有五種。

　　十九世紀末期，有一個叫費爾德（Adele M. Fielde）的美國學者，在中國汕頭住了十七年，搜集了四十個汕頭的民間童話，編成《中國夜譚》一書。這本童話集於一八九三年在倫敦、紐約等地先後出版。

　　另有一美國學者皮特曼（Normon H. Pitman），在一九一〇年也出版了一本《中國童話集》，內容故事十一篇，彩色插圖八幅，取材皆以書本為多。又有馬旦氏《中國童話集》、亞當氏（Marion I. Adams）《中國童話集》、白朗（Brian Brown）《中國夜談》等三種。

　　以古書或民間故事作材料，改寫而成的新童話，是孫毓修為童話發展所開闢出來的一條道路。早期商務印書館、中華書局，都有改編的中國古典童話集出版（大部分收入他們的「小學生文庫」與「小朋友文庫」裡）。今就目前坊間可見改寫童話集轉錄如下：

　　　　《小黃雀》　蘇樺著　小學生雜誌社　1966年4月
　　　　《中國童話故事集》　陳小仲編　進學書局　1972年6月
　　　　《中國童話集》　編輯委員會編譯　東方出版社　1977年2月
　　　　《可愛的中國童話》　林耀川編著　名人出版社　1979年5月
　　　　《中國童話》　蘇崇中、陳里光譯　萬人出版社　1982年
　　　　《洞庭紅》　姜如琳改寫　聯廣圖書公司　1983年12月
　　　　《中國童話》　蘇樺改寫　聯廣圖書公司　1983年1月
　　　　《五彩筆》　楊思諶著　九歌兒童書房　1983年3月
　　　　《中國童話選集》　黃桂雲譯　大眾書局　1985年8月再版
　　　　《中國童話故事》　王映鈞、李月蓮編校　景文出版社　1988年3月

　　其中，《五彩筆》各篇在四十五年間刊登於中華日報《中華兒童》周刊，後來並由報社出版單行本，書名就叫《五彩筆》。

而萬人出版社國際中文版的《中國童話》，原是日本講談社《世界童話故事全集》的第十一本，計收七篇。

綜觀各書，於取材來源，大都未能有清楚的交代。但從以上各書所收錄文章，至少，我們可以確信古代中國是有童話的。

收集或整理古代童話，在民國初期，曾有許多學者致力過，如日本人片岡巖的《臺灣風俗誌》（原書於1921年2月出版。1982年1月有大立出版社陳金田譯本），其中有《臺灣的童話故事》十四篇（見頁408-417），又十八年謝雲聲的《福建故事》（民俗叢書九十八至一〇〇，東方文化供應社影印本），第二集即為《童話》十七篇作品。又如十七年米星如改寫的《仙蟹》（民俗叢書五十七，東方文化供應社影印本）十二篇，即為改自古童話素材。

四　後語

所謂中國的創作童話，必須富有現代性、幽默性與啟發性。而這些現代性、幽默性與啟發性必須是中國式的。而中國式的現代性、幽默性與起發性，則必是源於中國人的生活與傳統。

雖然，在我國近代童話的發展過程中，我們不可磨滅外國作品對我國童話發展的影響。在童話發展中，許多外國作品，我們借鏡過，學習過，並從其中汲取過他們的精華。

然而，今天的童話，除外來的影響之外，我們更必須有自己的傳統。亦即是必須立足在過去童話的基礎上，進而發展起來。所謂過去童話的基礎，即是指我國的古童話。這種古童話，包括典籍裡的童話和民間童話兩種。為了繼往與開來，搜集與整理童話是必須的。

我國對古童話的發掘與研究工作，可以說仍有待努力，我們有待於中國古童話全集的問世。

參考書目

一

張雪門等　《兒童讀物研究》　小學生雜誌社　1965年4月

吳　鼎等　《「童話研究」專輯》　小學生雜誌社　1966年5月

林守為著　《童話研究》　自印本　1970年11月

松林武雄著　《童話與兒童研究》　新文豐出版公司　1978年9月

胡從經著　《晚清兒童文學鈎沈》　少年兒童出版社　1982年4月

譚達先著　《中國民間童話研究》　木鐸出版社　1982年6月

譚達先著　《中國動物故事研究》　木鐸出版社　1982年6月

周作人著　《兒童文學小論》　里仁書局影印本　1982年7月

洪汛濤著　《童話學講稿》　安徽少年兒童出版社　1986年12月

二

朱介凡、婁子匡著　《五十年來的中國俗文學》　正中書局　1967年3月二版

烏丙安著　《民間文學概要》　春風文藝出版社　1980年11月

程毅中著　《宋元話本》　木鐸出版社　1983年7月

劉葉秋著　《魏晉南北朝小說》　木鐸出版社　1983年9月

吳志達著　《唐人傳奇》　木鐸出版社　1983年9月

吳雙翼著　《明清小說講話》　木鐸出版社　1983年9月再版

《歷代小說序跋選注》　文鏡文化出版公司　1984年6月

施翠峰著　《臺灣民譚探源》　漢光文化公司　1985年5月

孟　瑤著　《中國小說史》（上下）　傳記文學出版社　1986年1月新版

宋浩慶等　《中國古代小說史十五講》　木鐸出版社　1987年8月

魯　迅著　《中國小說史略》　坊間影印本
劉葉秋著　《歷代筆記概述》　木鐸出版社

解讀兒童戲劇與遊戲

　　臺灣地區兒童戲劇的推廣，如果從一九七四年十一月二十六日國教司頒布「國中國小兒童戲劇實施要點」算起，至今已有十五年之久，而成果如何呢？

　　據一九八八年底一項對臺北地區五所大學所作的問卷調查顯示，大學生的休閒活動中，藝術表演活動所占比例極低，其中有百分之廿的受訪者，從未觀賞過藝術表演團體的演出，百分之廿七的人一學期才看一次。相對的「證券投資」、「財經習題」的研究卻蔚成風氣：

　　有關新生代支配零用錢的情形，百分之三十三在「吃」上，「購物」占百分之廿八點一；「休閒活動」占百分之十三，最後才是買書及儲蓄。

　　新生代確實是一個不同的時代，他們有他們的世界。因此，我們對於兒童戲劇亦當以他們的觀點考慮。雖然兒童戲劇有創造性戲劇、兒童劇場、娛樂性劇場之分，但如果我們肯從兒童的立足觀點來看它，或許我們要皆以遊戲的態度來處理。

　　以下試說明我對遊戲的看法。

　　遊戲是一個古老的名詞。雖然就體育學的立場來說，它僅是體育的一種形式；可是就廣義的古老意義來說，它實在可以涵蓋體育的一切活動。遊戲是人類的本能活動，各種運動都是由遊戲發展而來的。

　　藝術起源於遊戲，這是康德所提示出來的，而後詩人席勒光大此說。雖然我們不能從遊戲說而肯定藝術的起源即是遊戲；但是，「遊戲」在目前卻是怵目驚心的字眼。

目前，我們身處的時代，有人稱之為第三波資訊社會、後工業社會，或是後現代社會；而在一九六五年以後出生的人，稱之為「新人類」，這些新人類「富庶族群」，也有人稱他們為「蟋蟀」，這些人有以下的特點和思考邏輯。

一、樂觀，凡事充滿期盼及活力。

二、強調消費享受，而且是感性消費。

三、講求快速效率，瞬息變化萬千。

四、功利主義及個人主義，以錢作人生目標。

五、模仿力、創造力、組合力強大。

（詳見馬家輝：《都市新人類》，遠流版，1989年7月，頁41）

由以上的特點可知，現代社會是個「消費社會」，而「消費社會」內的新人類，他們的人生哲學是「三愛主義」：

愛美、愛玩、愛新。

因此，也有人稱新人類為「遊戲人」，以別於老一輩的「工作人」。

在「全面遊戲化社會」裡，「遊戲」成為最重要的關鍵字。人與物的關係，以滿足快樂需求為存在前提，人與人的關係，亦以快樂為主。所以，在生活的領域內，人類都積極的尋求「遊戲」或「擬似遊戲」的愉快感覺。

就商品消費的立場來看，講求便利時代的主要理念是「輕、薄、短、小」；但是在講求遊戲樂趣的時代，新的理念則是「創、遊、美、人」；也就是以感性和感覺為主，追求的是商品的創造性、遊戲性、美感和人性。

當遊戲開始以文化機能登場，遊戲就不再是本能的活動，也不再是一種無條件、與生俱來的生存方式；相反的，它具有下列三種特徵：

一、自由：遊戲必是自由的行動。

二、非日常：遊戲逐漸從日常生活中脫離。

三、限制性：遊戲得在一定時間、空間的界限內進行。

（詳見彭德中譯：《餘暇社會學》，遠流版，1989年11月，頁61-64。）

從此，遊戲成為當代社會休閒的立論根據，也是當代社會的特質，而我們的孩子也開始有了「好動兒」。甚至文學批評也是一場遊戲而已。德希達說：「詮釋只是遊戲。」德希達的遊戲概念的一個基本特徵是開放性。從某種意義上說，在無底的棋盤上所進行的遊戲是一種不可能獲勝的遊戲。

面對強勢遊戲概念的侵襲，個人認為把遊戲再視為本能的活動，而且注入兒童戲劇之中，或許是我們當前理當省思的課題。因此，對於兒童戲劇的發展空間，個人是持相當樂觀的看法。

目前，週末是國小團體活動時間，或許成立娛樂性劇團，不失為是良好的時機；而行政單位落實的做法，似乎應該輔導各師院成立永久性的劇團。

最後，我建議：

多留些遊戲的空間給孩子，更不要把孩子當工具。

兒童文學的演進與展望

　　有人認為世界兒童文學是隨著貝洛爾（Charles Perrault, 1628-1703）
《鵝媽媽的故事》的出現而誕生的。這本童話集，產生於一六九七
年。而我國現代兒童文學與之相比，確實是遲生的嬰兒。其實，西方
在一段很長的時間中，小孩子只被認為是具體而微的成人，童年並沒
有什麼特性。因此兒童文學時常被歸為次文學、邊緣文學或模糊文
學；甚至有人認為專為兒童寫的作品，不應該稱之為文學。是以兒童
文學與成人文學相比，兒童文學是一門年輕的文學。說它年輕，不是
指讀者，而是指創作歷史。

　　我們相信兒童文學的產生，是肇始於教育兒童的需要。或許我們
不能說自有兒童教育，便有兒童文學；反之，也不能說兒童文學的客
觀存在是在兒童教育出現之後。因為從現存的資料看，兒童文學作品
幾乎跟遠古的民間口頭文學同時產生；但那只是兒童文學的原始型態
也可以說並未完全具備兒童文學的特點與作品的雛型。因此我們可以
說，隨著社會的發展，兒童教育觀念的改變，兒童文學的編寫態度往
往也隨著改變。只有社會精神文明發展到一定階段，兒童教育需要兒
童文學來作為教育兒童的工具時，兒童文學才應運而生，並從文學中
分化出來，成為一門獨立的學科。

　　從「童年」這觀念的認清，到兒童文學的受重視，在西方，這期
間大約有兩百年的時光。而在這兩百年中，成人縱然是有意為兒童創
作讀物，讀物的內容也極少是為娛樂兒童而寫；它們都含有極嚴肅的
教訓目的。直到十八世紀以後，兒童文學的創作才開始以兒童的興趣

與教育並重。英人紐伯瑞（John Newbery, 1713-1767）是第一個在他為兒童出版的書頁上，寫著「娛樂」字眼的人。從此，成人承認孩子應享有童年，並在文學中表現他們哪個階段的特質和趣味；進而探討哪個階段的生活和思想型態。十九世紀始逐漸被人承認為正當的文學創作。進入二十世紀以後，專業的兒童文學作家才漸漸出現，而學科也因此成立。

一般說來，二十世紀以後，由於發展心理學勃興，導致心理學界、教育學界對兒童的獨特性加以肯定；認為從發展的觀點看，兒童不是小大人，而是有他們自己的權利、需要、興趣和能力的個人。聯合國於一九五九年通過「兒童權利宣言」，可說正是這種潮流的具體反映。

在這種新觀念的主導下，「注重啟發」、「摒棄教訓」、「兒童本位」成為廿世紀兒童教育思想的主流。

其實，從某種意義上說，一部兒童文學發展史，就是成人「兒童觀」的演變史。兒童文學的發現來自兒童的發現；兒童的發現直接與人的發現緊密相連。而人類對自身的發現是一段漫長的探索歷程。

考各國兒童文學的源頭，一般說來有三：

第一個源頭是口傳文學。

第二個源頭是古代典籍。

第三個源頭是歷代啟蒙教材。

就我國兒童文學的發展軌跡而言，二、三兩個源頭，由於教育觀念的不同，以及「雅」教育的獨尊，再加上舊社會解組時期的揚棄，致使在發展的承襲上隱而不顯。

至於口傳文學的源頭，事實上，傳統的中國，由於教育不普及，過去百分七、八十以上的中國人，都生活在民間的文化傳統之中。他們的教育來自民俗曲藝、戲劇唱本等；他們也許不去念《三國志》，

但他們對《三國演義》卻耳熟能詳。

又早期大量介紹和翻譯外國優秀的兒童作品，就我國的兒童文學發展而言，無疑起了積極的作用。同時也給作家創作帶來一定的啟發和借鏡。因此，外來的翻譯作品，也是我國新時代的兒童文學的源頭之一。

至於我國新時代兒童文學發軔於何時？這是個有趣且爭議甚多的問題。一般說來，兒童文學一詞周作人早在一九一三、一九一四年間即已採用，並已見之於刊物；而其流行使用則是九年以後的事。其實從近代的文獻資料中，我們可以知道晚清以來的兒童文學，已如同繁星璀璨的夜空，呈現一片燦爛多彩的景象。不僅其上限年代遠遠超過了〈無貓國〉的問世時題，而且更值得欣喜的是，中國近代許多著名的啟蒙思想家、藝術家、翻譯家、詩人，都曾留心於兒童文學，為中國兒童文學史寫下光耀奪目的一章；同時我們更發現新時代的兒童文學的發展更與通俗文學、國語等運動息息相關。因此我國新時代兒童文學與世界各國兒童文學相比，都有顯明的特色。首先，中國新時代兒童文學雖然起步遲，然而起點高，發展快，這在世界兒童文學史上是獨樹一幟的。其次，新時代兒童文學與現實生活緊密結合，是時代生活的一面真實鏡子。再次，注意教育方向性是我國新時代兒童文學一個非常顯著的特點。最後，我國新時代兒童文學具有鮮明的民族風格。（以上詳見蔣風主編《中國現代兒童文學史》，河北少年兒童出版社，頁7-12）

概言之，我國新時代的兒童文學，或始於一九○九年商務印書館出版孫毓修主編的《童話》叢書為標誌。而五四新文化運動，則為兒童文學揭開了新的一頁。五四為它注入了新的血液，顯示出五四所賦予的嶄新姿態。從此中國的兒童文學才真正邁開腳步。而後由文學研究會發起「兒童文學運動」，更取得多方面的卓越成就。兒童文學成

為中國現代文學一個重要的組成部分，為它的發展開闢了廣闊的前
程。從五四起至國民黨撤離大陸止，中國新時代的兒童文學文學走過
了三十年的歷程。在三十年裡，它呼喚兒童覺醒，幫助兒童理解生活
和認識世界，在培養年幼一代方面發揮了強有力的作用。它造就了一
批兒童文學作家，並創作了優秀的作品，為兒童文學成為文學的一個
獨立分支奠定了基礎。

國共對峙後，臺海兩岸的兒童文學皆走上一段艱難曲折的道路。
一九四九年以來，兒童文學在臺灣地區的發展是非常緩慢而又閉瑣。
臺灣地區並無正式的兒童文學史著作，其中僅見：

《我國兒童文學的演進與展望》　許義宗著　自印本　1976年
12月
《1945-1989兒童文學史料初稿》　邱各容著　富春文化事業
公司　1990年8月
《西元1945-1990年華文兒童文學小史》　洪文瓊主編　中華
民國兒童文學學會　1991年5月
《西元1945-1990年兒童文學大事紀要》　洪文瓊主編　中華
民國兒童文學學會　1991年6月

有關臺灣地區兒童文學發展之觀察，在《華文兒童文學小史》
中，有許多篇章可作為參考。早年洪文瓊先生於〈國內外兒童讀物發
展概況〉一文中，曾認為臺灣地區兒童讀物在內容的製作方面，有三
點缺失：

一、民族文化的展現問題。
二、缺乏有水準的評鑑制度。

三、缺乏科際整合的觀念。（見《慈恩兒童文學論叢一》，頁3-
 4）

又同時期楊孝濚先生在〈兒童文學的社會功能〉一文裡，認為兒童文學無法發揮其實質之社會功能，其現存問題亦有三項：

一、兒童文學的外來傾向。
二、兒童文學的成人傾向。
三、兒童文學的非專業傾向。
（詳見《認識兒童文學》，中華民國兒童文學學會版，頁6）

以上兩種現象的考察，嚴格說來，目前仍普遍存在著。我們知道兒童文學早期主要帶動力量在官方系統。因此，以下擬就臺灣地區「兒童文學」課程的演進，以見兒童文學的學術研究。

大陸時期，最早設立「兒童文學」課程者是江蘇一師，時間是一九二一年。（見張聖瑜《兒童文學研究》，商務版，頁189）而臺灣地區的師範學校則遲至一九六〇年才有「兒童文學」課程的設計。

臺灣地區開有兒童文學相關課程者，除職校幼保科外，就高等學府言，歷史較久的是青少年兒童福利學系、家政系、圖書館學系；這些都不是主要文學學系。一般文學院系，最早開兒童文學選修課的是東海大學中文系，時間是一九八三年（即七十一學年度第二學期），其後陸續有淡江大學德文系、日文系，成功大學外文系，清華大學中語系開設。從開設兒童文學的情形看來，可以說臺灣整個學術界，兒童文學仍是被認為邊緣課程，不能深入學術殿堂。

最可能獲得重視，也最應有一席之地的是師範院校。臺灣地區師範院校開設「兒童文學」課程，始於一九六〇年八月臺灣省師範學校

陸續改制為師範專科學校。當時中師校長朱匯森曾提起當年在草擬師專課程之初，他和擔任兒童文學一科教學的劉錫蘭老師，到處收集有關兒童文學的參考資料。最後在美國開發總署哈德博士和亞洲協會白安楷先生等的協助下，好不容易才找到幾本可供參考。（見邱各容《1945-1989兒童史料初稿》，富春版，頁192）許義宗於《我國兒童文學的演進與展望》一書裡，認為師專是培育國小師資的搖籃，因而「兒童文學研究」科目的開設，至少有下列二點功用：

一、建立兒童文學體系，有助於兒童文學的發展。

二、激發師專生從事兒童文學研究興趣，給兒童文學做播種的工作。

（見自印本，1976年12月，頁14）

臺灣光復後，為配合師範教育目標，發展本省師範教育，於一九四七年即頒行「臺灣省師範生訓練方案」。中樞遷臺後初期，不論各類型師範學校（普通師範科、師資訓練班、二年制簡易師範班、簡易師範科補習班），就課程言，都沒有兒童文學。至一九六〇年秋，臺灣省立臺中師範學校改制為臺中師範專科學校，即著手擬定課程綱要，一九六一年五月又加以修定，其中選修科甲組列有「兒童文學習作」兩學分。這是臺灣地區有「兒童文學」的開始。隨後一九六三年二月修定公布的《師範學校課程標準》，在「國文」課程標準裡即列有許多有關兒童文學的字樣：

三、課外讀物：課外讀物之選材，除令學生經常閱讀報章雜誌外，可分文範性、常識性及修養性三類：

1.文範類讀物可酌選：（1）近代優美純正之文藝作品；

（2）古籍中明白曉暢之傳記書牘雜記等；（3）兒童文學作品（凡民間有關兒童之傳說故事歌謠等，可令學生多方採集，繳由教師為之整理修訂，以供課外閱讀之用）。

2. 常識性讀物：包括語文法、修辭法、各體文寫作法（包括應用文及兒童文學寫作法）、文學史綱、文字源流、國學概論、名人文論演說、辯論術等，以三學年統籌分配，每學期閱讀一二種。

3. 修養類讀物：可酌選民族輝煌事蹟之傳記及古今賢哲之嘉言懿行語錄等。

（見教育部中教司編印《師範學校課程標準》，頁23）

4. 第二學年下學期起，應酌選童話、兒歌及適合於兒童之精彩民間歌謠，令學生隨時略讀，即據以指導兒童文學之理論及寫作方法，俾能自行研究寫作。（同上，頁26）

5. 自第二學年下學期起，教師宜聯繫教材教法課程，指導學生閱讀國民學校國語課本及有價值之兒童讀物。（同上，頁27）

6. 自二年級起，可酌令學生於課外擬作應用文件，編寫兒童故事及批改小學生作文之練習。（同上，頁28）

而後，在師專時期，不論是二專或五專，都列有「兒童文學研究」科目兩學分，供國校師資科語文組（有時亦稱文組、文史組）學生選修。一九六七年師專夜間部亦開設「兒童文學研究」科目，供夜間部學生選修。一九七〇年九月，增開「兒童歌謠研究」四學分，供五年制音樂師資科學生選修。一九七二年，師專暑期部也列「兒童文學研究」科目，供全體學生選修。一九七三年度，廣播電視開始播授

「兒童文學」課程，由葛琳教授主講。

五年制國校師資科之課程經過四次修訂。至一九七八年三月十一日，教育部公布「師範專科學校五年制普通科科目表」，易國校師資科為普通師資科，而語文組選修中的「兒童文學研究」，則增為四個學分，並訂名為「兒童文學研究及習作」。

又近年來普遍重視學前教育，各師專先後皆設有幼師科，其中選修科目有「故事與歌謠」，驟使兒童文學有類似顯學之趨勢。

一九八五年十一月七日行政院通過師專改制案。並於一九八七年七月一日起，將國內現有的九所師專一次改制為師範學院。在新制師範學院的一般課程，列有兩個學分的「兒童文學」，且是師院生必修科目。而語教系則有三個學分的「兒童文學及習作」。

至一九九三學年度起實施的「師範學院各學系必修科目表」，初教、語教、社教及數理四系於普通課程期同必修「語文學科」中列有個必修學分「兒童文學」。至於體育、音樂、美勞、特教及幼教等五學系，則列為選修。

就師範學校而言，「兒童文學」從師專時期語文組選修到師院必修，忽忽亦有三十年之久，洪文瓊先生於〈臺灣地區兒童文學研究發展概況〉一文裡，認為臺灣的兒童文學研究環境，不論是圖書資料、專業期刊以及人材等各方面，都還是有待加強，是以研究只有零星，未構成面的成果。他在該文裡有云：

> 研究環境的因素，無疑的會影響到研究的成果。由於臺灣的兒童文學研究環境尚未成熟，在成果方面，可說只有一些點的成就，以教科書式通論性的居多。專題性的研究，則泰半是屬於兒童文學邊緣性研究，如閱讀興趣，兒童讀物出版趨勢等等，以兒童文學各種類型或作家作品等做專題研究的，只有童詩這

一部分較為可觀。

從研究方法來看，使用較嚴謹的現代學術規範來從事研究的，
幾乎屈指可數。一般而言，較時麾的是使用調查研究方法，其
餘仍以蒐集各家資料加以綜合論述的居多。由於缺乏原創性，
因此對於理論的系統化和研究面的構成，亦即研究品質的整
體提升，助益不大。這一方面也是臺灣兒童文學研究者亟待努
力的。

（見《華文兒童文學小史》，1991年5月，頁108）

「兒童文學」隨師專改制為師院，已然由邊緣課程提升為核心必
修課程，亦有五、六年之久。目前講授與研究者，大半即是以前師專
時代兼授兒童文學課者，如今皆已脫兼跨性質；雖然缺乏學有專精的
高等人才或研究機構從中帶動，但從整體師院的學術活動而言，「兒
童文學」仍是屬於較活絡的一門學科。至少每年都有兒童文學學術研
討會。

就整體兒童文學的學術現象而言，臺灣地區目前尚無專業性的兒
童文學理論刊物，亦無專門的兒童圖書館。這是兒童文學仍進不了學
術殿堂的致命傷。然而隨著社會環境、兒童文學工作者的素質，和市
場成熟度等因素，臺灣地區的兒童文學必朝蓬勃方向發展，自是不爭
的事實，尤其是下列四項因素，更有助於兒童文學的學術研究。

一、兩岸交流。一九八七年臺灣地區戒嚴解除，並開放前往大
　　陸探親。促成了兩岸學術交流。有助於兩岸兒童文學的發
　　展與研究。

二、著作權法。著作權法已公布，而無翻譯版權書的延長期限
　　是一九九四年六月十二日。尊重著作權，有助於讀物品質

的提高以及取材上有國際化走向，並容易引發「多元文化」潮流的來臨。

三、師資培育法。師資培育法已經在今年初公布施行。這一項法律確定了師資多元化的原則，打破了幾十年以來中小學師資由師範校院單獨培育的局面。這是我國教育自由化的開始。其間，「兒童文學」必是教育學程的一門課。因此，師資培育法的實施，勢必有助於兒童文學的開展。

四、新課程標準。「國民小學課程標準」已於一九九三年九月修正發布，並擬從八十五學年度第一學期起實施。其間將有「鄉土教學活動」科課程標準，而國語則增列有「課外閱讀」。因此，新課程的實施，對兒童文學而言，自會有助於本土化，以及注重兒童讀物的傾向。

以上四項對臺灣地區兒童文學的研究與發展，都會起推波助瀾作用。

大體上，一個國家兒童讀物出版與類別的多寡，以及讀物品質的高低，多少反映出該國的經濟發展情形，以及文化與技術的進步程度。臺灣地區未來兒童文學的發展，有待於從事工作者嚴格的自我要求。

我國近代童話的演變與反挫

本文原是〈試論我國近代童話觀念的演變——兼論豐子愷的童話〉一文中的一章。

本文從「童話觀念」的演變入手，主要目的是在於了解我國近代童話觀念演變的過程。

所謂「童話觀念」的演變，是指童話的「內涵」與「外延」之間的關係。而有關近代以來「現代童話」的形成過程，本文將之分為三個時期。一、《童話》叢書時期。二、童話理論時期。三、《童話世界》時期。「現代童話」的概念至葉聖陶出現時，可說於焉形成；而後只是傳播與精進。但其間亦有反挫現象，是以本文兼論之。

我國究竟何時出現「童話」這個名詞？到目前為止，就可見的資料而言，似乎是始自孫毓修的《童話》叢書。孫毓修編撰的《童話》，出版時間是一九〇九年三月，即清末宣統元年；出版社是商務印書館；〈無貓國〉是第一篇用「童話」名稱的作品。

而流行的說法，則認為童話這個專有名詞的使用，是導源於日本。其緣起，則是根據周作人的一段話，周氏說：

> 童話這個名稱，據我知道，是從日本來的。中國唐朝的〈諾皋記〉裡雖然記錄著很好的童話，卻沒有什麼特別的名稱。十八世紀中日本小說家山東京傳《骨董集》裡才用童話這兩個字，曲亭馬琴在《燕石雜誌》及《玄同放言》中又發表許多童話的考證，於是這名稱可說已完全確定了。

（見《1913-1949兒童文學論文選集》，少年兒童出版社，1962
年12月，頁43）

　　周作人這段話，有人名、書名的根據。在當時，未見有人提出相
反的意見，也沒有人寫文章來證實這件事。

　　我國近代以來的現代童話（1909-1949），金燕玉於《中國童話史》
一書〈中編〉〈現代童話的奠定及發展〉中，將其分為四個時期：

　　　童話的獨立（1909-1918）
　　　童話的開闢（1918-1928）
　　　童話的成長（1928-1937）
　　　童話的傳播（1938-1949）（詳見頁163-384）

金氏從整體童話的奠定與發展入手，而以時間分期，自有其方便處。
而本文擬從「童話觀念」的演變入手，主要的目的是了解其演變的過
程。所謂觀念，是心理學的一個名稱，廣義的是指一切由認識作用產
生的意識內容的總稱，像感覺、知覺、想像等都是。狹義的是指過去
的印象再出現在意識之中。用哲學的術語說，即是「概念」，概念雖
然不是一個實在的事物，但是它卻是指稱著一個實在的事物。我們可
以說，一個概念，就是一個類；它在某個一定的範圍中，統指這個範
圍中所有的個體。因此，用簡單的方法說，概念或類就是由一組性質
所決定的一個範圍的個體的總稱。

　　概念可二分為內涵與外延。而內涵與外延，就和「性質」與「範
圍」相當。所謂內涵就是指一個概念所內含的各種性質；而外延就是
一個概念或類的範圍。更明白的說，內涵與外延是一種互補的關係。
也就是說，一個概念內涵愈多，則外延愈狹；反之，內涵愈少，則外

延愈廣。

是以所謂「童話觀念」的演變，即是指童話「內涵」與「外延」之間的關係。而有關近代以來「現代童話」概念的形成過程，本文亦擬將其分為三個時期。

一、《童話》叢書時期。時間是一九〇九年至一九一六年。主要代表人物為孫毓修，兼論茅盾、鄭振鐸。

二、童話理論時期。時間是一九二一年至一九二二年。主要代表人物是周作人，並及趙景深。

三、《兒童世界》時期。時間是一九二一年十一月至一九二二年十二月。主要代表人物是葉聖陶。

「現代童話」的概念至葉聖陶出現時，可說於焉形成，而後只是傳播與精進。但其間亦有反挫現象，是以本文兼論之。

一　童話叢書

一九〇九年，由孫毓修主持創辦的《童話》叢書出版，是中國童話史上的一件大事，也是童話獨立的開始。

商務印書館自一八八七年在上海開始創辦，即注重對兒童、少年進行新知識教育，在創辦人張元濟的主持下，除以編輯發行中小學堂的教科書外，並有出版兒童讀物的傳統，曾經編印《童話》、《兒童教育畫》、《幼童文庫》、《小學生文庫》、《少年叢書》等叢書，和《兒童世界》、《少年雜誌》、《學生雜誌》等刊物，是兒童讀物領域的開拓者，到一九四八年為止，在兒童讀物方面，出版的不下二千多種，其中，《童話》不定期出版，像刊物，又像叢書。

《童話》的創辦，時間是一九〇九年三月。這是我國第一次出現「童話」這個詞。至一九二一年止，共出三集，計一〇二冊。其中孫

毓修編寫七十七冊，沈德鴻編寫十七冊，鄭振鐸編寫四冊，還有四冊
為他人所編。《童話》初集，每冊書規定字數五千字左右，共十六
頁，專供七、八歲兒童閱讀。第二集、第三集字數稍有增多，每冊字
數約一萬字左右。第二集每冊三十二頁，第三集每冊六十四頁，專供
十、十一歲兒童閱讀。試以孫毓修等三人為題分述如下：

（一）孫毓修（1862-？）

孫毓修，一八六二年生，字星如，又名留庵，別號東吳舊孫，江
蘇無錫人。早年就讀於無錫南菁書院，具有深厚的國學基礎。後來又
隨美國教堂牧師學過英文。並從繆荃孫學過圖書版本學。而後成為商
務印書館譯所高級館員，一九〇九年調到館內國教部創辦《童話》叢
書，主編《少年雜誌》、《演義叢書》，其中與本文有關者是《童話》
叢書。《童話》叢書的第一篇作品，是孫毓修編寫的〈無貓國〉，採自
《泰西五十軼事》，但情節結構亦頗似《今古奇觀》中〈轉運漢巧遇
洞庭紅〉。這篇作品開創了童話的先例。從此，童話一詞初見於我
國，孫毓修有首創之功。

從一九〇九年至一九一九年，《童話》叢書出版了由孫毓修主編
的初集和二集，共九十八冊，其中孫毓修編寫七十七冊。他編寫的童
話，按照兒童的年齡分為兩類，初集是為七、八歲兒童所編，每篇字
數約五千字左右；二集則為十、十一歲兒童所編，每篇字數約一萬左
右。在編寫過程中，孫毓修曾請一些兒童先閱讀，而後據其反映進行
修改。孫毓修在〈童話序〉、〈童話初集廣告〉中，清楚闡述了自己對
童話的見解。我們可以說〈童話序〉、〈童話初集廣告〉就是童話獨立
的宣言，宣告童話為兒童而作，獨立於其他文學體裁之外，從而樹起
了童話的旗幟。〈童話序〉有云：

兒童七、八歲，漸有欲周知世故、練達人事之心。故各國教育令，皆定此時為入學之期，以習普遍之智識。吾國舊俗，以為世故人事，非兒童所急，當俟諸成人之后；學堂聽課，專主識字。自新教育興，此弊稍稍衰歇，而盛作教科書，以應學校之需。願教科書之體，宜作莊語，諧語則不典；宜作文言，俚語則不雅。典與雅，非兒童之所喜也。故以明師在先，保姆在後，且又鰓鰓焉。虞其不學，欲其家居之日，遊戲之餘，仍與莊嚴之教科書相對，固已難矣。即復於校外強之，亦恐非兒童之腦力所能任。至於荒唐無稽之小說，固父兄之所深戒，達人之所痛惡者，識字之兒童，則甘之寢食，秘之於篋笥。縱威以夏楚，亦仍陽奉而陰違之，決勿甘棄其鴻寶焉。蓋小說之所言者，皆本於人情，忠於世故，又往往故作奇詭，以聳聽聞。其辭也，淺而不文，率而不迂。固不特兒童喜之，而兒童為尤甚。西哲有言：兒童之愛聽故事，自天性而然。誠如言哉！歐美人之研究此事者，知理想過高、卷帙過繁之說部書，不盡合兒童之程度也。乃推本其心理之所宜，而盛作兒童小說以迎之。說事雖多怪誕，而要執於正則，使聞者不懈而幾於道，其感人之速，行世之遠，反倍於教科書。「附庸之部，蔚為大國」，此之謂歟。即未嘗問字之兒童，其父母亦樂購此書，燈前茶后，兒女圍坐，為之照本諷誦。聽者已如坐狙邱而議稷下，誠家庭之樂事也。吾國之舊小說，既不足為學問之功，乃剌取舊事，與歐美諸國之所流行者，成童話若干集，集分若干編。意欲假此以為群學之先導，後生之良友，不僅小道，可觀而已。書中所述，以寓、言述事、科學三類為多。假物託事，言近旨遠，其事則婦孺知之，其理則經人有所不能盡，此寓言之用也。里巷瑣事，而或史策陳言，傳信傳疑，事皆可觀，聞

者足戒，此述事之用也。鳥獸草木之奇，風雨水火之用，亦假
伊索之體，以為稗官之料，此科學之用也。神話幽怪之談，易
啟人疑，今皆不錄。文字之淺深，卷帙之多寡，隨集而異。蓋
隨兒童之進步，以為吾書之進步焉。并加圖畫，以益其趣。每
成一編，輒質諸長樂高子，高子持歸，召諸兒而語之，諸兒聽
之皆樂，則復使之自讀之。其事之不為兒童所喜，或句調之晦
澀者，則更改之。昔雲亭作《桃花扇詞》，不遑文筆，而第求
合於管弦。吾與高子之用心，殆亦若是耳。今復以此，質諸世
之賢父兄，其將如一切新舊小說之深戀而痛絕之也耶？小學生
之愛讀此書者，其亦將甘之如寢食，秘之為鴻寶也耶？
（見《中國現代兒童文學文論選》，頁17-18）

又〈童話初集廣告〉中云：

故東西各國特編小說為童子之用，欲以啟發知識、涵養性情。
是書以淺明之文字，敘奇詭之情節，並多附圖畫，以助興趣，
雖語言滑稽，然寓意所在必軌於遠，童子閱之足以增長德智
（據《童話辭典》，頁51引）。

從上述文字中，可以看出孫毓修出提提「童話」的目的是在於啟發
知識，涵養性情，增長德智，他把童話的作用規定為品德教育和知識
教育。

他認為童話的特點，是以淺近的文字，敘奇詭之情節，語言滑
稽，有所寓意。

他對於童話的題材，認為是取自舊事，取自歐美所流行的故事。

孫毓修在當時，對童話的作用、特點、題材所作的努力，是非常

可貴的。他為後來的童話的發展，開闢了一條道路，後來者就是沿著孫毓修當時開闢的道路走過來的。

他的童話有取自舊事，也就是從古籍、史書、話本、傳奇、小說、戲曲、筆記等等的作品中選取材料；另有取自歐美等流行的故事，也就是將一些外國兒童文學作品改寫的故事。前者，是一些歷史故事、傳奇故事，今天來看，還不能說是童話。孫毓修當時對繼承中國童話，特別是民間童話方面，是比較疏忽的。後者，可以說是比較有系統介紹了當時外國的一些童話名作了。這些作品的系統的介紹，影響大大超過了前者，這一些富於想像的、大膽誇張的外國作品，給了中國兒童文學很大的啟發。

孫毓修在撰寫童話時，很注意文筆的樸實，他的故事完全是中國式的，即使哪些外國故事，他也要把它寫成適合中國閱讀習慣的作品。他認為「童話」的對象是兒童，一定要使兒童能夠閱讀，兒童感到歡喜。所以，他除聽取兒童的反映之外，並在每篇童話之前，都依宋、元評話本的格式，寫一段楔子、評語。後來，一些童話作者都效仿他這一做法，可見影響之大。

自孫毓修開始，童話以新的名字，向廣大的兒童讀者群，宣布它的存在。孫氏是童話的關徑者，茅盾稱他是中國現代寫童話的祖師（見〈我走過的道路〉一文），也是「中國編輯兒童讀物」的第一人（見〈關於兒童文學〉一文）。

金燕玉於《中國童話史》一書中，曾論定《童話》叢書與孫毓修的貢獻：

> 童話的獨立以一九〇九年商務印書館出版孫毓修主編的「童話」叢書為標誌。它在三方面宣布了童話的獨立：一、確立了童話這種體裁的名稱；二、確立了童話為兒童所用；三、確立

了童話體裁的基本特徵，從而結束了童話寄生於寓言、小說的時代，結束了兒童無權享受文學的時代。（頁163）

雖然，我們承認孫毓修的貢獻與地位。我們肯定他主編的《童話》，由於態度認真，注意了時代的需要，確實做到了適合兒童口味，開拓兒童的知識面，培養兒童健康的思想感情，文字淺顯，圖文並茂。但是，從孫毓修的〈童話序〉和《童話》所入選的作品來看，也存在著明顯的缺陷，這就是他對「童話」這一概念認識模糊，把帶有故事性的內容，如神話、寓言、歷史故事、傳說等等，皆籠統的歸類到童話裡去。孫氏觀念中的童話，似乎僅僅是「童子之話」、「兒童故事」。因此，在他所寫的七十七種童話中，有廿九種就屬於中國歷史故事的內容，而實質上的童話，只占了一部分。從其中也反映出當時人們對兒童文學的認識，理論上還處於十分蒙昧與幼稚的狀態。

（二）沈德鴻（1891-1981）

沈德鴻是茅盾的真名，他是浙江桐鄉人。父親是個維新派，比較開通，所以他進入新學堂讀書。母親也是個有文學修養的婦女，在家庭中他受到良好的教育。小學畢業後，他到杭州去上中學，在浙江省立三中、二中和安定中學讀過書。一九一四年考入北大預科第一類。他在家庭和學校裡就奠下了文學根基，對文學有一定的造詣。

一九一六年，沈德鴻二十歲，從北京大學預科畢業，因家庭困難未能繼續升學，托人介紹進入商務印書館編譯所工作。由於孫毓修的賞識，便讓他當助手，幫著一起編《童話》叢書，於是開始了十年的編譯生涯，且成為現代童話的開拓者之一。

一九一七年開始到一九二〇年，沈德鴻作為孫毓修的合作者參與了《童話》叢書的編寫工作，帶來新的形式和新的內容，使「童話」

大為增色，呈現出創作發展的趨勢。沈德鴻共編寫了十七冊童話，計二十七篇，再加上〈第二十個月〉（收入鄭振鐸編的《童話》三集中的《鳥獸賽球》冊），就有二十八篇，出版日期從一九一八年至一九二一年。

從體裁上看，這些作品可分童話和故事兩類，取材於中國古代的童話、歷史故事、外國寓言、童話和民間故事，基本上是根據原材料改寫的。但它們仍有幾個顯著的特點：

第一，絕大多數是童話，只有六篇不是童話。

第二，取材廣泛精當。

第三，茅盾的編譯帶有再創造的特點。

（詳見金燕玉《中國童話史》，頁182-187）

尤其是帶有再創造的特點，正是沈德鴻對童話的貢獻。他在編譯時，不是簡單地將文言文翻成白話文，將外文譯成中文，為了更加適合少年、兒童閱讀，沈德鴻作了大量的加工、改造。而且出於一種創作的欲望和熱情。

又從思想內容看，沈德鴻編寫《童話》的時間，正是文學革命起到「五四」愛國運動爆發這一時期。這時的沈德鴻尚未接觸到馬克思主義，但深受新文化運動的影響，在不斷地探求改造中國的新思想。他為少年、兒童寫作「童話」是有所希望的，希望少年、兒童養成良好的道德品質，學習科學知識，能奮鬥自立，對社會作出貢獻。由此可見，沈德鴻童話的基本思想傾向是用愛國主義思想、有進步意義的民主主義思想，和我國民族的傳統美德去教育少年、兒童。

如果說孫毓修的哪些童話都是編寫、改寫、譯寫的作品，那麼我國現代第一篇創作的童話，就是沈德鴻的〈尋快樂〉（1918）了。這

篇作品已具備現代童話的初步規模了。沈德鴻自己創作的作品，另外有〈書呆子〉、〈一段麻〉、〈風雪雲〉、〈學由瓜得〉等。

　　沈德鴻寫出了第一篇現代創作童話，他是我國現代創作童話的創建者。以沈德鴻為始，我國的創作童話已經走出了一條路。將有許多人踏上了這條路，沿著沈德鴻的腳印，一步一步前進著。

（三）鄭振鐸（1898-1958）

　　鄭振鐸，又名西諦，是福建長樂人，生於浙江永嘉。一九一七年入北京鐵路管理學校讀書。「五四」運動時，是學生代表，曾參與「新社會」、「人道」和「學燈」副刊的編輯。因有志於文學，一九二一年辭去畢業後在鐵路部門的工作，五月十一日進入商務印書館的編譯所。他是現代中國著名的學者和作家，於文物考古、圖書版本、文學創作研究諸方面都有所建樹。鄭氏才氣橫溢，他初露鋒芒顯示其才能的是在兒童文學方面。一九二二年，由於沈德鴻的推薦，鄭振鐸接手編輯《童話》，共四本，〈鳥獸賽球〉、〈白鬚小兒〉、〈長鼻的矮子〉、〈矮兒的故事〉，都是根據外國故事轉譯改寫的，除了有沈德鴻譯寫的〈十二個月〉外，主要譯寫者是耿濟之、趙景深等人。《童話》叢書第三集出了四冊之後，即行結束。其間歷經孫毓修、沈德鴻、鄭振鐸等三位主編。《童話》叢書的出版，正是中國現代童話的獨立。雖然《童話》叢書，並不全是童話，但是其影響與地位卻是有目共睹的。在中國現代兒童文學未誕生之前，一〇二冊的《童話》填補了兒童文學的空白，成為當時兒童的主要精神食糧。《童話》在移植外國優秀的兒童文學作品，和發掘中國古籍中可供兒童閱讀的材料方面，很有成效，為現代兒童文學創作提供了有益的借鑑。金燕玉《中國童話史》中曾論其貢獻與地位如下：

從內容上看，《童話》更像兒童文學叢書，作品或者經過譯寫，或者經過改編，沒有創作。更確切地說，《童話》雖然樹起了童話的旗幟，但它只是我國第一部包括大量童話的現代兒童文學的讀物，孫毓修就如茅盾所說的那樣，是「中國編輯兒童讀物的第一人」。從整體上看，《童話》當然還沒有像《稻草人》那樣開闢出一條與中國現實緊密結合的創作道路，尚處在發掘中國古代典籍、編譯外國兒童文學作品的階段。但是它已用白話寫作，擁有廣泛的小讀者，它的集中性、連續性、系統性，規模之大，持續之久，篇目之多，都是前所未有的。它在辛亥革命時期的新文化啟蒙運動中產生，最後匯入「五四」時期「兒童文學運動」的洪流，從而把童話的旗幟，也把兒童文學的旗幟牢牢地樹立在中國文壇上。

在葉聖陶的劃時代的現代創作童話出現之前，從辛亥革命到「五四」運動這一段歷史時期內，一百零二冊的《童話》幾乎就是中國兒童文學的全部了，它填補了這段歷史時期的兒童文學的空白，成為當時兒童的主要精神食糧，被譽為「中國兒童的唯一恩物的好伴侶」。《童話》在移植外國優秀的兒童文學作品和發掘中國古籍中可供兒童閱讀的材料方面，很有成效，為現代兒童文學創作提供了有價值的借鑑。從中國兒童文學史的角度來看，《童話》的出現，極為必要，起到了由晚清勃起的近代兒童文學過渡到以《稻草人》為標誌的現代兒童文學的橋樑作用，是中國兒童文學發展過程中有機的重要一環。從童話史的角度來看，《童話》的出現，是童話理論和童話創作的前導。同時，《童話》也開了一種編譯改寫的風氣，把外國文學作品和中國古代作品編寫成適合少年、兒童閱讀的故事，從此以後成為出版界的傳統，類似《童話》的讀物一直不斷出現。

（頁180-181）

二　童話理論

　　童話的獨立，需要有理論的建構。我國童話的理論，最早為何篇？雖然未能確定，但是周作人的童話理論，可說是當時最重要的研究，也是最有影響的一位理論工作者。除外，又有趙景深、張梓生、顧均正、陳伯吹、夏文運、朱文印、徐如泰等人的加入其間，就時間影響與數量而言，自以周作人、趙景深兩人最為重要。試分述如下：

（一）周作人（1885-1968）

　　周作人，原名遐壽，又名啟明，浙江紹興人，是著名的新文學作家。他早人曾是新文化運動的驍將。

　　周作人很早就開始接觸兒童文學。據〈周作人回憶錄〉載，一九〇六年他東渡日本留學不久，就得到高島平三郎編的《歌詠兒童的文學》及所著《兒童研究》，才對於這方面感到興趣。其時兒童學在日本也剛開始發展。這一興趣至老不衰，到晚年他還在編紹興兒歌。周作人在中國現代兒童文學史上曾經做過一些切切實實的工作，在當時產生過一定的影響。周作人在兒童文學方面的工作，最有實績、最有影響的則是兒童文學理論研究，尤其是童話理論。因此，他可說是中國兒童文學運動的倡導者，更是中國童話理論的奠基者。

　　周作人早年致力於翻譯、介紹、卓有成效。在日本留學期間，除接觸到兒童文學、兒童學外，並涉獵過英國安德路蘭的著作，接受了人類學派的神話解釋法、民俗學的研究法，對民間故事產生了濃厚的興趣。一九〇九年，與魯迅合譯的《城外小說集》在日本出版，周作人在其中譯了王爾德童話〈快樂王子〉，篇後綴以〈著者事略〉，簡介王爾德的生平與童話創作。

　　一九一一年，周作人從日本留學回國，在紹興浙江省立第五中學

教書，並任紹興教育會會長，開始搜集本地的兒歌和童話，且於一九一三年十月創辦了一份叫《紹興縣教育會月刊》，那時他開始寫童話和兒童文學的理論。這些理論大多發表於他辦的月刊。

周作人的童話理論，主要是：〈童話研究〉、〈童話略說〉、〈古童話釋義〉等三篇。另外，有與趙景深的書信來往的〈童話的對話〉。

一九一二年六月六日、七日，周作人於《民興日報》發表〈童話研究〉與〈童話略論〉。一九一三年，經魯迅推薦，這兩篇文章修改後發表於北京《教育部編纂處月刊》一卷七期和八期。一九一三年，在《紹興縣教育會月刊》上發表〈古童話釋義〉，這三篇論文後來都收入《兒童文學小論》，對中國童話理論起了奠基作用。在童話獨立時期，儘管樹起了童話的大旗，但似乎把童話等同於兒童文學，對童話的想像、本質不太確定，對童話的內涵和外延缺乏準確的理解，對童話的界定比較模糊。直到周作人的三篇研究童話的文章出現，才使人們真正認識了童話。

〈童話略論〉一篇，分為緒言、童話之起源、童話之分類、童話之解釋、童話之變遷、童話之應用、童話之評騭、人為童話、結論等九小節。是一篇系統論述性的文字。這篇論文的基本論點於〈緒言〉裡有云：

> 童話研究當以民俗學為據，探討其本源，更益以兒童學，以定其應用之範圍，乃為得之。（見《兒童文學小論》，頁7）

文中第六小節〈童話之應用〉，則從童話與兒童以及教育的關係去研究童話。至於〈人為童話〉的提出，實則提倡童話創作，這為後來童話創作的興起和繁榮是起了鼓吹和促進的作用的。

〈童話研究〉一篇，分為四節。作者主要從民俗學角度，對中外

民間童話作了一分析，並進而肯定「中國童話自昔有之」。（見《兒童
文學小論》，頁37）

　　〈古童話釋義〉一篇，是引申〈童話研究〉一文未盡之處，它主
要論證一點，即「中國雖古無童話之名，然實固有成文之童話」。（同
上，頁39）周作人的這篇〈古童話釋義〉，把一九〇九年開始的現代
童話和古代的無童話之名的童話傳統，從理論上銜接起來了。這對中
國童話的發展是有貢獻的。

　　至於一九二二年在《晨報》副刊上，周作人和趙景深的書信來往
的〈童話的討論〉，是一次很有意義的討論。這次討論共發表書信九
封，其中趙景深的五封、周作人的四封。分別發表於《晨報》副刊一
月二十五日、二月十二日、三月二十八日、二十九日、四月九日，後
來收入一九二四年新文化書社出版的《童話評論》一書，又收入一九
二七年九月開明書店出版的《童話論集》。這些討論，涉及面很廣，
如什麼是童話，什麼不是童話，把童話和神怪小說、兒童小說的界限
劃分出來了。這次討論，也涉及童話這個詞的來歷，外國童話與中國
童話的比較，童話的解釋和研究，中國古代哪些作品是童話，外國童
話作家的介紹和外國童話作品的翻譯。這些都是當時的面臨的具體問
題，這一次討論，對童話的發展是很有助益的。

（二）趙景深（1902-1985）

　　趙景深，四川宜賓人，生於浙江蘭溪，童年時期即喜愛兒童讀
物。少年時期，翻譯包爾溫《泰西五十軼事》裡的一篇〈國王與蜘
蛛〉，刊登於《少年雜誌》。一九一九年到南開中學讀書，一九二〇年
至一九二二年就讀於天津棉業專門學校。一九二二年畢業後，任天津
《新民意報》文學副刊編輯，同時和徐穎溪、劉鐵庵合編《小學生雜
誌》，由天津教育書社發行。

　　從一九二二年起，趙景深進行童話研究、童話翻譯和童話創作。

　　趙景深進行童話研究的理論基礎，與周作人同出一源。其有關論述之著作或編翻成書有：

《童話評論》　　新文化書社　　1934年10月再版
《童話概要》　　北新書局　　1927年7月
《童話論集》　　開明書店　　1927年9月
《童話學ABC》　　世界書局　　1929年2月

《童話評論》是一本童話理論的結集，收集了當時五、六年間發表的主要童話論文，共三十篇。該集子把三十篇文章分為三類編排。一、民俗學上的研究；二、教育學上的研究；三、文學上的研究。該集幾乎囊括了中國二十年代掀起的童話研究的全部成果，是對中國童話研究的最早成果的一次檢閱和結晶，反映了當時的童話理論水平以及外國童話在中國流傳和影響的情況。在童話的來源、發展，童話的想像性、兒童性、教育性等方面，許多文章都有深入的研究和精闢的見解，為中國的童話研究打下了堅實的基礎。

　　《童話概要》是他授課講義的結集。一九二五年，趙景深應鄭振鐸之薦去上海大學教授童話，撰寫了七篇講義，這是我國最早在大學開設童話課，趙氏是中國最早的童話教授。

　　《童話論集》與《童話概要》是我國最早出版的兩部童話專論，具有開拓價值。《童話論集》收錄作者從一九二二年到一九二七年間發表的文論，凡十六篇，共分三部分。第一部分是概論童話的；第二部分是對於中國童話的批評；第三部分是西方童話家的傳記；另外，附錄一篇。與周作人的〈童話的討論〉，即收錄於本書的第一部分。

　　《童話ABC》，是意爾斯萊《童話的民俗》一書的編譯。是一本

用人類學派的觀點和方法研究民間童話的專著。全書共有九章。該書
對民間童話作了比較科學的界定，將童話與小說進行比較。從而把童
話定義為「童話是原始民族信以為真而現代人視為娛樂的故事。」該
書還從民俗學上立論，闡釋了童話中所反映的初民風俗和信仰，對幾
種重要童話類型作了透澈的分析和介紹，將不同國家的同一類型的各
種樣式童話作比較研究，對民間童話的形成和流變，提供了極有價值
的依據。這些較為深入和系統的論說，對推動二十年代剛剛崛起的童
話發展起了一定的作用，對日後童話理論的建設也有一定的參考意
義，特別是首創童話比較學，為童話研究寫下了新的一頁。

　　總之，在趙景深的專著或編譯的論述成書中，他從人類學、民俗
學的角度對童話的起源、本質、分類、特徵、功能作了自己的解釋。

三　兒童世界與葉聖陶

　　鄭振鐸於一九二一年五月十一日，進入商務印書館編譯所，除主
編《童話》叢書第三集外，並從七月起，在《時事新報》、《學燈》副
刊上開闢了「兒童文學」專欄，刊登詩歌、童話等兒童文學作品，這
個副刊是現代中國最早的兒童文學副刊。除外，又著手開辦《兒童世
界》。這是一門新課題，靠著朋友幫忙和自己具有的童心，使他終於走
進了兒童文學的天地裡，不斷革新、不斷奮進，使現代中國的兒童文
學有了一個較大的發展，出現了自辛亥革命以來十年未有的作品和樣
式，使更多的少年、兒童拋棄舊的私塾中「法定」課本，享受新文化、
新知識的無限樂趣，開擴了眼界，也為以後兒童文學領域作出示範。

　　一九二二年一月，鄭振鐸主編商務印書館編譯所《兒童世界》。
這是一本彩色封面小三十二開本雜誌，每七天出一期。內容包括：兒
歌、童話、故事、寓言、圖畫故事、手工遊戲以及兒童創作專欄等，

還有許多有趣的插圖，可稱得上圖文並茂，生動有趣，深得小讀者們喜愛。他為了適應十歲左右的兒童心理，在他主持的一年間，曾多次革新，使內容時時進步。他尤其關切低幼兒童精神滋補，為此做了一系列的改變，該刊第一卷多為童話故事，後幾卷就增添了勞作、遊戲、戲劇；長篇作品減少，圖畫故事增多，甚至若干畫面，不用文字說明也能了解，圖文並茂，相映成輝。

鄭氏「由於本性酷愛著童話」（葉聖陶語），因此，他在主編《兒童世界》期間，童話成了該刊的最重要的文體。他自己也興致勃勃地動手寫作。鄭氏是從「譯述」手開始童話創作的，他的作品受到了外國童話的深刻影響。鄭氏對外國兒童文學的介紹有著自己獨特的見解。

鄭氏重述改寫的童話，鮮明打上了個人風格的烙印，與茅盾的編譯童話各有特色。茅盾注重描寫，鄭氏注重敘述，茅盾的童話有許多生動形象的景物描寫、細節描寫、情景描寫，鄭氏的童話敘述節奏快，是一連串的行動敘述，一個接著一個。茅盾的語言繪聲繪色，鄭氏的語言暢達明曉。

鄭氏的編輯理念，主要見存於《兒童世界》〈宣言〉與〈第三卷的本誌〉兩文，試全文引錄如下：

《兒童世界》〈宣言〉：

> 以前的兒童教育是注入式的教育；只要把種種的死知識、死教訓裝入他頭腦裡，就以為滿足了。現在我們雖知道以前的不對，雖也想盡力去啟發兒童的樂趣，然而小學校裡的教育，仍舊不能十分吸引兒童的興趣，而且這種教育，仍舊是被動的，不是自動的，刻板莊嚴的教科書，就是兒童的唯一的讀物。教師教一課，他們就讀一課。兒童自動的讀物，實在極少。
>
> 我們出版這個《兒童世界》，宗旨就在於彌補這個缺憾。

我們的內容約分十類：

（一）插圖：把自然界的動植物的照片，加以說明，使兒童得一點博物學上的知識。

（二）歌譜：現在小學校裡的唱歌，都是陳陳相因的，有大部分是兒童們二三年前已跟著他們兄妹唱熟了的。新的教材簡直沒有產生出來。這也不能怪他們教師們，因為中國會作譜的人實在太少了。我們以後要常常貢獻些新的材料給兒童們。對於教師們也許也不無益處。

（三）詩歌童謠：採集各地的歌謠，并翻譯或自作詩歌。

（四）故事：包括科學故事、冒險故事及神仙故事。

（五）童話：長篇和短篇的都有。

（六）戲劇：兒童用的劇本，中國還沒有發見過。近來各小學校裡常有游藝會的舉行，他們所用的劇本都是臨時自編的，我們想隔二、三期登一篇戲劇。大概都是簡單的單幕劇，不惟學校裡可用，就是家庭裡也可行用。

（七）寓言：以翻譯的為主。

（八）小說：大概採用《天方夜譚》"Don quixote" 以及《西遊記》等作品。

（九）格言：各國的語言都要採用，並附以解釋。

其餘雜載通信、徵文等隨時加入。

麥克‧林東以為兒童文學及其他學問都要：（一）使他適宜於兒童的地方的及其本能的興趣及愛好。（二）養成并且指導這種興趣及愛好。（三）喚起兒童已失的興趣與愛好。（Mac Chritock's Literature in the Elementary School, p.17）我們編輯這個雜誌，也要極力抱著這三個宗旨不失。

近來有許多人對於兒童文學很有懷疑，以為故事、童話中多荒

唐怪異之言，於兒童無益而有害。有幾個人并且寫信來同我說，童話中多言及皇帝、公主之事，恐與現在生活在共和國裡的兒童不相宜。這都是過慮。人類兒童期的心理正是這樣，他們所喜歡的正是這種怪誕之言。這不過是兒童期的愛好所在，與將來的心理是沒有什麼影響的。所以我們用這種材料，一點也不疑慮。

又因為兒童心理與初民心理相類，所以我們在這個雜誌裡更特別多用各民族的神話與傳說。

我們雖然常與兒童接近，但卻不曾詳細地研究過小學教育，也沒有詳細地考察過兒童生活，貿貿然來編輯這雜誌，自然是極多缺點，且因印刷方面的關係，就是我們極堅信的理想有時也不能實行出來。這是我們非常抱歉的。

有經驗的教師們如有什麼見教或投稿，我們都非常歡迎。

我們所常採用的書有：

A. Mackenzie—*Indian Myth and Legend. Teutonic Myth and Legend*, etc.

Williston—*Japanese Fairy Tales*.

Merrion—*The Dawn of the World*.

C. Baker—*Stories from Northern Myths*.

W. B. Yeats—*Irish Fairy Tales and Folk Tales*.

Tales from the Field.

The Ingoldsby. Legend.

Grimms—*Fairy Tales*.

Wide—*Fairy Tales* 等……。

"*My Magazine*" "*The Youth's Companion*" 及日本的赤島童話コトチ等等雜誌也多有採用。

但我們的採用是重述，不是翻譯，所以有時不免與原文稍有出入。這是因為求合於鄉土的興趣的原故，讀者當不會有所誤會，又因為這是兒童雜誌的原故，原著的書名及原著者的姓名也都不大注出。

本誌的程度和初小二、三年級及高小一、二年級的程度相當。但幼兒園及家庭也可以用來當作教師的參考書。

（據《中國現代兒童文學文論選》，頁65-67引）

又「第三卷的本誌」云：

本誌已出完了二十六期。在此第三卷第一期將行出版的時候，我們仍欲把第三卷的方針預先宣布一下。

我們工作的時間雖不長久，但因了我們的經驗和許多在小學校裡當教師的及其他與兒童們接近的朋友們的幫忙，漸漸地覺得現在一般兒童們的需要所在。本誌願意本著他們的需要，把以前的本誌編例稍為變更一下；最大的變動該是：

（一）以前的本誌是純文學的，以後則欲參加些自然科學及手工遊戲等材料進去；但文學的趣味仍舊要極力保存。這因為是：我們覺得現在兒童用書中關於自然科學的材料，仍嫌缺乏，而且也顯無味，不會引起兒童的興趣。但「知識」的涵養與「趣味」的涵養，是同樣的重要的。所以我們應他們的需要，用有趣味的敘述方法來敘述關于這種知識方面的材料。

（二）以前的本誌是專門供給兒童讀的，是欲養成他們自動的讀書的興趣與習慣的，以後則欲更進一步，除了這個目的以外，還要使他們去「做」，使他們自動的去「做」他們感得興趣的工作。因此對於「手工」「遊戲」諸欄，也十分注意。這

種「做」的練習，中國兒童是最缺乏的。

（三）以前的本誌多登長篇的文字，以後則注重于短篇的材料。在字句上也力求更適合於「兒童的」。

（四）圖畫較前加多，每期并加彩色的圖畫兩幅以上。全書的篇幅也較前增加許多。其餘不十分重要的變更，還有許多。因為篇幅的關係，不詳說了。

還有要聲明的，就是本誌所抱的宗旨，一方面固是力求適應我們的兒童的一切需要，在別一方面卻絕不迎合現在社會的──兒童的與兒童父母的──心理。我們深覺得我們的工作，絕不應該「迎合」兒童的劣等嗜好，與一般家庭的舊習慣，而應當本著我們的理想，種下新的形象，新的兒童生活種子，在兒童乃至兒童父母的心裡。因此純粹的中國故事，我們是十分謹慎的採用的。有許多流行於中國各地的故事是「非兒童的」是「不健全的」。我們雖然反對教訓主義，對於那種養成兒童劣等嗜好及殘忍的性情的東西卻要極力的排斥。在別一方面，一切世界各國裡的兒童文學的材料，如果是適合於中國兒童的，我們卻是要盡量的採用的。因為他們是「外國貨」而不用，這完全是蒙昧無知的話。有許多許多兒童的讀物，都是沒有國界的。存了排斥「外國貨」的心理去拒絕格林、安徒生的童話，是很可笑的，很有害的舉動。我們希望社會上能夠去除這個見解。（同上，頁70-71引）

綜觀鄭振鐸和其主編的兒童刊物、專欄，大致選材錄篇皆能依其宗旨的。童話、故事皆有教育意義，即使是彩色插畫、勞作、遊戲和笑話、謎語，亦力求其能與兒童啟蒙有益。內容生動，題材多樣化，使它能作為教育兒童的良好工具。

　　除外，在組織撰稿，鄭振鐸特別注重小學教師的創作，以及兒童
自己的創作。

　　童話在刊物裡是重點。《兒童世界》每期必有童話，在創始初的
六、七期，其所載作品，幾乎全係鄭振鐸譯述的童話；以後，擴大了
作者隊伍，文學研究會的成員不少是它的基本力量，其中尤以葉聖陶
為最著。葉聖陶的早期童話〈小白船〉、〈一粒種子〉、〈傻子〉、〈燕
子〉、〈芳兒的夢〉等二十餘篇童話，都在此發表。他的童話完全擺脫
了傳統西方童話的色彩、開闢了中國文學童話自己正確的道路。鄭振
鐸是很推崇葉聖陶作品的，認為「在藝術上，我們實可以公認聖陶是
現在中國兩三個最成功者當中的一個」（〈稻草人序〉）。葉聖陶的童話
的發表，使《兒童世界》增添了不少顏色。值得注意的是，鄭振鐸選
擇的童話，既有趣又有含意，如胡天月〈大蘿蔔〉是現在孩子們熟悉
的一家子同心合力拔蘿蔔故事的張本，趙光榮〈兔子和刺蝟的競走〉
是《伊索寓言》〈龜兔賽跑〉的衍生，陳逖先〈狼和七隻小羊〉源出
自格林創作的有趣童話，通過小羊受騙，被狼吞掉，羊媽媽乘狼熟睡
時，開了牠的肚皮，救出了小羊，塞進了石頭，狼醒來不適意，趕到
河邊掉在水裡淹死了，稱讚了羊媽媽的聰明、沉著，惡狼的狡猾、愚
蠢，也批評了小羊們幼稚、無知，是很有教育意義的。早期的知識
（科學）童話是由自然故事演變而來的，《兒童世界》也刊登了周建
人〈甲蟲的故事〉等，讓孩子們知道一點大自然的形形色色，光怪陸
離。這些自然故事直觀的敘述，缺乏文藝應有的形象思維；更沒有童
話的神奇與幻想，但由於它的出現，始後才有知識童話。

　　鄭氏當時不但自己創作童話，翻譯童話，還不遺餘力介紹外國童
話作家，研究中國民間童話，對現代童話的開拓作出了卓著的貢獻。
但個人認為鄭氏最大的貢獻，應該是發現了葉聖陶。

　　一九二一年的冬天，鄭氏創辦《兒童世界》周刊時，寫信給在南

方做教師的葉聖陶，請他為周刊寫稿。葉氏寫童話，雖然是緣於自己是個小學教師，以及自己興趣所致，但重要的點燃引線則是鄭氏的拉稿。

一九二一年十一月十五日，葉氏寫出了第一篇童話，接著在十六、十七日寫了〈傻子〉和〈燕子〉，隔了兩天，在二十日又寫了〈一粒種子〉。十二月二十五日到三十日，寫了〈地球〉、〈芳兒的夢〉、〈新的衣〉、〈梧桐子〉、〈大喉嚨〉。到第二年六月，一共寫了二十三篇童話。

據查考，最先發表的不是葉氏的第一篇作品〈小白船〉，而是〈一粒種子〉。〈一粒種子〉發表於一九二二年二月二十五日出版的《兒童世界》第一卷第八期，〈小白船〉發於三月四日出版的第一卷第九期。

《兒童世界》與葉聖陶的童話相映生輝。而鄭氏主編《兒童世界》亦只是短短的一年。從一九二三年起，離開《兒童世界》，轉為負責主編《小說月報》。而葉氏寫童話的勁頭只持續了半年多，到一九二二年六月寫完了〈稻草人〉為止。為什麼停下來了，或許與鄭氏不編《兒童世界》有關。

葉聖陶（1894-1988），名紹鈞，號聖陶，江蘇蘇州市人。父親是帳房先生，人品正直，思想開明，沒有家產。蘇州民間有許多童謠，葉聖陶從小喜歡念誦，三歲學識字、描紅；六歲進私塾，八歲開筆學習文章，放學後經常跟父親去聽「說書」，看崑曲。郭紹虞、顧頡剛是他幼年的朋友。十二歲入小學，開始學習算術、常識、唱歌等新的課程，課餘則誦讀古典詩文。

第二年，聖葉陶十三歲，與王伯祥、顧頡剛等一同考入蘇州公立第一中學，和同學一起組織文學團體，編印刊物。

一九一二年，中學畢業，因家貧不能升學，任蘇州中區第三初等學校教員。

一九一五年春，二十一歲，由郭紹虞介紹，到上海商務印書館設立的尚公學校尚教員。他開始注意教學方法，並認為教育主要在於使兒童養成明確精新的思維能力。暑假，與胡墨林結婚。

一九一七年春，應中學同學吳賓若邀請，到甪直任吳縣縣立第五高等小學教員。於是在「五高」試驗教學改革，自己編寫教材，改進教學方法。直到一九二一年夏，葉聖陶才離開「五高」，到上海吳淞中國公學中學部任國文教師，與朱自清同事，兩人頗為相得，是年冬，同到杭州第一師範任教。此時，鄭振鐸正在積極籌備一九二二年出版的《兒童世界》周刊，寫信約請尊聖陶為《兒童世界》寫童話，於是觸發了葉聖陶的創作欲望，竟一發而不可收，一篇接著一篇，從第一篇〈小白船〉開始，到〈稻草人〉為止的半年期間（1921年11月15日至1922年6月7日）共創作童話廿三篇，結集名〈稻草人〉出版，這就是中國第一本現代創作童話集。

鄭振鐸為它作序，給予很高的評價，十年後，魯迅肯定了它的奠基地位——「給中國童話開了一條自己創作的路。」（見〈「表」譯者的話〉一文）從《稻草人》開始，中國才有了真正的現代創作童話。《稻草人》以其高度的思想藝術成就為葉氏贏得了現代童話的奠基者的地位。從此，中國童話不僅結束了附麗於其他體裁而存在的時代，而且結束模仿、改編外國童話的時代，《稻草人》完全是中國式的童話，具有時代的特徵和民族的特徵。《稻草人》開創了自覺地為少年、兒童創作童話的時代，也開創了從中國的自然鄉土和社會現實創作童話的時代，是中國現代童話的起點標示和典範。

一九二三年春，葉聖陶開始了他的編輯生涯，任商務印書館編輯，仍陸續有童話作品發表。

一九二九年九月，葉聖陶寫了〈古代英雄的石像〉，開始了後一時期的童話創作。

一九三一年，應章錫琛、夏丏尊邀請，轉任開明書店編輯。一九三一年六月，《古代英雄的石像》由開明書店出版，這本集子收一九二九年九月至一九三一年四月寫的九篇作品。而作品亦由原有的抒情風格漸漸轉化為含蓄深邃的哲理性風格。

四　鳥言獸語之爭

在童話獨立期，童話理論解決了「什麼是童話」的問題，對童話多從民俗學、人類學的角度作尋根溯源的研究，研究的範圍主要囿於民間童話和古代童話，從而肯定了童話是兒童文學，界定了童話的定義、類別和功能。到了童話的發展期，童話理論關注的是創作童話，所探討的是童話創作規律，從心理學、文藝學的角度去進一步研究童話。

由於「五四」新文化運動後，在我國的文化教育界掀起了一個「兒童文學」運動，小學教科書開始改觀，各種兒童文學叢書，也風起雲湧，布滿書坊。到一九二二年新學制公布時，「兒童文學」運動達到了最高潮。於是有了反挫的現象出現。

小學語文教材發展史上，繼文、白之爭，讀經與否之後，又引發一場所謂「鳥言獸語」之爭，「鳥言獸語」是何鍵咨文的用語。鳥言獸語之爭的時間是從一九三一年二月到一九三一年八月。這場論爭的實質是要不要童話的問題，在《申報》及其他雜誌上展開。首先向童話發難的是當時的湖南省政府主席何鍵，他於一九三一年二月二十四日向教育部提出〈咨請教育部改良學校課程〉的建議，其全文如下：

> 二月二十四日長沙通訊：省府主席何鍵曾迭咨教部，除陳明教育缺點，請籌改良，昨復據東安縣長條陳，請改良學校課程。

何氏以改良課本為現時切要之圖，當經咨請教部核辦矣。茲附錄原咨如下：

為咨行事：據前東安縣長唐正宜條陳內一則稱，宜改良學校課則。開辦學校二十餘年矣，乃前者組設共產機關，以學生為最多；此次加入共產戰團，亦以學生為最多。竭公私之財力，養成此作亂之輩，其效亦可見者矣。民八以前，各學校國文課本，猶有文理；近日課本，每每「狗說」、「豬說」、「鴨子說」，以及「貓小姐」、「狗大哥」、「牛公公」之詞，充溢行間，禽獸能作人言，尊稱加諸獸類，鄙俚怪誕，莫可言狀。尤有一種荒謬之說，如「爸爸，你天天幫人造屋，自己沒有屋住。」又如「我的拳頭大，臂膀粗」等語。不啻鼓吹共產，引誘暴行，青年性根未能堅定，往往被其蠱惑。此種書籍，若其散布學校，列為課程，是一方面鏟除有形之共黨，一方面仍製造大多數無形之共產。雖曰言鏟共，又奚益耶？現在邪說橫行，匪黨日滋，幸在野猶有崇尚道德之宿儒，在國猶有主持正義之各將，尚可爭持於人禽之界，成此半治半亂之局；倘再過數十年，人之方亡，滔滔皆可率獸食人，人將相食，黃巢李自戍張獻忠之殘殺，不難再見，竊慮其必有無量無邊之浩劫也？為今之計，凡學校課本艱深之無當，理論淺近者，不切實用，切宜焚毀；尤宜選中外先哲格言，勤加講授，須擇學行兼優者辦理教育，是亦疏河以抑洪水，掌火而驅猛獸之一法也。鈞座於前年曾發有慎選教材一電，如重提前議，見施實行，則功且不朽矣！棟材榱崩，所壓立摧；然犀不遠，杞慮殊深。爰獻芻蕘之議，以備葑菲之采。是否有當，乞垂察焉等情。查改良課本，為現時切要之圖，據陳前因，除批答外，相應咨請貴部，煩為查核辦理。並希見復為荷，此咨。

（見王泉根《中國現代兒童文學文論選》，頁283-284）

何氏要求查禁鳥言獸語的童話讀物，採取中外先哲格言作為教材，指責童話「禽獸能作人言」，尊稱加諸獸類，鄙俚怪誕，莫可言狀」。並認為反對「鳥言獸語」是為了「反共」，是以又建議擇學行兼優人士辦理教育。此文後來發表於三月五日的《申報》〈教育消息欄〉。面對何氏咨文，魯迅第一個拍案而起，奮然予以反擊。他在四月一日寫的〈勇敢的約翰校後記〉中說：

> 對於童話，近來是連文武官員都有高見了；有的說是貓狗不應該會說話，稱作先生，失了人類的體統；有的說是故事不應該講成王作帝，違背共和的精神。但我以為這似乎是「杞天之慮」，其實倒并沒有什麼要緊的。孩子的心，和文武官員的不同，它會進化，絕不至於永遠停留在一點上，到得鬍子老長了，還在想騎了巨人到仙人島去做皇帝。因為他後來就要懂得一點科學了，知道世上并沒有所謂巨人和仙人島。倘還想，那是生來的低能兒，即使終生不讀一篇童話，也還是毫無出息的。（見王泉根《中國現代兒童文學文論選》，頁243）

緊接的是四月在上海「中華兒童教育社」的年會上，初等教育專家尚仲衣在年會中作了〈選擇兒童讀物的標準〉的演講。大意是：選擇兒童讀物的標準分消極的標準和積極的標準兩部分。在消極的標準裡他對童話等故事提出了八點的指責：

一、違反自然現象。
二、違反社會價值與曲解人生關係。

三、曲解人生理想。

四、信任幸運。

五、妨害兒童心理衛生。

六、玩弄殘廢者。

七、引起迷信。

八、頹廢、無病呻吟。

　　　　（詳見王泉根《中國現代兒童文學文論選》，頁245-247）

總之，他認為鳥言獸語的童話為神仙讀物，應在排斥之列。此篇演講《申報》四月二十日作了報導，並刊載於一九三一年五月第三卷第八期的《兒童教育》。尚仲衣的文章，在教育界、文學界，又點燃了關於「鳥言獸語」的討論。四月二十九日的《申報》立即刊出在教育部工作的吳研因〈致兒童教育社社員討論兒童讀物的一封信──應否用鳥言、獸語的故事〉，吳文對尚仲衣反對「鳥言獸語的故事」一點，力持異議，並要求討論下列問題：

一、何謂神怪故事？

二、神怪故事是否應該以不合情理為取捨？

三、鳥言獸語，是否神怪而至於不合情理？

四、此類故事教學之結果，究竟有何種流弊，或竟毫無關係？

五、尚先生所說鳥言獸語不言而專論述動物生活的故事，又是什麼？（同上，頁250）

尚仲衣的回答是〈再論兒童讀物〉一文，刊於五月十日《申報》，並見第三卷第八期《兒童教育》。五月十九日《申報》又發表吳研因

〈讀尚仲衣君「再論兒童讀物」乃知鳥言器語確實不必打破〉。

又第三卷第八期《兒童教育》，除刊載尚仲衣的兩篇文章外，並有陳鶴琴〈鳥言器語的讀物應當打破嗎？〉，及「兒童文藝研究社」的〈童話與兒童讀物〉等兩篇文章。另外，第二卷第二期《世界雜誌》（8月）也刊登了魏冰心〈童話教材的商榷〉，與張匡〈兒童讀物的探討〉等兩篇文章。

這場論戰，在持續了半年以後，已見分曉，何鍵的謬論，固然如石沉大海，再也沒有人理會；尚仲衣也被批駁得啞口無言，肯定童話的見解得到普遍的贊同，論據充分，有說服力，否定童話的意見無人堅持終於銷聲匿跡。中國現代童話的奠基者葉聖陶，雖然沒有直接參與論戰，卻於一九三六年發表了一篇針對性的童話〈鳥言獸語〉，作品以麻雀和松鼠的對語開始，麻雀向松鼠報告了一段新聞：

> 「你這新聞從哪兒來的？」
>
> 「從一個教育家哪裡。昨天我飛出去玩，飛到哪個教育家屋檐前，看見他正在低頭寫文。看他的題目，中間有『鳥言獸語』幾個字，我就注意了。他怎麼說起咱們的事情呢？不由得看下去，原來他在議論人類的小學教科書。他說一般小學教科書往往記載著『鳥言獸言』，讓小學生跟鳥獸作伴，這怎麼行！他又說許多教育家都認為這是人類的墮落，小學生盡念『鳥言獸語』，一定弄得思想不清楚，行為不正當，跟鳥獸沒有分別。最後他說小學教科書一定要完全排斥『鳥言獸語』，人類的教育才有轉向光明的希望。」
>
> 松鼠舉起右前腿搔搔下巴，說：「咱們說咱們的話，并不打算請人類寫到小學教科書裡去。既然寫進去了，卻又說咱們的說話沒有這個資格！要是一般小學生將來真就思想不清楚，行為

不正當，還要把責任記在咱們的賬上呢。人類真是又糊塗又驕
傲的東西！」(見《葉聖陶和兒童文學》，頁226-227)

這篇作品用童話的形式駁斥了打破「鳥言獸語」的謬論。

通過這場論戰，對童話的性質有了更深的認識，對童話的價值作
了更有力的肯定，童話被確定為兒童的精神食糧，可納於兒童教材之
內。童話理論的發展，對童話創作也是一股有力的推動力量，童話在
反挫中似乎又前進了一步。

這場論爭，引起理論界對童話的更大關注，其間比較有影響的理
論文章。如朱文印的〈童話作法之研究〉、陳伯吹〈童話研究〉、徐子
蓉〈從表演法上研究童話的特殊性〉(詳見王泉根《中國現代兒童文
學文論選》)。在論戰的兩年後，商務印書館出版了黃翼的《神仙故事
與兒童心理》一書。

這次的論爭，由於一方是「文武官員」，雖然他們在理論上是站
不住腳的，也遭到各方面的強烈反對。「鳥言獸語」用不著打破，大
家的意見似乎趨於一致了，但是他們卻等待機會利用權勢干涉。

當時，國、共兩黨由合作到開戰，日本屢屢發動戰爭，社會黑
暗，經濟衰敗，整個社會瀰漫著反抗的情緒，極需要尋求出路的導
向。於是對童話理論來說，「兒童年」的到來是它推進的又一個契
機。一九三三年十月，上海兒童幸福委員會呈准上海市政府定一九三
四年為「兒童年」。一九三五年三月，國民政府又根據中華慈幼協會
的呈請，定一九三五年八月開始的一年為「兒童年」。這樣一九三
四、一九三五、一九三六年都沾上了「兒童年」的邊，熱鬧了三年。
有了兒童年，整個社會進一步關心兒童、兒童教育和兒童文學，許多
優良的兒童文學作家都貢獻出自己的精心之作，但一些陳腐的封建說
教也乘機會出來強加給少年、兒童，對當時的不良現象，魯迅、茅盾

等人皆有批評（詳見金燕玉《中國童話史》，頁268）。茅盾提出新童話——新的神仙故事的見解，他認為新童話是引導少年、兒童前進的童話和科學童話，這種意見對三十年代、四十年代產生了很大的影響，讓童話背負起嚴肅的社會使命，使得童話從娛樂的、啟發想像力的價值取向轉向幫助少年、兒童選擇生活道路的價值。

這種與現實社會結合的新童話取向，又引起衛道者不安。一九三八年一月一日，陳立夫就任國民政府教育部長後，在小學教師的集會上講話時，常常肆意攻擊「鳥言獸語」不合科學，應該廢止。於是運用行政權力，即審定教科書的權力，把國語教科書中的童話儘量砍去。從此，童話等鳥言獸語一類的教材便在商務、中華、世界等書局發行的各種國語教材書中絕跡了。

抗日期間，由於現實的需要，童話的主題，要皆以抗日救國為主。

抗日勝利後，又由於政府腐敗，國、共爭權，童話又把鋒芒指向社會的黑暗，揭露和抨擊腐敗的政治，譏嘲和諷刺兼而有之。

總之，從戰時至戰後，中國童話並沒有凋零、衰敗。只是童話觀念有了全面的轉向，從以兒童為本位轉向以社會為本位。激發童話作家創作欲望的大多是對日侵略者的同仇敵愾之氣和對當局腐敗統治的不滿情緒，題材和主題都以此為軸心。當時理論界也不再探討、研究童話的藝術規律，而只是關注童話的現實性。於是有科學童話、政治童話的盛行。我們可以說丟掉傳統童話的藝術手法，丟掉兒童本位的觀念，是本時期童話觀念的兩個偏頗之處，影響著童話創作。魯迅於〈「表」譯者的話〉一文有云：

> 譯成中文時，自然也想到中國。十來年前，葉紹鈞先生的《稻草人》是給中國的童話開了一條自己創作的路。不料此後不但

並無蛻變，而且也沒有人追蹤，倒是拼命的在向後轉。（見王
泉根評選《中國現代兒童文學文論選》，頁149）

參考書目

趙景深　《童話論集》　上海開明書局　1927年9月

蔣風編　《魯迅論兒童教育和兒童文學》　少年兒童出版社　1961年9月

吳鼎等　《兒童讀物研究第二輯（童話研究）》　小學生雜誌社1966年5月

《1913-1949兒童文學論文選集》　少年兒童出版社　1962年12月

林守為　《童話研究》　自印本　1970年11月

William Kenney 著　陳迺臣譯　《小說的分析》　成文出版公司1977年6月

松村武雄　《童話與兒童研究》　新文豐出版公司　1978年9月

陳敏之　《文學研究會與創造社》　成文出版公司　1980年5月

鍾敬文主編　《民間文學概論》　上海文藝出版社　1980年7月

胡從經　《晚清兒童文學鉤沈》　少年兒童出版社　1982年4月

周作人　《兒童文學小論》　里仁書局影印　1982年7月

賈文昭、徐召勛　《中國古典小說藝術欣賞》　里仁書局　1983年3月

譚達先　《中國評書評話研究》　木鐸出版社　1983年6月

李伯棠編著　《小學語文教材簡史》　山東教育出版社　1985年3月

王泉根編　《周作人與兒童文學》　浙江少年兒童出版社　1985年8月

蔣風主編　《中國現代兒童文學史》　河北少年兒童出版社　1986年6月

洪汛濤　《童話學》　安徽少年兒童出版社　1986年12月

王泉根　《現代兒童文學的先驅》　上海文藝出版社　1987年8月

高幸勇　《形名學與敘事理論》　聯經出版事業公司　1987年11月

張香還　《中國兒童文學史（現代部分）》　浙江少年兒童出版社1988年4月

洪汛濤　《童話藝術思考》　希望出版社　1988年5月

賈植芳主編　《中國現代文學社團流派（上卷）》　江蘇教育出版社
　　　1988年5月

王國全　《新故事創作技法談》　上海文藝出版社　1988年10月

蔣風主編　《中國兒童文學大系　理論一》　希望出版社　1988年11月

劉守華　《故事學綱要》　華中師範大學出版社　1988年12月

陳子君、賀喜、樊發稼主編　《論童話寓言》　新蕾出版社　1989年
　　　1月

王泉根評選　《中國現代兒童文學文論選》　廣西人民出版社　1989
　　　年8月

張美妮等編　《童話辭典》　黑龍江少年兒童出版社　1989年9月

浦漫汀主編　《中國兒童文學大系　童話一》　希望出版社　1989年
　　　10月

華萊西・馬丁著　伍曉明譯　《當代敘事學》　北京大學出版社
　　　1990年2月

孫建江　《童話藝術空間論》　湖北少年兒童出版社　1990年2月

柯岩主編　《古今中外文學拔萃（中國童話卷）》　青島出版社
　　　1990年3月

陳平原　《中國小說敘事模式的轉變》　久大文化公司　1990年5月

相沢博　《童話的世界》　久大文化公司　1990年6月

金燕玉　《茅盾的心》　南京出版社　1990年6月

陳正治　《童話寫作研究》　五南圖書出版公司　1990年7月

鄭爾康、盛巽昌編　《鄭振鐸和兒童文學》　少年兒童出版社　1990
　　　年11月

孔海珠編　《茅盾和兒童文學》　少年兒童出版社　1990年11月

韋商編　《葉聖陶和兒童文學》　少年兒童出版社　1990年11月

馬　力　《世界童話史》　遼寧少年兒童出版社　1990年12月

韋　葦　《外國童話史》　江蘇少年兒童出版社　1990年12月

魯　迅　《域外引介集》　風雲時代出版社　1990年12月

金燕玉　《中國童話史》　江蘇少年兒童出版社　1992年7月

王泉根　《中國兒童文學現象研究》　湖南少年兒童出版社　1992年
　　　　10月

林文寶主編　《認識童話》　中華民國兒童文學學會　1992年11月

進生、彭格人等編著　《世界著名童話鑒賞辭典》　海潮出版社
　　　　1993年1月

海峽兩岸兒童文學交流活動記事年表

　　臺灣地區的兒童文學界，有關史料的收集與整理，並未受到應有的重視。其間，邱各容、林政華等人曾有大事記的撰寫[1]，惜未能持續。至於所謂兩岸兒童文學交流活動的記事，大陸兒童文學研究會《會刊》、《兒童文學家》是兩岸兒童文學交流的刊物，其他則似乎不多見。目前，可見者有大陸學者兩篇：

　　一、〈近十年海峽兩岸兒童文學的交流〉王泉根，《中國兒童文學現象》，湖南少年兒童出版社，1992年10月，頁140-148。

　　二、〈為了明天，我們開始溝通、交流、合作——世界華文兒童文學記事〉，史娃‧區分，洪迅濤主編，《世界華文兒童文學》，希望出版社，1993年6月，頁562-584。

---

1 邱各容曾撰一九八五到一九九〇兒童文學大事紀要。其中一九九〇年大事紀要見《會訊》（中華民國兒童文學學會，頁18-24）。另外收存於《兒童文學史料1945-1989初稿》，頁445-539。林政華撰寫〈民國80年兒童少年文學發展大事記〉一文，文見1992年6月《東師語文學刊》，頁325-343。另外，1991年1月富春版《兒童少年文學》，頁381-474。有〈中國兒童少年文學發展三十年大事譜及考索〉一文，又倪小介有〈民國80年兒童文學發展大事記〉一文，文見《會訊》（中華民國兒童文學學會，1992年2月，頁8-15）。又林婉如〈1994年兒童文學大事紀要〉一文，見上《會訊》，頁1-5。

是以，本文「海峽兩岸兒童文學交流活動記事年表」，除參考上述兩種刊物，與兩篇文章之外，主要根據各種報章、雜誌等有關兒童文學活動之消息，就以雜誌而言，重要者有：

一、中華民國兒童文學學會《會訊》
二、《文訊》，文藝資料研究及服務中心發行
三、交流，1992年1月創刊，財團法人海峽交流基金會發行

又下列書籍亦為主要參考文獻：

一、《兒童文學史料初稿（1945-1989）》，邱各容，富春文化事業公司，1990年8月。
二、《兒童文學大事紀要》，洪文瓊策畫主編，中華民國兒童文學學會，1991年6月。
三、《華文兒童文學小史》，洪文瓊策畫主編，中華民兒童文學學會，1991年5月。
四、兩岸文化交流年報（1991-1993），海峽交流基金會，1994年6月。
五、兩岸文化交流（1994），海峽交流基金會，1995年3月。
六、兩岸文化交流年報（1995），海峽交流基金會，1996年。
七、大陸新時期兒童文學大事記（1977-1989），見林煥彰、杜榮琛《大陸新時期兒童文學》（文建會，1996年6月），頁123-167。

兩岸兒童文學交流活動記事年表，雖用心且參考核對各種書報雜誌，遺落難免，懇請大家指正。

海峽兩岸兒童文學交流記事年表

時間	記事
1987年11月	《臺灣兒童詩選》達應麟、四石維編，少年兒童出版社出版。
1988年4月1日	聯合文學第四十二期推出「兒童文學小專輯」，其中有邱容各〈兩岸兒童文學之發展與現狀〉一文。
1988年8月	藍海文編《臺灣兒童詩選》（上、下冊），湖南文藝出版社出版。
1988年9月11日	由林煥彰、謝武彰、陳木城、杜榮琛、陳信元等人發起的「大陸兒童文學研究會」成立，以研討大陸兒童文學，增進彼此的了解和交流。林煥彰任會長、謝武彰任執行長。
1988年9月	「楊喚兒童文學獎基金會管理委員會」在臺北成立，第一屆徵獎辦法同時公布，主任委員林煥彰。（請見附錄一）
1988年10月8日至11月	臺灣兒童文學文獻研究家邱各容赴大陸參加現代文學史料學術研討會，並在上海與兒童文學史料工作者胡從經及兒童作家洪汛濤交談兒童文學交流事宜。
1988年11月3日	東方出版社舉辦「大陸兒童文學座談會」，出席者有馬景賢、華霞菱、蘇尚耀、嚴友梅、黃海、陳木城、邱各容等人。
1988年11月26日	民生報兒童天地版介紹大陸兒童文學作家洪迅濤寫給臺灣小朋友的親筆信。「願臺灣的每一個小朋友都喜歡馬良，願臺灣的每一位小朋友都有一枝神筆。」
1989年1月1日	「小鷹日報」創刊，該報同時宣布與北京「兒童文學」和上海「少年文藝」等多家刊物合辦第一屆「中華兒童文學創作獎」，三月底截稿。六月初徵

時間	記事
	稿揭曉後，該報在七月即停刊。（得獎作品選刊民生報兒童天地版）
1989年2月25日	「大陸兒童文學研究會」與《文訊》雜誌社合辦「海峽兩岸兒童文學之比較座談會」，在臺北舉行，記錄發表在《文訊》4月號（總42期，革新號第三期。）特別企畫標題為〈期待兒童文學的春天——「海峽兩岸兒童文學的比較」座談會記錄〉，頁71-77。
1989年3月11日	「大陸兒童文學研究會」與「書香廣場」雜誌社合辦「認識大陸兒童文學座談會」，由林煥彰任主持，陳信元、陳木城、陳衛平報告，記錄發表於「書香廣場」4月號。
1989年3月	「大陸兒童文學研究會」會刊創刊，由林煥彰擔任發行人，陳信元任總編輯。（十六開，頁數不定）
1989年3月23日至25日	香港兒童文藝協會與香港作家聯誼會聯合主辦「兒童文學研討會」，邀請大陸、臺灣兒童文學作家出席。林煥彰、謝武彰、陳信元、方素珍等五位臺灣作家與黃慶雲、小啦等大陸作家在香港聚會。這是兩岸兒童文學作家的首次見面，地點不在大陸而是香港。
1989年4月1日	《文訊》4月號（總42期，革新第三期）推出兒童文學專題六篇，另有一篇特別企畫；〈海峽兩岸兒童文學的比較〉座談記錄。
1989年4月3日至5月	「聯合報」副刊刊出「寫給孩子們」兒童節特輯兩天，包括臺灣兒童文學作家林良、馬景賢、鄭明進、謝武彰、李潼、陳木城，和大陸兒童文學作家洪汛濤、孫幼軍、葉永烈、樊發稼、聖野、黃慶雲的作品。此為聯合報首次推出〈兩岸兒童文學家大集合〉之主題，由林煥彰策畫。

時間	記事
1989年5月14日	《亞洲週刊》三卷十九期「觀點對照」專欄，以「海峽兩岸兒童文學新動向」為題，分別訪問林煥彰及大陸資深兒童文學作家黃慶雲女士。
1989年5月21日	第一屆楊喚兒童文學獎舉行頒獎典禮，由李潼《再見天人菊》、洪汛濤〈神筆牛良〉獲獎。
1989年5月28日	「中國現代童話研討會」在東方出版社會議室舉行，由大陸兒童文學研究會主辦，東方出版社「東方書訊」協辦，內容有童話的魅力、童話創作的技巧、中國現代童話的發展、談洪汛濤的童話等，分別由林良、馬景賢、杜榮琛、李潼、林煥彰主講。
1989年8月	陳木城歷兩年陸續從美、加、日等地，收集了兩百多種大陸兒童讀物，除推動成立「大陸兒童文學研究會」，並與雜誌社等合辦三次有關大陸兒童文學的座談會，並於中華民國兒童文學學會「會訊」五卷四期發表〈大陸兒童文學重要論述簡介〉一文（頁13-16）。
1989年8月10日	上海洪汛濤《童話藝術思考》、劉崇善的《兒童詩初步》同時在臺灣出版（臺北市：千華出版公司）。
1989年8月11日至23日	「大陸兒童文學研究會」會長林煥彰及成員曾西霸、方素珍、杜榮琛一行七人訪問中國大陸（十一日至二十三日）。共與中國大陸兒童文學作家舉行三次交流會： 十二日至十三日：在安徽合肥舉行「皖臺兒童文學交流座談會」，大陸與會者有葉君健、羅英、洪汛濤、蔣風、海笑、王一地、陳永鎮等。 十七日：在上海師範大學舉行「臺灣上海兒童文學交流會」，大陸與會的有陳伯吹、包蕾、任溶溶、葉永烈、聖野、張秋生、周銳等。 二十一日：在北京中共文化部舉行「臺灣北京兒童

時間	記事
	文學交流會」，大陸與會者有羅英、樊發稼、浦漫汀、鄭淵潔、孫幼軍、陳子君等人，會後並拜訪老作家冰心、嚴文井。
1989年9月19日	《兒童文學》，祝士媛主編，新學識文教出版中心，25k，頁330。 《童話學》，洪汛濤著，富春文化事業公司，25k，頁464。 《中國傳統兒歌選》，富春文化事業公司，25k，頁286。
1989年10月8日	大陸兒童文學研究會成立週年，假東方出版社四樓會議室舉辦「大陸兒童文學之旅發表會」，並展出有關資料及座談。
1989年11月	湖南《小溪流》第78期，推出「臺灣兒童文學專輯」，刊登瘂弦、林煥彰等十五人作品。
1990年4月4日	大陸兒童刊物「故事大王」、「童話大王」由牛頓出版公司以繁體字在臺發行。
1990年4月4日至5日	《聯合報》副刊刊出兒童節特輯兩天，林煥彰策畫，以〈兒童文學發展的新趨勢〉為主題，首次邀集臺灣、大陸、美國、菲律賓、香港的兒童文學家撰稿，包括李潼、陳木城、洪文瓊、王泉根、班馬、孫晴峰、林婷婷、嚴吳嬋霞。
1990年4月	《幼獅文藝》4月號（總號436期）推出〈兒童文學專號〉，共分〈兒童文學的範圍與發展〉、〈大陸兒童文學〉、〈臺灣兒童文學的過去、現況與展望〉、〈名家名作欣賞〉、〈得獎作品目錄〉六部分。
1990年5月4日至5日	臺灣區省市師範學院一九八九年度兒童文學學術研討會在嘉義師院舉行。其中張清榮有論文〈童話美學初探——以「金色海螺」為例〉（阮章競作品）

時間	記事
	與林政華〈葉紹鈞兒童文學初探——韻文體作品之部〉等兩篇，係大陸兒童文學作品——童話詩首度在臺灣學術研討會上討論。
1990年5月8日至13日	首屆「世界華文兒童文學華會」在湖南長沙市召開。共有來自臺灣、大陸和美國、新加坡、馬來西亞的五十六位華人兒童文學工作者與會。臺灣作家分別宣讀了〈臺灣兒童文學的創作現狀〉（林煥彰）、〈近40年臺灣兒童期刊發展綜合分析〉（洪文瓊）〈臺灣典型縣市——桃園的兒童文學發展狀況〉（邱傑）、〈兒童詩的探索〉（沙白）等論文。並於會中頒獎第二屆楊喚兒童文學獎。得主是大陸童話作家周銳，特別獎得主是大陸學者王泉根。
1990年9月	林煥彰獲一九九〇年第八屆「陳伯吹兒童文學獎」。得獎童詩〈小貓〉發表於一九八九年九月二十日上海《少年報》。同時獲獎者還有臺灣小朋友許惠芳，作品〈我看書，書也看我〉，刊於一九八九年九月《小朋友》。
1990年9月30日	正中書局和大陸兒童文學研究會合辦「大陸兒童文學研究的過去、現在和未來研討會」，出席者有林良、馬景賢、林煥彰、鐘惠民、陳木城、賴西安、沙永玲、邱各容、陳衛平、謝武彰、杜榮琛、方素珍、蔣玉嬋、李曉星、黃有富等人。
1990年12月	杜榮琛《海峽兩岸現代兒歌》，由培根兒童文學雜誌社出版。
1991年1月	林煥彰以每期提供三萬元（新臺幣）辦刊經費，創辦了一份綜合性的「兒童文學家季刊」。該刊主要為促進海峽兩岸的兒童文學交流與世界華文兒童文學的發展提供發表園地。「兒童文學家」已成為兩岸兒童文學家交流的一個重要窗口。

時間	記事
1991年1月13日	中華民國兒童文學學會第三屆第二次理監事聯席會議通過馬景賢、林武憲之提案：請學會成立兩岸兒童文學交流委員會。
1991年3月10日	第四屆東方出版社少年小說獎揭曉，大陸作家周銳《千年夢》獲優選獎。
1991年4月	上海兩位中、青兩代童話家的童話集首度在臺灣出版。一本是張秋生《小巴掌童話》；一本是周銳《特別通行證》，都由臺北市民生報社於1991年4月出版。
1991年4月14日	中華民國兒童文學學會第三屆理監事聯誼會議第三次常務理事會議，針對上次理監事聯席會議通過成立兩岸兒童文學交流委員會案，議決成立「對外交流小組」組員：馬景賢、林煥彰、陳木城、李雀美、謝武彰。
1991年4月23日	中華民國兒童文學學會「對外交流小組」第一次工作會議。會中議決易名為「中外兒童文學交流委員會」。
1991年4月	中華民國兒童文學學會「會訊」七卷二期刊登邱傑〈玄奘、張騫、吳三桂、林煥彰〉一文（頁8-12），引發有關兩岸兒童文學交流之爭議。
1991年5月	中華民國兒童文學學會洪文瓊策畫主編《華文兒童文學小史（1945-1990）》，五月出版，其中有陳信元〈四十年來大陸的兒童文學發展〉（見頁19-28），王泉根〈近十年大陸兒童文學理論專著與文獻史料書目匯要〉（見頁113-138）。
1991年6月	由中華民國兒童文學學會洪文瓊策畫主編《1945-1990兒童文學大事紀要》，於六月出版。其中以大量篇幅刊登了大陸的兒童文學紀事，並介紹了大陸的兒童文學評獎，兒童文學論著述書目等。

時間	記事
1991年6月	杜榮琛《海峽兩岸兒童詩比較研究》，由培根兒童文學出版社出版。
1991年9月15日	由中華民國兒童文學與大陸兒童文學研究會合辦「兩岸兒童文學座談會」，該學會在《會訊》七卷五期中以二十三頁的篇幅，全文刊登了討論記錄。學會理事鄭雪玫在座談會總結時說：「這個座談會收穫很大，我們獲得一個共識，兩岸兒童文學的交流勢在必行，而且應該加快腳步。但應該怎做呢？每個人都有責任朝這個方向努力，並儘量溝通。」主編洪文瓊並有〈兩岸兒童文學交流的深層思考〉一文發表。
1991年9月	桂文亞〈江南可採蓮〉一文，獲大陸第十屆陳伯吹兒童文學散文獎。文刊一九九〇年一月十三日民生報兒童天地。又謝武彰以圖畫書《池塘真的會變魔術嗎？》（1990年11月光復書局），獲得低幼文學獎。
1991年1月	安徽少兒出版社印行樊發稼編選《林煥彰兒童詩選》。這是大陸首次出版臺灣詩人個人兒童詩選集。
1992年2月	中華民國兒童文學學會「會訊」八卷一期刊登文也博〈1991年大陸兒童文學大事記〉一文（頁15-18）。
1992年3月7日至13日	湖南少年兒童出版社與海南出版社在海南島海南大學邵逸夫學術中心舉行「華文幼兒童文學研討會」，大陸作家與來自臺灣的林煥彰、謝武彰、曹俊彥及新加坡作家與會，探討了華文幼兒文學的現狀與發展前景。
1992年3月11日	一九九二年三月十一日出版的《少年報》第一二六期，公布「一九九一年小百花獎作品名單」。臺

時間	記事
	灣作家獲獎者有：李潼的小說《恐龍星座》、桂文亞的散文《我在劍橋遊學》。
1992年5月3至11日	五月二日臺灣十五位兒童文學作家飛越北京、天津，展開系列交流活動。 五月四日：北京作家與臺灣作家舉行了「童話研討會」。臺灣作家分別作了〈「童話」定義的探索〉（林良）、〈童話創作在臺灣〉（馬景賢）、〈漫談四十年來為兒童寫作的經驗和心得〉（林海音），〈童話是試「心」石〉（桂文亞）、〈變變變〉（方素珍）、〈什麼是童話〉（管家琪）等的報告。 五日：中國和平出版社舉辦了由臺灣女作家沙永玲主編的〈臺灣名家童話選〉發表會。兩岸作家還舉行了作品展覽與聯誼活動。 六日：中國社會科學院文學研究所當代室、臺港室與中國兒童文學研究會、安徽少年兒童出版社在社科院聯合召開「林煥彰兒童詩研討會」。 七日：臺灣作家來到天津，當天下午與次日上午，參加由天津「兒童小說」編輯部主辦的「少會兒童小說研討會」。臺灣作家林煥彰、桂文亞、陳衛平、潘人木、黃海、沙永玲等分別作以「為誰寫作？寫給誰看？」、〈精確掌握少年兒童的心理發展〉、〈變局下的兒童文學〉、〈兒童小說裡的Do Re Mi〉、〈鳥瞰創作四十年，純真心靈繪童夢〉、〈臺灣兒童歷史小說的新潮流〉等報告，天津作家則暢談了近十年天津以及大陸少年兒童小說創作的新趨向、新特點與新人新作。 十日：臺灣民生報、北京東方少年雜誌社、河南海燕出版社聯合主辦一九九二年海峽兩岸少年小說、童話徵文活動，在北京建國飯店召開新聞發布會，由桂文亞主持，臺灣與會人士包括民生報社長黃

時間	記事
	年，總編輯夏訓夷，及兒童文學界人士林良、林海音、潘人木、馬景賢等，兩岸與會人士近兩百人參加，熱烈隆重。
1992年6月15日	由大陸「國際兒童讀物聯盟中國分會」（Chinese Section of IBBY）和「中國出版對外貿易總公司」聯合舉辦的「92北京國際兒童圖書博覽會」，在六月一至五日於北京「中國國際貿易中心」正式舉行。此次參展的，除了大陸各省市四十五家有關兒童的出版社外，另有大陸地區以外的五十九家，包括日本、美國、法國、德國、奧地利、丹麥、韓國、蒙古、香港、臺灣等。臺灣前往參加的，有三家出版：聯經、信誼、牛頓，兩家版權代理商：博達和大蘋果。（聯經因圖書未及時寄達並未展出）按此次為大陸首次舉辦的國際兒童書展，除版權交易外，還開放圖書訂購的買賣行為。
1992年6月7日	上午九時，在臺北市重慶南路二段七十五號信誼基金會議室舉行成立「中國海峽兩岸兒童文學研究會」，並推舉林煥彰為理事長，帥崇義為秘書長。
1992年7月	大陸資源童話、寓言編輯人柯玉生主編《童話》（季刊，天津新蕾出版社）第二十六期，於一九九二年七月出版，本期內容為《臺灣童話專輯》，收錄黃基博等三十一位作家的三十六篇童話、童詩及寓言故事。
1992年7月25日	中國海峽兩岸兒童文學研究會與中華民國兒童文學學會、兩岸兒童文學交流委員會於中央圖書館臺灣分館四樓中正廳聯合主辦「兩岸兒童文學交流聞見思座談會」，並展出大陸兒童文學雜誌八十多種。
1992年8月3日至7日	中國海峽兩岸兒童文學研究會組團赴昆明，與昆明兒童文學研究會合辦「昆明‧臺北兒童文學研討

時間	記事
	會」，成員包括謝武彰、陳木城、杜榮琛、洪志明、曾西霸、帥崇義和林煥彰，皆提出論文發表。
1992年8月11日至14日	曾西霸、陳木城、李麗霞、帥崇義和林煥彰，應邀出席廣州師院與新世紀出版主辦的「兒童文學理論暨教學研討會」，與會學者專家來自各省市師院和師範大學近百位。會後全部論文由陳子典彙編成《走向世界－華文兒童文學審視與展望》於1993年12月，由新世紀出版社印行。
1992年10月17日	中國海峽兩岸兒童文學研究會與中華民國兒童文學學會及民生報合辦「兩岸兒童文學聞見思座談會」，以昆明、廣州之行作心得報告。
1992年12月	民生報及河南海燕出版社、北京「東方少年」雜誌社聯合主辦的「1992年海峽兩岸少年小說、童話徵文活動」成績揭曉。得獎作品及作者名單為： 少年小說獎部分： 優等獎五名分別：〈田螺〉曹文軒（大陸）、〈狐陣〉盧振中（大陸）、〈秋千上的鸚鵡〉李潼（臺灣）、〈讓我飛上去〉陳升群（臺灣）、〈那時，我還是個孩子〉金茂（大陸）。 佳作獎十名：〈大俠阿狗〉武振東（大陸）、〈勿忘我〉葛冰（大陸）、〈賣紅薯的孩子〉趙金九（大陸）、〈天命〉沈石溪（大陸）、〈小河結冰的時候〉宗磊（大陸）、〈巨人阿輝〉王淑芬（臺灣）、〈小叔叔再見〉張圓笙（美國）、〈獐子、漢子、孩子〉吳天（大陸）、〈生命詩篇〉李建樹（大陸）、〈同你現在一般大〉畢淑敏（大陸）。 童話獎部分： 優等獎十名：〈尋找快活林〉楊紅櫻（大陸）、〈汗如雨如〉周銳（大陸）、〈水柳村的抱抱樹〉李潼

時間	記事
	（臺灣）、〈雲豹小花〉羅蓓（臺灣）、〈笑狼〉徐德霞（大陸）、〈藍妖怪和吉尼斯世界大全〉張秋生（大陸）、〈巫婆變心〉王淑芬（臺灣）、〈心情溫度計〉康逸藍（臺灣）、〈醜女阿麗〉翁心怡（臺灣）、〈河妖的傳說〉王曉晴（大陸）。 佳作獎十三名：〈山湖媽媽的孩子〉張彥（大陸）、〈凝固〉白冰（大陸）、〈風、螺殼、小姑娘〉黃一輝（大陸）、〈水妖的笑容〉王家珍（臺灣）、〈心白號〉邱傑（臺灣）、〈黑眼睛〉程逸汝（大陸）、〈朱古力城〉黃水清（大陸）、〈河馬當保姆〉肖定麗（大陸）、〈風小弟〉袁光儀（臺灣）、〈龜兔大賽〉劉丹青（大陸）、〈賽場內外〉徐強華（大陸）、〈青鳥〉許扶堂（臺灣）、〈兔狼〉王東（大陸）。 本次徵文共計收到海峽兩岸八〇八篇應徵稿件。經兩岸初評委員評選，共有少年小說四十篇、童話四十五篇晉入複選。決選委員由林良、潘人木、羅青、林載爵、浦漫汀、任大霖、孫幼軍、樊發稼組成，經十二月十二日至十五日在北京長城飯店進行評選，產生得獎名單。主辦單位預定一九九三年五月舉行頒獎典禮，並將同步出版簡體字與繁體字的獲獎作品單行本。
1993年1月15日	李潼以《少年噶瑪蘭》（天衛出版社，1992年5月），榮獲第三屆宋慶齡兒童文學獎。
1993年1月	北京「兒童文學」月刊三十週年慶，民生報協辦徵文比賽（此活動為三項系列徵文：（1）兒童文學創刊三十週年徵文，（2）校園人物素描徵文，（3）想像徵文，共計收兩岸來稿八千餘件，得獎作品二十名）。
1993年1月20日	中國海峽兩岸兒童文學文學研究會與兒童日報合辦

時間	記事
	「兩岸幼兒文學研討會」邀請會員何三本教授做專題報告——〈談大陸幼兒文學理論發展〉
1993年3月	九歌文教基金會第一屆「現代兒童詩文學獎」揭曉。大陸作家戎林《九龍鬧三江獲第二名。（請見附錄二）
1993年3月1日至5日	桂文亞以〈濃濃中國風——長江行〉一文，獲大陸第五屆「海峽情」有獎徵文活動二等獎。頒獎典禮於一九九三年三月一日至五日於北京長城飯店舉行。
1993年3月	杜榮琛《海峽兩岸寓言詩研究》，由培根兒童文學雜誌社、中國海峽兩岸兒童文學研究學會共同出版。
1993年3月	管家琪以〈超級蘿蔔〉獲由上海出版，全國發行的《童話報》一九九二年度「金翅獎」。
1993年5月	桂文亞主編《臺灣趣味童話選》，由臺灣民生報、大陸作家出版社聯合出版，一九九三年於北京出版。初版印行一萬冊。 此書收集三十九篇臺灣兒童文學作家童話作品，由十六位插畫家彩色插圖，全部製作在臺灣完成，由桂文亞攜帶網片赴京印刷、裝訂，初版一萬冊，全書三七三頁。定價人民幣十二元。民生報支付作者、插圖者稿酬，兩家平均分擔印製費用。
1993年6月13日	中國海峽兩岸兒童文學研究會在年會中，邀請會員李麗霞教授、杜榮琛先生分別提出〈同題科學童話研究〉、〈海峽兩岸寓言詩研究〉之論文報告，並獎助出版。
1993年8月3日	海基會、味全文教基金會及海協會共同主辦之「海峽兩岸童話畫唐詩」頒獎典禮於臺北舉行此為海基會與海協會首次聯合舉辦比賽。佳作獎以上作品於臺北市立美術館展出。

時間	記事
1993年8月11日至13日	中國海峽兩岸兒童文學研究會組團赴成都，出席四川少年兒童出版社主辦「兩岸兒童文學（童）詩童話交流研討會」（11日至13日）；成員包括帥崇義、桂文亞、謝武彰、沙永玲、杜榮琛、方素珍、周慧珠、余治瑩、曹正芳、陳啟淦、歐陽林斌、陳德勝、謝淑芬、許慧玲及林煥彰，提出十三篇論，編印成冊。另由中國海峽兩岸兒童文學研究會策畫，民生報和四川少兒社以簡體字分別在臺北及成都同步出版〈兩岸兒童文學選集〉童詩童話各三冊。
1994年1月	民生報與北占鄰國少年兒童出版社聯合舉辦「1994年童話極短篇」及「1994年校園幽默趣談」小型徵文活動。
1994年3月29日至4月4日	一九九四年大圖書展覽於三月二十九日至四月四日在中央圖書館展覽廳舉行，共月八十多家出版社參加，展出圖書並全數贈送中央圖書館。在兒童讀物方面，有中國少年兒童出版社、海燕出版社、河北少年兒童出版社、少年兒童出版社等參展，少兒社總編輯任大霖、中國少兒社副總編輯莊之明、海燕出版社廠長張明武及河北少兒社副社長聞宗禹分別代表來臺。
1994年5月28日	中國海峽兩岸兒童文學研究會首度邀請大陸學者專家十四位全部順利抵臺，舉行歡迎晚宴。
1994年5月29日	舉辦「海峽兩岸兒童文學學術研討會」為期兩天，並有《童詩童話比較研究論文特刊》的出版，其印行是由信誼基金會贊助。
1994年6月17日	招待大陸學者專家十四位，環島旅遊，參觀和座談。 一日：臺北→宜蘭→花蓮市 二日：太魯閣→天祥→東海岸→臺東

時間	記事
	三日：師院兒童文學研討會（臺東師院） 四日：墾丁→高雄→日月潭 五日：日月潭→埔里→臺中市→南園 六日：南園→楊梅→北二高→龍山寺→臺北教師會館
1994年6月13日	九歌文教基金會主辦的第二屆「現代兒童文學獎」於六月十三日舉行頒獎。首獎是大陸陳曙光的《重返家園》。佳作亦有大陸作家：馮傑《飛翔的恐龍蛋》、秦文君《家有小丑》。
1994年7日	陳啟淦以童話〈100個鐘的魔力〉，獲一九九四年第二屆「冰心兒童圖書新作獎」。
1994年8月20日至9月3日	由民生報主辦，中華民國兒童文學學會、中國海峽兩岸兒童文學研究會合辦「曹文軒作品討論會」分別於八月二十日及九月三日在聯合報第二大樓九樓舉行。座談會由桂文亞主持，林煥彰引言，張子樟、張湘君、許建崑及李潼主講。
1994年9月14日	中國海峽兩岸兒童文學研究會規畫，邀請國語日報社、中華民國兒童文學學會共同成立「世界華文兒童文學資料館」。
1994年11月6日	中國海峽兩岸兒童文學研究會第一屆第十一次理監事會議決議委請本會理事楊孝教授組織研究小組，以〈大陸少年小說社會價值觀〉作為專題研究。
1994年11月26日至27日	〈亞洲華文兒童文學研討會〉於馬來西亞首府吉隆坡大酒店舉行，為期兩天。
1995年4月3日	下午二點至五點三十分於聯合報第二大樓九樓會議室舉行「曹文軒的少年小說寫作演講座談會」主持人桂文亞，引言人林良，演講者曹文軒。
1995年5月	民生報與上海少年兒童出版社互換一冊「少年小說選」。臺灣由桂文亞、李潼聯合主編「臺灣兒童小

時間	記事
	說選」（經費各自負擔）。
1995年5月20日	「世界華文兒童文學資料館」，在福州街十號五樓舉行開館典禮。
1995年5月28日	「兒童文學史料研討會」舉行，作為資料館開館系列活動之一，由中國海峽兩岸兒童文學研究會史料研究委員會規畫。
1995年5月	由民生報和雲南昆明春城少年故事報聯合舉辦的「1994年童話徵文」評獎活動，在昆明揭曉，除四川作者楊紅櫻的〈貓小花與鼠小灰〉、臺灣作者劉思源的〈花仙子的一天〉分獲一、二在獎。 此處應邀擔任的決選委員為：桂文亞、田新彬、李光琦、吳然、喬傳藻與沈石溪等六位。 獲獎篇目如下： 一等獎〈貓小花與鼠小灰〉，作者楊紅櫻（四川）。 二等獎〈花仙子的一天〉，作者劉思源（臺灣）。 三等獎〈粉紅色的木屋〉，作者李玲（北京）。〈魔法師的小足球〉，作者延玲玉（陝西）。〈良牌胡蘿蔔專賣店〉，作者張秋生（上海）。佳作獎〈玉山的白帽子〉，作者陳啟淦（臺灣）。〈狩獵奇遇〉，作者湯素蘭（湖南）。〈保險箱的秘密〉，作者賴曉珍（臺灣）。〈星星雨〉，作者康復昆（雲南）。〈雙胞狗的故事〉，作者于玉珍（北京）。
1995年10月29日	第一屆國語日報兒童文學牧笛獎於十月二十九日早上頒獎。童話組首獎的周銳是大陸作家。得獎作品〈蜃帆〉。作品並於一九九六年三月由國語日報社出版。
1995年11月3日至7日	第三屆亞洲兒童文學大會由中國大陸主辦，一九九五年十一月三日在上海舉行大陸兒童文學界大老，九十一歲的陳伯吹先生擔任主席。

時間	記事
	上海是主辦這次大會的城市，所以就由上海的五個跟兒童文學有關的團體，組成執行委員會，承擔全部會務。五個團體是：中日兒童文學美術交流上海中心、上海文學發展基會之兒童文學基金部門、少年報社、少年兒童出版社、兒童時代社。大會的會場和各國代表的住宿，都安排在大上海市西南角的龍華鎮「龍華迎賓館」。 這裡離虹橋機場很近，代表們入境離境比較方便。有名的古寺「龍華寺」就在迎賓館旁邊。 大會收到的各國代表名單一共是一百三十八位。實際報到的是一百零二位。這一屆臺灣地區代表團的人數增加到十四人：林良、馬景賢、林煥彰、桂文亞、李潼、蔣竹君、李倩萍、周惠玲、孫小英、沙永玲、陳木城、帥崇義、趙涵華、謝文賢。臺灣地區代表團印製了一本《經濟騰飛為兒童文學帶來什麼》的論文集，收入團員們撰寫的論文十二篇，附有團員的個人資料和臺灣兒童文學現況的數據檔案，贈送各國代表。臺灣地區代表們的個人著作和臺灣的兒童文學出版品，在會場上展覽，供各國代表參考。會後並參加由中國福利會兒童時代社主辦的中國大陸「全國綜合性少年兒童期刊編輯研討會」。
1995年11月4日至19日	由海峽交流基金會、味全文化教育基金會、臺北市立美術館與大陸海峽兩岸關係協會、中國文學少年文化基金會共同舉辦〈海峽兩岸兒童畫寓言〉比賽得獎作品，自十一月四日至十九日在臺北市立美術館公開展出。
1996年4月24日	大陸幼教學者、北京國立師範大學教授祝士媛及天津市教育科學院副院長鄧左君，應國立花蓮師院、

時間	記事
	花蓮幼兒文教基金會及花蓮幼教協會等單位共同邀請抵花蓮，舉行專題演講及座談會。
1996年9月2日至3日、6日至7日	由上海「少年文藝」月刊發起，並與北京「東方少年」月刊、臺北「民生報」聯合舉辦的「當代少年兒童散文暨桂文亞作品研討會」，在九月二、三日及六日分別在上海、北京兩地舉行。 為了較有深度地接觸及推廣中國少兒散文長期以來未受重視和開發的藝術格局，主辦單位精心策畫此項活動將近一年。與會人士包括大陸兒童界重要評論家與作家近八十人，其中著名學者、作家金波、蒲漫汀、樊發稼、孫幼軍、曹文軒、張美妮、班馬、王泉根、方衛平、湯銳、梅子涵、秦文君、喬傳藻、吳然、畢淑敏、徐魯等人，皆將提出論文，並將在會中重點發言。臺灣的兒童文學作家雖未能與會，但是林海音、林良、張子樟、許建崑、李潼、孫晴峰、管家琪等人，也都撰寫了文稿。 為使研討會內容圓滿豐富，將同時在現場展出（1）海峽兩岸少年兒童散文作品小型書展；（2）桂文亞散文創作三十年作品展及攝影原作展，會中並有《這一路我們說散文》（江南兒童文學散文之旅）、《桂文亞作品評論集》（全書十五萬字，收入評論稿六十篇）、《桂文亞初探——走通散文藝術的兒童之道》（班馬著作，全書九萬字）等，贈送與會人士。
1996年9月22日至28日	浙江師範大學慶祝建校四十週年，自九月二十二日起，舉辦為期三天的「海峽兩岸兒童文學研討會」，邀請臺灣兒童文學作家、學者與會，由「96中國海峽兩岸兒童文學研究會」負責組團，原有十位作家、學者報名，除徐守濤、許建崑、林煥彰、

時間	記事
	李麗霞、杜榮琛、謝武彰、趙涵華、陳啟淦、段淑芝等均已提行論文，但因學校已開學，只有徐守濤、林煥彰、許建崑、謝武彰四位如期成行，與會發表論文。 此次大會擬定「海峽兩岸兒童文學的歷史、現狀和未來」作為中心議題，大陸與會的都是理論研究的學者，包括北京的曹文軒、張美妮、湯銳，內蒙的張錦貽，江蘇的金燕玉，上海的竺洪波，四川的王泉根、彭斯遠，溫州的吳其南，杭州的孫建江及主辦單位浙江師大兒童文學研究所的蔣風、韋葦、黃雲生、方衛平、周曉波、陳華文等教授，都將提出論文參與討論。會後並有參觀旅遊等活動，全程至二十八日上午結束。
1996年12月5日至15日	大陸當代少會小說家張之路及兒童文學評論家方衛平，應「1996年海峽兩岸少年小說研討會」主辦單位中國海峽兩岸兒童文學研究會、民生報、聯合報文教基金會的邀請來臺訪問，將於臺北市（7-8三場）、臺東師院（11-12兩場）兩地舉辦五場學術討論與座談。
1996年12月10日至12日	十五位大陸圖書館主管與文化事業相關學者專家，來臺參加「海峽兩岸兒童及中小學圖書館學術研討會」，會期兩天。十二日並到花蓮訪問，與花蓮文化中心、花蓮師院相關人員舉行座談。

附錄一：楊喚兒童文學獎

一九八八年，親親文化事業將詩人楊喚（1930-1954）的遺作《夏夜》、《水果們的晚會》以圖畫書的形式出版，經編者謝武彰先提議，及所得版稅及熱心人士捐助，成立紀念性的文學獎。多年來，本獎先後獲兒童文學界人士捐贈，而能成為國內第一個紀念故人，鼓勵新人為宗旨的文學獎。

該獎每年十二月十日前截止收件，獎勵一年內以中文創作並出版成冊之作品。得獎人每屆一名，可得獎新臺幣三萬元、獎牌乙座。另設特殊貢獻獎，亦為每屆一位。其間一九九四年曾設〈評審委員獎〉一名。有關《楊喚兒童文學獎》資料皆由謝武彰兄提供，僅此致謝。試將歷屆得獎者列表如下：

年度	屆別	文學獎	特殊貢獻獎
1989	第一屆	李潼《再見天人菊》	洪汛濤《神筆牛良》
1990	第二屆	周銳《特別通行證》	王泉根《中國現代兒童文學文論選》
1991	第三屆	陳玉珠《無鹽歲月》	
1992	第四屆	沈石溪《狼王夢》	金波《在我和你之間》
1993	第五屆	秦文君《秦文君中篇兒童小說選》	樊發稼《蘭蘭歷險記》
1994	第六屆	張秋生《來自樺樹的蒙面大盜》	韋葦 葛競《肉肉狗》評審委員獎（一萬元）
1995	第七屆	劉伯樂《黑白山莊》	郭風
1996	第八屆	戎林《采石大戰》	林良
1997	第九屆	吳然《我的小馬》	任溶溶

附錄二：九歌現代兒童文學獎

年度	屆別	得獎者	獎項	得獎作品	備註
1992	第一屆	李潼	第一名	少年龍船隊	大陸作家
		戎林	第二名	九龍闖三江	
		劉台痕	佳　作	五十一世紀	
		張如鈞	佳　作	大腳李柔	
		楊美玲、趙映雪	佳　作	茵茵的十歲願望	
		柯錦鋒	佳　作	我們的土地	
1993	第二屆	陳曙光	第一名	重返家園	大陸作家
		陳素燕	第二名	少年曹丕	
		胡英音	佳　作	安妮的天空、安妮的夢	
		秦文君	佳　作	家有小丑	大陸作家
		馮傑	佳　作	飛翔的恐龍蛋	大陸作家
		屠佳	佳　作	飛奔吧！黃耳朵	定居香港
1994	第三屆	張淑美	第一名	老蕃王與小頭目	
		陳淑宜	第二名	天才不老媽	
		趙映雪	佳　作	奔向閃亮的日子	
		黃虹堅	佳　作	十三歲的深秋	定居香港
		張永琛	佳　作	隱形的恐龍蛋	大陸作家
		劉台痕	佳　作	護令行動	
1995	第四屆	從缺	第一名		
		莫劍蘭	第二名	兩本日記	
		盧振中	第二名	阿高斯失蹤之謎	大陸作家
		馮傑	佳　作	冬天的童話	大陸作家
		黃淑美	佳　作	永遠的小孩	
		陳素宜	佳　作	秀巒山上的金交椅	
		李麗中	佳　作	小子阿辛	旅居美國

年度	屆別	得獎者	獎項	得獎作品	備註
1996	第五屆	從缺	第一名		
		屠佳	第二名	藍藍天上白雲飄	
		陳素宜	第三名	第三種選擇	
		趙映雪	佳　作	Love	
		林小晴	佳　作	紅帽子CC	
		陳惠鈴	佳　作	少年行星	

豐子愷與兒童

　　中國有「漫畫」一詞，始於豐子愷一九二五年在《文學周報》發表「子愷漫畫」系列。他的畫風與文風，對於當代文化影響甚鉅。他的作品多與兒童生活有關，極富赤子之心，也飽含愛心與同情，因而被視為一個偉大的心靈。本文旨在探索兒童這個偉大心靈之間的關係。

　　在現代藝術家中，豐子愷是以作為兒童的熱愛者出現的，他是兒童的崇拜者，他所創作的文學藝術作品，反映兒童，描寫兒童生活成了他主要的創作題材。他始終懷著一顆和孩子們心心相印的赤誠之心，把他對人生的理解，企圖通過他的作品極其完善地反映出來。豐氏有一個心愛的煙嘴，他曾請人用精巧的刀功在煙嘴上刻有八指頭陀〈童山〉的詩句：

> 吾愛童子身，蓮花不染塵。
> 罵之惟解笑，打亦不生嗔。
> 對境心常定，逢人語自新。
> 嗟年既長，物欲蔽天真。
> （《八指頭陀詩文集》，岳麓書社，1984年6月，頁40）

這是豐氏童心與愛心的自白。又〈兒女〉一文亦云：

> 近來我的心為四事所占據了：天上的神明與星辰，人間的藝術

與兒童。這小燕子似的一群兒女，是人世間與我因緣最深的兒童，他們在我心中占有與神明、星辰、藝術同等的地位。

（見豐陳寶等編《豐子愷文集》冊五，以下簡稱《文集》，浙江文藝出版社，1992年6月，頁115-116）

本文擬以「兒童」為體，試觀豐氏思想與兒童之關係。豐氏在幾十年來的生活經歷裡，究竟是什麼激發起了他對孩子們的愛，激發起了他為兒童進行創作的熱情？首先，就民國初年以來的政治社會等現狀分期如下：

民國初年的政局（1911年-1925年）

北伐和統一（1925年7月-1931年）

九一八事變和七七抗日戰爭（1939年-1945年）

勝利後和國民黨撤退（1945年8月-1949年12月）

再就豐氏生平分成四個時期：1. 一九二七年左右之前，2. 抗戰時期，3. 勝利還鄉時期，4. 一九四九年以後時期。一九二七年是北伐時期，也是蔣總司令斷然清除「共產黨」的開始。而豐氏亦於一九二八年正式從弘一法師皈依佛門，法名嬰行。可說是豐氏思想上明顯變化的一個時期。豐氏的基本思想也因此而建立。

豐子愷秉賦不凡，又在一個傳統的藝術、文學環境中成長受教育，師友的啟迪昭然彰著，他具備了文學家的想像力、藝術家的敏感；而且，他更一生保有無限的愛心和同情。在〈憶兒時〉一文裡（見《文集》冊五，頁135-140）。他回憶兒時，有三件不能忘卻的事：

第一件是養蠶。

第二件不能忘卻的事，是父親的中秋賞月，而賞月之樂的中心，在於吃蟹。

　　第三件不能忘卻的事，是與隔壁豆腐店裡的王囡囡的交遊，而
這交遊的中心，在於釣魚。

而他的感慨是：

　　我的黃金時代很短，可懷念的又只是這三件事。不幸而都是殺
　　生取樂，都使我永遠懺悔。（同上，頁140）

又在〈我的少年時代〉一文裡（見豐華瞻等編：《豐子愷研究資料》
寧夏：寧夏人民出版社，1988年11月，頁68-69），回憶中印象最鮮明
的，是剪辮子事件。剪辮事件「似乎全是快樂、幸福和光榮的希
望」，也是重新發現的一日。
　　以上是豐氏童年的重要事件。豐氏從小就有了畫名。因此所謂
「天上的神明與星辰，人間的藝術與兒童。」其實早已在他的心中。
而後在浙江第一師範學校時，經李叔同、夏丏尊兩位師長的啟迪，使
他從文學與藝術中找到了自己，他嚮往自然（如〈青年與自然〉、〈自
然〉等文），他曾經與人發起成立中華美育學會，在該會會刊《美
育》第七期上，除發表〈藝術教育的原理〉（見《文集》冊一，頁11-
16）外，並提倡「美是人生的一種究竟的目的，美育是新時代必須做
的一件事。」他說：

　　「美」都是神的手所造的。假手於「神」而造美的是藝術家。
　　（見《文集》冊五，「自然」，頁107）

　　可見豐氏在青年時代，就懷著這種美和生活緊密結合的美學觀，
注視著社會現實，企求由此進一步去改變現實。在這段期間豐氏的思

想有時顯得很複雜、很矛盾，甚至很消極軟弱。他像飽嚐了人間的甜酸苦辛，他深感世事無常。對人生美好的憧憬破滅了，就在這時，他接受了李叔同老師的思想影響，皈依佛法，憎恨黑暗的現實生活，希望通過佛門寄託自己的苦悶。於是他又從宗教與兒童中肯定了自己。他說：

> 藝術、宗教，就是我想找求來剪破這「世網」的剪刀。
> （見《文集》冊五，〈剪網〉，頁95）

> 現在我已行年三十，做了半世的人，那種疑惑與悲哀在我胸中，分量日漸少；但刺激日漸淡薄，遠不及少年時代以前的新鮮而濃烈了。這是我用功的結果。因為我參考大眾的態度，看他們似乎全然不想起這類的事，飯吃在肚子裡，錢進入袋裡，就天下太平，夢也不做一個。這在生活上的確大有實益，我就拼命以大眾為師，學習他們的幸福。學到現在三十歲，還沒有畢業。……我確信宇宙間一定有這冊大帳簿。于是我的疑惑與悲哀全部解除了。（見《文集》冊五，〈大帳簿〉，頁160-161）

這個時期，他寫出了許多充滿宗教意味的散文，如〈漸〉（見《文集》冊五，頁96-99）、〈大帳簿〉（同上，頁157-161）、〈秋〉（同上，頁162-165）等等。他一方面想逃離這醜惡的現實，卻又不能割斷對現實的眷念。他在〈讀《緣緣堂隨筆》讀後感〉中說：

> 我自己明明覺得，我是一個二重人格的人。一方面是一個已近知命之年的，三男四女俱已長大的、虛偽的、冷酷的、實利的老人（我敢說，凡成人，沒有一個不虛偽、冷酷、實利）；另一方面又是一個天真的、熱情的、好奇的、不通世故的孩子。

這兩種人格，常常在我心中交戰。雖然有時或勝或敗，或起或伏，但總歸是勢均力敵，不相上下，始終在我心中對峙著。為了這兩者的侵略與抗戰，我精神上受了不少的苦痛。（見《文集》冊六，頁108）

尤其是在接近孩子的生活中，發現兒童的世界是最明淨的。他說：

唉！我今晚受了這孩子的啟示了：他能撒去世間事物的因果關係的網，看見事物的本身的真相。他是創造者，能賦給生命于一切的事物。他們是「藝術」國土的主人。唉，我要從他學習！（見《文集》冊五，〈從孩子得到的啟示〉，頁122）我企慕這種孩子們的生活的天真，艷羨這種孩子們的世界的廣大。（見《文集》冊五，〈談自己的畫〉，頁468）

在這個時期，豐氏寫出了哪些謳歌兒童的名篇：〈從孩子得到的啟示〉（見《文集》冊五，頁120-124）、〈華瞻的日記〉（同上，頁141-145）、〈給我的孩子們〉（同上，頁253-256）、〈兒女〉（同上，頁22-26）、〈送阿寶出黃金時代〉（同上，頁446-450）等等。他讚美孩子們是「身心全部公開的真人」，有「比大人真是強盛得多」的「創作力」，「世界的人群結合，永沒有像你們這樣的徹底地真實而純潔」，有著「天地間最健全的心眼」，「天賦的健全身手與真樸活躍的元氣」。我們可以說，豐氏因為不滿受世俗社會影響自己的病態生活，才稱頌因年幼無知而純潔的孩子們；而自己的兒女，則成為它寄託自己的不滿、逃避病態社會的汙染的港灣。可是在稱頌之餘，卻又已經想到了孩子們純真靈魂的必要失掉，因此感到了深沉的悲哀。楊牧在〈豐子愷禮讚〉一文裡說：

　　兒童是豐子愷的「大自然的虔信」最落實，最親切的題材。他不但記述自己的童年時代，幻想和喜悅，疑問和好奇，在回憶中編織一面又一面彩色透明的網紗，使我們為之神往，體會我們自己童年的痕跡，如笑聲震盪，如淚眼婆娑；他不但深入思維阿難短暫的生命，在其中理出無限智慧的啟發；他更時常輕描淡寫他和孩子們生活在一起的溫馨情感。讀豐子愷散文，於此一題材所見最多最動人。他寫送孩子們赴考的經驗，溫文爾雅，充滿體貼的語調；他為孩子們的急功近利感到好笑，但並沒有責備，反而非常同情。文章以牽牛花爬高為啟為結，頗有介禪偈之意，但也至於他特別為孩子們寫的文字，更是氣韻飽滿，感情豐富。「作父親」筆調如其漫畫，令人愛不釋手，讀完後，不免覺得「在這一片天真爛漫光明正大的春景中」，孩子的哭聲和笑聲是揉合在一起了！沒有邪念，只充滿生長的希望，在他細心描寫的世界裡：「庭中的柳樹正在駘蕩的春光中搖曳柔條，堂前的燕子正在安穩的新巢上低徊軟語」。我想中國自有新文學以來，沒有一個人曾經把兒童的聲色如此動人地納入大自然的時序移轉中，毫不做作，直臻人生宇宙的化境。

　　（見《豐子愷文選》，洪範版，1982年1月，頁5-6）

　　我們知道，豐氏在看透了黑暗的現實社會的腌臢、冷酷之後，豐氏幻想追求一種純潔、崇高的精神境界，在現實世界裡無法實現，然而卻在孩子的世界中發現了這種純真而高尚的精神，於是對孩子熱愛的強烈感情在他的作品中便化為一種崇拜之心。

　　而事實上，從一九二五年到一九三七年對日抗戰爆發時止，這十二年間，是豐氏生活安定的時期。豐氏出版了大量的書籍，有畫集、文集、音樂、藝術理論書、翻譯書等，共約六十種。

　　一九三七年抗日戰爭，豐氏才真正被迫離開他的「世外桃源」，走上奔波流離的道路。安緣守己的迷夢被打破，豐氏不僅不得不面對民族的危亡和人民的困厄，而且自己也不得不「身入其中」，成為流亡隊伍中的一個。其間〈辭緣緣堂〉一文最能說明豐氏的思想情緒。這種文章在作者的人生經歷和寫作歷史上居有特別重要的地位。由於作者寫得真誠而坦率，這篇文章是理解豐氏以後作品的一把鑰匙。我們只要讀了它，就能了解作者處世和寫作態度的轉變的根源。就涉及「兒童」而言，已不再是記述或回憶自己的童年，或是描述自己的子女，而是寫社會上的兒童，也不再是有深沉的悲哀，相反的是童心與愛心追求。豐氏在〈我與《新兒童》〉一文裡說：

> 我相信一個人的童心，切不可失。大家不失去童心，則家庭、社會、國家、世界，一定溫暖、和平而幸福。所以我情願做「老兒童」，讓人家去奇怪吧！（見《文集》冊六，頁408）

　　豐氏經過對日抗戰的洗禮，在人世間與他因緣最深的兒童，已走向普天下的孩子們。

　　一般說來，豐氏文學作品中專寫兒童的，或涉及兒童的作品，大致可分三類：

　　一類是追憶自己的童年的。如〈憶兒時〉（見《文集》冊五，頁135-140）、〈學畫回憶〉（同上，頁412-419）。

　　一類是寫自己身邊的孩子的。如〈從孩子得到的啟示〉（同上，頁120-124）、〈阿難〉（見《文集》冊五，頁146-148）、〈作父親〉（同上，頁257-260）、〈兒戲〉（同上，頁261-262）等。

　　一類是寫社會上的兒童的。如〈放生〉（同上，頁396-399）、〈鼓樂〉（同上，頁376-379）、〈送考〉（同上，頁357-361）。

又豐氏曾把自己的漫畫創作，分為四個時期：

第一是描寫古詩句時代。
第二是描寫兒童相時代。
第三是描寫社會相時代。
第四是描寫自然相時代。
（詳見《文集》冊四，〈漫畫創作二十年〉，頁387-391）

雖說四個時期交互錯綜，不能判劃界，但我們認為只有自覺的走出自我壓抑，方能成為大家，豐氏在〈漫畫創作二十年〉一文中說：

我作漫畫由被動的創作而進於自動的創作，最初是描寫家裡的兒童生活相。我向來憧憬於兒童生活，尤其是那時，我初嚐世味，看見了當時社會裡的虛偽驕矜之狀，覺得成人大都已失本性，只有兒童天真爛漫，人格完整，這才是真正的「人」。於是變成了兒童崇拜者，在隨筆中（見「緣緣堂隨筆」）、漫畫中，處處讚揚兒童。現在回憶當時的意識，這正是從反面詛咒成人社會的惡劣。這些畫我今日看時，一腔熱血還能沸騰起來，忘記老之將至。這就是「辦公室」、「阿寶兩隻腳凳子四隻腳」、「弟弟新官人，妹妹新娘子」、「小母親」、「爸爸回來了」等作品。這些畫的模特兒──阿寶、瞻瞻、軟軟──現在都已變成大學生，我也垂垂老矣。然而老的是身體，靈魂永遠不老。最近我重展這些畫冊的時候，彷彿覺得年光倒流，返老還童，從前的憧憬，依然活躍在我的心中了。（見《文集》四，頁389）。

我們可以說豐氏對兒童熱愛之深，他的愛是崇高的，因為他不光

是給予自己的子女們，同時也給予了「普天下的孩子們」。這愛，這給予，是通過他的大量的文學作品，大量的兒童漫畫和大量為兒童翻譯的著作表現出來的。事事說明，豐氏不只是兒童世界的神遊者、陶醉者，而是兒童園地辛勤的播種者、耕耘者。因為他已從崇拜擴充為一個智者，對於天真的禮讚，對於純潔的普遍的歌頌。他的作品之所以能恆久鮮明，動人也深，是因為他除了敏感和想像外，他還保有一份可貴的赤子之心。

相對於勝利還鄉後，正是貪官污吏、投機商人渾水摸魚的時候，於是豐氏那種勝利還鄉的滿懷喜悅心情終於漸漸地消失殆盡，豐氏對當時的社會十分不滿，深惡痛疾。他引用古人「惡歲詩人無好語」的話，聲稱自己「現在正是惡歲畫家」（見〈漫畫創作二十年〉一文）。但又覺得這種觸目驚心的畫不宜多畫，希望自己的筆「從人生轉向自然」。至於社會上的「苦痛相、悲慘相、醜惡相、殘酷相」，其根源究竟何在，豐氏沒有明確地指出。化那枝筆的矛頭所向，往往只是一般貪官污吏而已。他只是痛感當時社會的黑暗，企圖從更換官吏的辦法中找求出路，〈貪污的貓〉（見《文集》冊六，頁249-253）、〈口言剿匪記〉（見《文集》冊六，頁254-256）是「惡歲詩人無好語」的作品。他雖然寫黑暗，但由於有赤子之心，他的筆也從人生轉向自然，尋求更深刻的題材，他的作品更具「出人意外，入人意中」的鮮明的感受。因此我們知道，豐氏那顆嚮往光明的心始終在燃燒著。

文化中國

──交流理論的架構

　　兩岸的統或獨是條長遠的路，而兩岸的對談，也是個複雜而敏感的話題。

　　一九九五年，伴隨著李登輝總統的訪美，臺灣要求加入聯合國，中國針對臺灣發射導彈及進行大規模海上軍事演習，使臺海兩岸陷入空前的低谷。

　　大陸對一九九六年三月的臺灣大選，抱有深刻的擔憂，無論誰當選，都可能導致或慢或快的臺獨進程。為了影響這次選舉趨勢，大陸接二連三的在臺灣海峽進行軍事演習，亦即是所謂的文攻武嚇。結果不僅並沒有改變選舉的結果，且讓兩岸關係雪上加霜。

　　一九九七年七月一日，香港回歸中國，所謂一國兩制維持五十年不變。然而，在臺灣選舉期間，美國航空母艦突然出現於臺灣海峽，又臺灣在國發會的共識，以及六、七月的修憲。在世紀之交的海峽兩岸，呈現出「死胡同」狀態。

　　這種死胡同狀態，表現在如下方面：

　　一、雙方的試探都達到極點。

　　二、怕的說不怕，急的說不急。

　　三、口中說和平，鼻孔吐硝煙。

　　四、既悲觀失望，得過且過，又沉於幻想，寄託僥倖。

　　（詳見王兆軍《兩岸啟示錄》，頁2-6）

以上四項矛盾的現象，構成兩岸關係的現狀。是以本章擬先論述兩岸互動的演變，兩岸學術交流的現況，及交流的困境，而後始以「文化中國」作為切入點。

一　海峽兩岸互動的演變

兩岸關係或互動發展的歷程，一般上都分為三期。趙建民於《兩岸互動與外交競逐》一書中〈臺海外交競逐四十年〉一節裡分三期如下：

一、敵消我長時期：1949-1971年。
二、敵長我消時期：1972-1979年。
三、敵長我近時期：1979年至今。
（詳見永業出版社本，頁189-212）

王兆軍於《兩岸啟示錄》第二章〈統一備忘錄〉，則就大陸的觀念分階段如下：

第一階段：1949-1958年。
第二階段：1960-1978年。
第三階段：1979年至今。（以上詳見世界書局本，頁25-34）

而包宗和於《臺海兩岸互動的理論與政策面向（1950-1989）》一書裡，則以遊戲理論分析海峽兩岸互動的型態，其型態與分期如下：

一、「僵持遊戲」下的臺海兩岸關係（1950-1978）。

二、逐漸形成中的囚徒困境遊戲（1979-1986）。

三、演化完成的囚徒困境遊戲（1987-1988）。

（以上詳見第二章〈二方遊戲理論與臺海兩岸互動（1950-1988）〉，頁14-22）

又行政院大陸委員會編印《中華民國政府推動兩岸關係的誠意和努力》一書裡，亦將兩岸關係發展的歷程分為三個時期：

一、一九四九年至一九七八年，是軍事對立與衝突時期。期間曾發生古寧頭、「八二三」等重大戰役，以及持續而零星的軍事衝突。這三十年裡，兩岸直接軍事衝突雖然由多至少，但對立態勢明顯而尖銳。

二、一九七九年至一九八七年，是相互對峙互不往來時期。由於美國與中共建交，我國處境艱困，中共即展開密集的統戰，先後發表了「告臺灣同胞書」、「葉九條」及「和平統一、一國兩制」等一系列主張。

這些主張都以中共政權為「中央」、我為「地方」當前提，我方自然無法接受。在此期間，我政府一方面加速臺灣地區的政治民主化與經濟自由化，同時提出「三民主義統一中國」的號召；另一方面採取「三不政策」（不接觸、不談判、不妥協），以化解其統戰攻勢。

三、至一九八七年十一月，隨著臺灣地區政治及社會日益民主化與兩岸情勢的快速變遷，政府毅然決定開放民眾赴大陸探親，打破了臺海近四十年的隔絕，開啟了兩岸民間交流時期。八年來兩岸民間交流已日益密切，但交流基礎仍不穩固，自去年六月以來，中共藉口李總統訪美為由，誣指

我為搞「兩個中國」、「一中一臺」或「臺獨」，隨即發動一連串「文攻武嚇」不理性舉措，使得兩岸關係陷入低潮。（見一九九六年七月版，頁3-4）

臺海兩岸互動雖有各種不同的分類，但基本上互動的主力，就大陸而言，是自從中共強調對臺政策，改變過去的強力式「解放」臺灣政策，而於一九七九年一月一日由「全國人民代表大會」常委會發表〈告臺灣同胞書〉後，「三通」便成為中共推動的現階段統一政策中，最直接而中心的訴求；就臺灣方面而言，則是一九八七年七月宣布解除戒嚴後，實施開放性的大陸政策，同年十一月，開放民眾赴大陸探親。

二　兩岸交流的事實

本小節主要論述兩岸互動的政策。

（一）兩岸互動政策

自一九八七年十一月以來，臺灣當局決定開放民眾赴大陸探親，打破了臺海近四十年的隔絕，開啟了兩岸民間交流時期。十年來兩岸民間交流雖然日益密切，且不再繫於武力之對峙，而是在於外交上雙方是否能找到並存於國際社會的良策，趙建民於《兩岸互動與外交競逐》〈自序〉裡，對這種兩岸交流的現實，乃緣自於本質性的變化使然，他說：

第一、在過去冷戰對抗的大國際環境下，兩岸的兩個政治實體的政治自主權都受到相當地制約，交戰與對立乃常態。其實中共政權在體制上乃馬列主義之忠實信徒，是一典型的動員式或

運動式政策，實行公有制計畫經濟。

九○年代的中華民國所處的環境，是共產陣營已成歷史名詞的「後冷戰時期」。中共也於一九九二年所舉行的十四大宣布採行社會主義市場經濟，兩岸之間和中有戰、戰中有和。與大陸通商非但不再是資敵，反而成為我國最大外貿出超地，也是我資金外流的首要地區。

第二、九○年代以前，中華民國政府的施政重點在於為生存而鬥爭，此一鬥爭延及政、經、軍、外等每一面向，政府面對外交危機不斷，在心態上，乃被動地因應與危機處理。

九○年代的中華民國不再需要為生存而鬥爭，其國家目標以進入中程之自我擴張與目標推展。

第三、過去臺灣形象不佳，被視為是「列寧式之黨國政權」，國際輿論甚少與者。

九○年代的中華民國在政治上不但被認為已完成民主的過渡期（The phase of transitioin to democracy），甚至被視為處於民主之鞏固期（The phase of democratic consolidation）；在經濟上是一不折不扣的權力體（power house），在將近二百個國家當中，總產值排名接近二十；臺灣的軍事現代化也進入了嶄新的階段。

第四、過去國民政府國共內戰的影響，氣勢上無法擺脫陰影。

九○年代的中華民國不但已見大陸時期的元老政治家為新生代所全面取代，制度上也煥然一新，堪稱老店新開，受本土意識的鼓舞，展露了前所未有的新信心。（頁1-2）

受此內外新環境的衝擊，兩岸之間已自過去的「對立」、「零和」遊戲進入「有限零和」，雙方必須自願或非自願地在國際社區中面對

交流。因此，所謂的兩岸交流基礎仍不穩固。雙方都承認只有一個中國，都希望儘量不要大戰而是和平統一，都將兩岸的發展和福利放在很重要的地位。雖然，兩岸當局都奉行一個中國政策，但內容並不相同；雖然兩岸對統一都持肯定態度，但是在統一的方式、步驟、時間上，都有不同的內容。究其原因，乃是兩岸所持政策使然。以下試就中共所一貫主張的「一國兩制」模式，以及臺灣在一九八九年所醞釀之「平等共存」對應模式加以探討，以求深入了解雙方模式的差異性。

1 一國兩制──大陸的臺灣政策

自一九八四年九月二十六日中共與英國達成協議，決定將香港於一九九七年七月一日交給中共以來，「一國兩制」便成為中共領導階層及新聞媒體於各種場合中提及，以為解決中國「統一」之方式。

「一國兩制」的提出，根據中共的說法，是中共一九七八年十二月之十一屆三中全會決定「和平統一」中國的方針，一九七九年元旦，中共「人大」常委會發表〈告臺灣同胞書〉中聲稱「殷切期盼臺灣早日回歸祖國」，文中並呼籲臺海兩岸實行「通郵、通航、通商」，初步形成了「一國兩制」的構想。同年元月三十日，鄧小平在美國參眾兩院發表演說，宣稱中共將尊重統一後臺灣的現實與體制。

一九八〇年鄧小平把「反霸、統一、四化」列為八〇年代三大任務。

一九八一年九月三十日，葉劍英以「人大常委會主席」身分發表談話，要求國共「第三次合作」，提出「九點和平方案」，以求致力於中國之和平統一，並保證臺灣於「統一」後，「可作成特別行政區」，「並可保留軍隊」，享有高度「自治權」。至此，中共「一國兩制」模式較具體的浮現出來。

一九八二年十月，鄧小平會見英國首相柴契爾夫人時，第一次提

出「一國兩制」的概念，同時中共也表示適用於香港問題。十二月四日五屆人大第五次會議修正通過的《憲法》第三十一條，將「一國兩制」加以法規化。該條文宣稱國家得於必要時成立特別行政區。該體制由「人大常委會」依據特殊狀況制定法律加以規範。

一九八三年六月二十六日，鄧小平在北京會見美國西東大學教授楊力宇時，提出了「六點和平方案」。這六點方案分別是：

第一、臺灣在統一後將成為一個特別行政區，可以維持與中國大陸不同的制度。

第二、臺灣可以保有司法獨立，終審權在臺北而非北京。

第三、臺灣可以在大陸安全不受威脅的情況下保有自己的軍隊。

第四、北京將不會派遣軍隊或行政官員赴臺。

第五、臺灣可以在不受中共介入的情況下維持其政黨、政治與軍事制度的運作。

第六、北京中央政府願意為臺灣領導者保留若干領導職位。

「鄧六點」事實上就是重申「葉九點」的原則。

一九八四年一月十六日，趙紫陽在紐約講話時，也重申一國兩制的政策。

一九八四年二月二十二日，鄧小平在會見美國前安全顧問布里辛斯基（Zbigniew Brezeinski）正式使用「一國兩制」字樣，鄧小平認為臺灣在統一後仍可保有資本主義制度。中國將因此在「一國兩制」下統一。至於官方文件的使用，則見於同年五月中共總理趙紫陽在六屆人大二次會議上的〈政府工作報告〉中。

一九九〇年九月二十四日，當時的國家主席楊尚昆在接受臺灣中國時報的訪問時，重申了先前趙紫陽的所有重點，並正式使用「鄧小平同志所說的一國兩制的方式」。「一國兩制」表示臺灣不像中國其他省分一樣，而是成為中國統轄下的特別行政區。

一九九四年一月十六日的中共對臺工作會議，透露了中共的臺灣政策新版本。

該次會議所確定的共識是：大陸經濟發展對臺灣的影響，兩岸和平來往的呼聲愈來愈高，經濟聯繫愈來愈深，三通正一點點鬆弛，辜汪會談成功等等。兩岸關係的主導權依然在中共一邊。王兆國在談話中承認：要進一步加強對臺灣主流派的工作；在一個中國、不讓臺灣有國際政治空間、不承諾不使用武力三點上，絕不罷休退讓。現在兩岸立刻從事政治性接觸及三通，尚不具備成熟條件。因此，經濟上拉攏臺灣，改善臺商在大陸的投資環境，為三通做好實際準備，落實辜汪會談的事務性商談。軍事上則要壓住臺灣，國際空間上要限制臺灣。統一問題不必太急，再過三、四十年，大陸經濟發達，那時談統，就是形勢較量了。

以這次會議的基本精神為準，形成了江澤民兩岸關係的新八點。

一九九五年春節前夕，江澤民發表於兩岸關係的講話，勾畫了一國兩制的藍圖。

「一國兩制」的構想，概括起來就是三條原則：即祖國必須統一，主權不能分割；不改變現行制度，保障哪裡的穩定與繁榮；不妨害外國人在這個地區的經濟利益。三個允許：允許臺灣行政區有自己獨立的地位、自己的司法、自己的終審權；允許臺灣地區有自己的軍隊，大陸不派軍隊去，但臺灣軍隊不得構成對大陸的威脅；允許臺灣地區派人參加中央政府，中央政府會給臺灣留出一定名額。三個不變：現行社會經濟制度不變；生活方式不變；同外國的經濟文化關係不變。六個保護：對私人財產、房屋、土地、企業所有權、合法繼承權及外國投資，一律給予保護。

「一國兩制」構想的內容，顧名思義，是一個中國，兩種制度。

一國，是最明顯的特徵。所謂一國，就是一個國家、一套憲法、

一個中央政府。與這種提法不同的，還有中華聯邦、一國兩府、一國兩體、一中一臺、一族兩國、一制多元及新加坡模式等等。

兩制，就是臺灣奉行三民主義制度，大陸繼續其社會主義制度；臺灣保持其現有的生活方式，大陸不干涉；甚至在立法、軍隊等方面，也是各做各的。臺灣將作為一個國家內具有高度自治，既是地方政府，又不同於一般地方政府的政權形式。其政治地位將近次於中央政府而高於省或相當於省的一級政府。

一國兩制的另一個重要特點是和平解決。

由以上提出的過程了解，「一國兩制」乃中共用以解決「臺灣問題」所引起，隨後中共與英國就香港問題進行接觸，並達成「聯合聲明」，保證香港制度五十年不變，進而以「香港模式」為「一國兩制」之範本，要適用於「臺灣之統一」問題上。

總之，「一國兩制」是中共為圖以解決「臺灣問題」之設計。所謂「一國兩制」是中共用以隱藏其真實外交目的之統戰策略，隱含於此一概念之後的「差異性、歷史性、現實性、過渡性、隸屬性、和平性、創新性」等特性便不難解。（見趙建民《兩岸互動與外交競逐》，頁126-141）

申言之，中共這種「一國兩制」，是具有大統一的民族主義之正統傾向，其成因包宗和於《臺海兩岸互動的理論與政策面向（1950-1989）》一書裡，認為有「東西方和解、意識型態衝突的緩和、經濟改革的需求、對統一的期待、中國文化的影響」等背景成因。（見頁84-89）

「兩國共制」，雖有「和平共存」觀念，但「兩制」間卻有主權與正統之不平等存在。是以臺灣當局並無意接受此一模式。

2 平等共存──臺灣的大陸政策

對於中共「一國兩制」的提議，臺灣當局都斷然拒絕，其原因，一是法統，一是體制。臺灣認為大陸的政治、經濟、文化不能為臺灣人所接受。臺灣政府當局曾經以三不政策對付大陸的攻勢。三不，即不接觸、不談判、不妥協。

可是實際上，兩岸民間接觸已經開始。到一九八七年，臺灣正式解除臺灣人民到大陸旅行的限制，並允許退伍老兵回大陸探親，此舉對兩岸關係影響更為深刻。

一九八八年三月，臺灣當局批准兩岸間進行間接貿易，並開始執行統計。當年貿易量就達到十五億美元。至一九九一年底，臺灣在大陸的投資就達到二十億美元。經濟、文化的交流已經勢不可擋了。近年來，這種形式的交往更如洪水滔滔，勢不可擋。

為了回應中共的「一國兩制」模式。是年立法委員林鈺祥在立法院第八十三會期中首度正式提出「一國兩府」概念，並且為當時的閣揆余國華所排斥。原則上，「一國兩府」是屬於平等共存的模式之一。

一九九〇年五月二十日，李登輝總統正式宣布放棄三不政策，以促成與中共對談等談判。同年十月七日成立國家統一委員會，十七日行政院成立大陸委員會，二十一日海峽交流基金會成立。

一九九一年二月二十三日通過《國家統一綱領》，由是確立了臺灣對統一的整體政策。該政策的主要內容為：

二　目標
建立民主、自由、均富的中國。
三　原則
一、大陸與臺灣均是中國的領土，促成國家的統一，應是中國
　　人共同的責任。

二、中國的統一，應以全民的福祉為依歸，而不是黨派之爭。

三、中國的統一，應以發揚中華文化，維護人性尊嚴，保障基本人權，實踐民主法治為宗旨。

四、中國的統一，其時機與方式，首應尊重臺灣地區人民的權益並維護其安全與福祉，在理性、和平、對等、互惠的原則下，分階段逐步達成。

臺灣的統一願望，王兆軍有云：

一、主要是從歷史法統出發，而不是從現實出發。

二、臺灣不情願和現行制度下的大陸統一。如果這樣統一，臺灣則認為被吃掉。

三、希望大陸變色，兩岸不是在社會主義而是在三民主義的旗幟下統一。

四、大陸希望快一點統一，臺灣希望慢一點統一，快慢都為對方所懷疑。大陸太大，綜合國力原較臺灣強大，臺灣知道按照自己的意志統一中國不太可能，所以抱有得過且過的態度。一天不統一，就要過一天小日子，包括哪些推行臺灣獨立政策的人也都知道獨立的願望暫時很難實現，倒是拖延大陸的統一召喚比較來得實際。所以，臺灣的統一口號，看上去差不多是指山跑馬的把戲。看上去山不遠，實際上遠呢，把馬累死都跑不到，不要說中途還有種種麻煩！這種慢慢來的態度，當然是曖昧的、機會主義的態度。你可以將之看作是政治策略的慎重，也可以看作是緩兵之計。你可以將之看作是執著的理想，也可以看作是不得已而為之的擋箭牌。喊叫一萬次「一個中國」都沒有用，而宣布臺灣獨立只要一次就夠了。這也就是為什麼大陸看李登輝是口是心非的隱性臺獨的原因所在。（見《兩岸啟示錄》，頁37-38）

三　兩岸文化交流的迷思

　　以臺灣地區和大陸地區當前文化的內涵而言，雖然皆繼承了中華文化，人民組成也皆漢族為多，也都深受儒家思想的影響，但是由於近百年來的隔閡，兩地文化產生了差異。也就是說，雖然兩岸文化同源，但是後來注入的因素不同，對外來文化的取捨與因應方式有異，所以兩岸文化的內涵已有了差異，或可說是兩種不同的文化。因此，在此時的兩岸，文化交流可說較為優先。李登輝總統於一九九一年十一月二十三日在國家統一委員會第六次會議即指示：「文教交流可優先辦理」，為有計畫的推動，臺灣當局陸續訂定了相關法令。為了使民眾了解政府推動兩岸文化交流的確切做法，並溝通觀念齊一步調，於一九九四年一月訂定〈現階段兩岸文化實施原則〉，目標也是為促進兩岸人民相互了解，促進兩岸文化共同發展。

　　所謂兩岸文化的交流，可視為中華文化在不同的空間、時間、制度差異之間的一種溝通歷程，文化是有生命而不可分的整體，兩岸文化發生接觸以後，會產生融匯化合的變化。是以兩岸文化交流，至少具有下列二層意義：

　　　　第一、世界上任何一種文化，都不免與其他文化接觸，透過接觸、溝通和交流，增進彼此的認識與了解，學習對不同文化與意見的尊重，並且進一步擷長補短，吸收他種文化的精華，豐富自己文化的內涵。也藉著與不同文化的接觸，提高視野，開闊胸襟，跳出狹隘自我中心思維架構，關懷世界，共同促進全人類生活福祉。這是各國各地區文化交流的積極意義，兩岸文化交流也應該具有這層意涵，經由文化交流，增進了解，相互尊重，互補互利，促進文化發展，為全人類福祉貢獻力量。

第二、現代社會由於科技進步，交通便捷，人員與資訊流通量大，速度也快，使得各國文化交流比人類歷史上任何時期都容易，世界各國來往頻繁，舉凡政治、經貿、環保等領域都互相影響，休戚與共，地球村的觀念正逐漸形成，文化自不外於這個潮流，各國政府只要能力所及都鼓勵學術、藝文、體育及資訊的交流，並以簽訂文化交流協議作為友好的宣示並確保交流的順利進行，因此，兩岸應順應世界歷史潮流，利用便利的人員與資訊流通，積極鼓勵兩岸民間文化交流。

（詳見《兩岸文化交流理念、歷程與展望》，頁1-2）

文化交流是維持兩岸良性互動、化解敵意對峙的良方。但因兩岸隔絕將近四十年，長期不相往來，造成政、經、社會體制及意識型態、價值觀念等嚴重的差異。在兩岸敵意未除之前，所謂文化的交流，臺灣首先要考慮人民的安全福祉，因而特別重視開放交流的對象、過程與目的。是以目前的文化交流仍停留在近程的民間交流階段。而大陸對臺灣文化交流的策略，則有下列幾個特徵：

一、以泛政治化心態，推展各項交流活動。

二、預設立場。

三、運用新聞媒介擴大對臺宣傳工作。

四、重視其幹部的涉臺教育，以鞏固心理戰線。

（詳見《兩岸文化交流理念、歷程與展望》，頁55-57）

綜觀十年來兩岸文化交流相對應措施的比較分析，有下列三點可供參考：

一、就文化規範與制度而言，兩岸有極大的差異性。

二、文教官員的互訪開放尺度，影響兩岸實質的交流活動。

三、兩岸對於人員及物品交流活動，亦各有所限制。

（同上，頁57-59）

總之，兩岸文化交流雖趨頻繁，但衝突的現象未見緩和，在交流的過程中，仍有相當程度的障礙和困難亟待克服。其犖犖大者：

一、中共泛政治化作為。

二、兩岸資訊交流失衡。

三、兩岸交流廣度與深度均顯不足。

四、兩岸交流民間力量不對等。（同上，頁119-121）

申言之，雖然兩岸文化交流在積極促進了解和互補互利發展的意義上，和世界各地文化的交流是相同的，但是也有不同之處。兩岸同文同種，文化同源，人民間有民族感情，語言沒有障礙，觀念也容易溝通，交流當比其他國家或地區更為順利，但是也有其特殊困難之處，亦即兩岸政治歧異仍深，敵意猶在，導致交流深受政治的影響，往往扭曲了文化交流充實愉悅的本質，也限制了文化交流的全面發展，這是在探討兩岸文化交流意涵之時，不能不注意的，兩岸應克服政治歧見對文化交流的干擾，發揮有利因素，促進交流。

兩岸的交流與未來，是對海峽兩岸領導者的考驗，這是件需要高度智慧與恢弘氣度的歷程，或許孟子的話，仍會有所啟示：

齊宣王問曰：「文王之囿，方七十里，有諸？」孟子對曰：「於傳有之。」曰：「若是其大乎」曰：「民猶以為小也。」曰：

「寡人之囿，方四十里；民猶以為大，何也？」曰：「文王之
囿，方七十里，芻蕘者往焉，雉兔者往焉；與民同之。民以為
小，不亦宜乎！臣始至於境，問國之大禁，然後敢入。臣聞郊
關之內，有囿方四十里；殺其麋鹿者，如殺人之罪。則是方四
十里為阱於國中。民以為大，不亦宜乎？」（《孟子》〈梁惠王
篇〉）

齊宣王問曰：「交鄰國有道乎？」孟子對曰：「有。為仁者能以
大事小；是故湯事葛，文王事昆夷。為智者能以小事大；故文
王事燻鬻，句踐事吳。以大事小者，樂天者也；以小事大者，
畏天者也。樂天者，保天下；畏天者，保其國。詩云：『畏天
之威，于時保之。』」王曰：「大哉言矣！寡人有疾：寡人好
勇。」對曰：「王請無好小勇。夫撫劍疾視，曰：『彼惡敢當我
哉？』此匹夫之勇，敵一人者也。王請大之！詩云：『王赫斯
怒，爰整其旅，以遏徂莒，以篤周祜，以對于天下。』此文王
之勇也。文王一怒而安天下之民。書曰：『天降下民，作之
君，作之師，惟曰其助上帝，寵之四方，有罪無罪惟我在。天
下曷敢有越厥志。』一人衡行於天下，武王恥之。此武王之勇
也。武王一一怒而安天下之民。今王亦一怒而安天下之民，民
惟恐王之不好勇也。」（同上）

滕文問曰：「滕、小國也；竭力以事大國，則不得免焉。如之
何則可？」孟子對曰：「昔者大王居邠，狄人侵之。事之以皮
幣不得免焉；事之以犬馬，不得免焉；事之以珠玉，不得免
焉。乃屬其耆老而告之曰：『狄人之所欲者，吾土地也。吾聞
之也，君子不以其所以養人者害人。二三子何患乎君！我將去
之。』去邠，踰梁山，邑於岐山下居焉。邠人曰：『仁人也，
不可失也。』從之者，如歸市。或曰：『世守也，非身之所能

為也；郊死勿去！』君請擇於斯二者。」（同上）

孟子曰：「天下有道，小德役大德，小賢役大賢；天下無道，
小役大，弱役強；斯二者，天也。順天者存，逆天者亡。齊景
公曰：『既不能令，又不受命，是絕物也。』涕出而女於吳。
今也小國師大國而恥受命焉，是猶弟子而恥受命於先師也。如
恥之，莫若師文王。師文王，大國五年，小國七年，必為政於
天下矣。詩云：「商之孫子，其麗不億。上帝即命，侯於周
服。侯於周服，天命靡常，殷士膚敏，裸將于京。」孔子曰：
『仁不可為眾也。』夫國君好仁，天下無敵。今也無敵於天下
而不以仁，是猶不執熱而不以濯也。詩云：『誰能執熱，逝不
以濯。』」（《孟子》〈離婁篇〉）

四　文化中國的意義

「文化中國」，成為一項論題與呼籲，本身便顯示了某些訊息，
所以它才會被視為我們應予追求與重建的工作。但這種工作，相應於
當前兩岸分裂的政治社會現實，卻又顯得格外迫切。本節擬從「文化
中國」的緣起，以見其現實與迫切，而後才對「文化中國」最內涵了
解，進而建構下一節「文化中國」的交流理論。

（一）文化中國的緣起

一般說來，文化中國是相對或針對政治中國、經濟中國而起。因
為現今中國仍處於分裂的狀態中，不僅政治對峙與領土分割問題尚無
法解決；兩岸社會、經濟體制亦極為不同，因此，以「文化中國」作
為統合點與可行途徑的指引，仍不失為一可行之途。「文化中國」呼
籲之所以被提出，有許多人是著眼於此的。持此觀點者，一方面想以

中國文化作為兩岸統合的基礎；一方面也想以重建一個文化中國作為未來的目標。以下略述這個用詞的緣起與經過。

「文化中國」這個構想的提出，很多人認為始於杜維明。而杜維明於〈文化中國的精神資源〉一文中說：

> 「文化中國」這個構想的提出，是很早以前的事了。很多人以為「文化中國」是我個人的發明，這完全是錯誤的。傅偉勳先生早就出過一本書，題為《文化中國與中國文化》。1988年，北京、臺北、香港三地的代表齊聚在香港，準備在海外成立一份同時在三地發行的雜誌。當時，大家經過一番商議，就決定用「文化中國」做為我們這份期刊的名稱。這個觀點提出後，我們在夏威夷、普林斯頓、芝加哥和康橋都討論過。
> （見《邁向21世紀的兩岸關係》），頁56-57）

而傅偉勳於一九八七年一月十二日，為《文星》雜誌所做公開演講〈「文化中國」與海峽兩岸的學術交流〉中則說：

> 前年（1985）三月，我在美國費城接到《中國論壇》編輯委員會的來函，邀我寫一篇專論有關三十五年來中國大陸哲學研究的文章，以便收在該刊時週年慶祝專輯」（1949年以後）海峽兩岸的學術研究發展」。此專輯的旨趣，是在促使「海內外中國人及國際學術界更深刻認識中國學術研究的不同發展」。邀請函尤其指出，「自從一九四九年政府遷臺後，海峽兩岸學術研究即分別在兩種政治體系下，各自發展。影響所及，不只方法論大有差異，亦形成不同的風貌。惟基於文化中國的立場，雙方學術研究發展各有其特殊意義，殊值重視」。

我不知道「文化中國」（Cultural China）的概念與名辭係由那位人士最先提出，何時出現；我自己是從這邀請函首次學到這四個字，當時頓感極有深刻的時代意義。

（見《文化中國與中國文化》，頁130）

而韋政通則於講評中說：

最後我想順便提一下：傅教授開始的時候提到「文化中國」的觀念是來自《中國論壇》前年雙十特刊的邀稿信中，據我所知，這個觀念是來自六、七年前一群馬來西亞僑生所辦的《青年中國》雜誌，其中有一期是「文化中國」的專號。他們是否另有依據，我就不知道了。（同上，頁26）

又周英雄、陳其南於《文化中國理念與實踐》一書代前言〈文化中國的考察〉一文中說：

「文化中國」一詞的歷史全貌到底如何？我認為並不重要。更值得我們思考的倒是：討論文化中國背後帶出什麼樣的問題？比如說，由僑生來談「文化中國」，其背後的策略何在？傅偉勳先生表面談「文化中國」，其實是希望藉此而促成臺灣在八十年代「文化出擊」，對付勢力日趨強大的大陸文化，而九三年香港這次會議，又帶出多少話題，顯露出什麼樣的心境？（頁4）

其實，了解文化中國的全貌，會有所助益的。

約早於馬來西亞僑生創辦《青年中國》之時，臺灣地區亦已有

「文化中國」用詞的出現：

一九七九年四月三日中國時報人間副刊有「文化中國」專輯，編者按語云：

> 之一、回顧近百年來的中國與臺灣，我們固然欣慰於三十年來在臺灣的建設，以為中國的未來，畫出一幅遼闊的遠景、一個確切可行的藍圖，但是我們相信，臺灣的意義還不止此，更重要的是，它為中國的過去、現在與未來，連接成一個完整的形象。透過它，我們看到了中國文化的光澤，是如此可深可久，可以澤被子孫、反哺世界的。在這樣的體認下，構思、推動、並為您呈現的。
>
> 之二、四月五日是中華民國音樂節，也是民族掃墓節，同時更是蔣公逝世紀念日。為了表示我們的崇敬與決心，我們就從中國音樂的再創造出發吧！這種對於民族音樂的重新追索與體認，也是我們對民族盡大孝的一份心意，更是我們對先總統蔣公畢生倡導中華文化的繼續貫徹。我們就以「大家都唱中國歌」，來邁開我們「文化中國」的第一步。

又四月十九日編者又云：

> 為了對中國的歷史、當前的現實做一深切的反省與建樹，本刊自去年起，連續推出「繼往開來」、「請聽中國音樂」、「我們不會忘記，歷史不會忘記」、「百餘年來的中國與臺灣」、「典型在夙昔」……等系列專輯，各自獨立而又相互關聯，一環更深入一環，有系統的從各個層面去探究中國的坎坷道路，建設中國人的完整形象。

自4月4日以來，這項討論邁入了一個更深更大的題旨，系統的
歸結到了一個「文化中國」的深厚範疇裡去。但是一個文化的
中國，不僅是要在音樂上，大家都唱中國歌；在戲劇藝術中求
得新的出發，在精神上重新鑄造中國魂；更要在文化的傳承
上，有新的自覺和實踐。

而對於新一代中華文化、中國人的開拓與造型，我們不得不重
新回顧一下近代中國文化的種種破壞與重建的歷程。在這一省
視與回溯之中，我們清晰而沈痛的看到了一個風狂雨驟的時
代，一個危疑震撼的天地。置身其間的中國人，是怎麼樣的自
一個個波瀾壯闊的文化運動、民族運動中，掙扎向前，自救救
人……。而好幾代的中國知識份子，都在它的沖決激揚裡過去
了。而今，我們又該怎麼樣看待這頁歷史，汲取它的教訓，塑
造自身的意義呢？自元月起，我們已分別自兩方面著手，一方
面由時報出版公司，約請專人編輯、出版「文化中國」專輯，
包括「五四與中國」專書（全書四十餘萬言，集中外名家論述
於一爐，定五月出版）。此外，並由人間副刊另行邀請海內外
學人、作家，就文化中國「重統的破壞與重建」這一子題，從
文化建設的變革歷程，及其所涵蓋的各項問題，深入剖析、詳
細評述，做一整體之呈現，於今日起推出。

這項努力，也許可以促使我們對中國文化，擁有更具活力、更
新的認識，也同時對中國人的形象，有更切實際、更真的掌
握。而這一條可信可行的道路，或許就是在這樣的思辨與實踐
中，邁步而出。

此項編輯工作，自元月二十日展開，獲得海內外各界學者、專
家余英時、吳相湘、杜維明、李歐梵、周策縱、林毓生、金耀
基、周陽山、胡菊人、夏志清、唐德剛、高承恕、張系國、張

震東、黃武忠、陳弱水、彭懷恩、楊美惠、葉啟政、鄭愁予、鄭淑敏、謝文孫、朱雲漢等人熱心贊助，特此致謝。

就編者按語中得知，所謂的「文化中國」專輯，是始於元月。（見《從五四到新五四》新序第一段，頁3）除專輯外，並擬由時報出版公司出版「文化中國」叢書，該叢書之四《五四與中國》，於一九七九年五月正式出版。該叢書〈總序〉有云：

百年來的中國史，是一頁頁民族苦難與血淚交織的歷程。西方的衝擊、傳統文化的崩潰、社會秩序的解體，以及內亂外患的頻仍，使得中國人被凌虐的命運似乎很難止息。在動亂中，中國的知識份子一直隨著艱困的環境而顛波，國難使他們汲汲於救亡的行動，卻往往拙於平情與理智的深思。結果遂至長期以來，文化界、思想界往往為廉價的論述所充斥，基於深厚學力的理性溝通卻不多見，而在文化變遷與現代化的發展問題上，夠份量的文字也往往未被寄以適當的重視。但是臺灣近三十年的安定與承平，時代是近代中國絕無僅有的佳境，對歷嘗苦難的中國人而言，承平絕不意味著鬆弛與懈怠，相反的，唯有痛定思痛的沈思，才能從前人的軌跡中探尋未來的路向。

我們是在臺灣成長的新一代知識青年，基於對時代與文化的體認，不惴冒昧的編輯了這套叢書，我們的目的是嘗試將前人努力的成果作一整理，同時，也企望能對新出路的開展提出一些參考方向。因此，這一套叢書的任務是雙重的，一方面，它要儘量網羅過去文化思想界重要的思潮和論述，另一方面，也要就近年來新的研究成果作一整理，並將近年來歐美有關中國研究的論述予以選擇性的介紹與迻譯。

這一套叢書，代表我們長期治學、研讀的一段心路歷程，從某個角度看來，它也代表著近代中國知識界、思想界許多重要人物的心血結晶。我們大膽的嘗試編輯這套叢書，如果還有一些可取之處的話，那純粹是由於作者們的努力，我們在此要向作者們致最高的敬意與謝意。

這套叢書的編選，前後歷時近三年，積極的進行工作，也有一年半以上的時間。舊作的搜尋、新作的延人執筆，以及外文著述的收集與迻譯，我們都是以戒慎的心情進行的。但是由於學力的限制與資料的短缺，我們的工作一定有許多疏漏或不足之處，尤其部分作者雖經多方聯絡，仍未及就刊載事宜取得聯繫，在此我們要表示最大的歉意。總之，榮耀歸於作者，而疏漏在於我們。我們虛心接受讀者們的批評與指正。

這套叢書之所以定名為《文化中國》，主要是與中國時報人間副刊「文化中國」專輯相配合，但在內容和題旨上較偏重學術性與知識性，但它們所揭櫫的文化理想則是相同的。在此我們必須感謝時報出版公司總編輯高上秦先生的鼎力相助。而這套叢書的構想，始自仙人掌出版社發行人林秉欽先生，我們也要特別致謝。

「文化中國」雖然是一九七九年四月三日始見於報紙，若從知識份子與文化思考的角度來看，則劉述先〈海外中華知識份子的文化認同與再造〉一文，似乎頗值得注意，該文刊於一九七二年十月《明報月刊》第七卷第十期。（後收入1973年3月志文出版社《生命情調的抉擇》，頁99-122。）該文寫於中共進聯合國之際，文中開宗明義就把文化認同與政治認同的問題分別了開來。

「文化中國」一詞的歷史全貌到底如何？至今仍眾說紛紜，所以

龔鵬程於〈文化中國的追尋〉一文裡說：

> 除了文化角度的思考外，這個呼籲，事實上也呼應了政治的形
> 勢與需要。因為兩岸政經社會差異太大，政治對立的僵局一時
> 之間似乎也極難突破。在這個情形下，除了以文化統一來創造
> 再統合的條件外，大約也不容易找到什麼更好的辦法。故高談
> 文化中國，亦常為現實政治格局下，不得不然之舉。但這並不
> 是說此議缺乏積極意義。蓋兩岸之間，這不僅僅為一政治權力
> 分配的問題或經濟利益獲得的問題，更涉及了當代中國人在面
> 對現今特殊時代，如何開創其文化的問題。所以兩岸在政經社
> 會層面已趨統一，文化中國的創造，仍屬中國人責無旁貸的職
> 責。而且，這項呼籲，顯示了另一種高貴深邃的文化識見，一
> 種超越於現實政治的文化關懷。我國傳統知識份子均有這種文
> 化取向而非政權取向的思考方式，因此這個呼聲，也最能穿透
> 現實的障惑與迷霧，凝合知識份子的心志，連貫中國文化的傳
> 統，表達兩岸共同創建文化新生命的新文化運動意義。其能為
> 人所豔稱，殆非偶然。
>
> （見《龔鵬程縱橫談——當代文化省思》，幼獅版，頁2-3）

「文化中國」已非僅止於論題與呼籲，且逐漸成為共識。傅偉勳
於〈文星在海峽兩岸〉一文中說：

> 當時我忽然想出以「文化中國與中國文化」（Cultural China and
> Chinese Cultural）為此專輯的主題，蕭先生立即拍案叫絕，蓋
> 此主題攝有字語倒轉的一對重要名詞，能兼涵當前海峽兩岸之
> 間非政治性的文化線索，以及中國歷史文化的賡續發展雙層意

義之故。「文化中國」指謂貫通海峽兩岸的橫面線索，警告我
們文化斷層可能造成「永別」危機；「文化中國」則指綿延流
長的文化縱層，提醒我們祖國的歷史文化不容任意割斷。縱橫
雙層合起來說，乃意味著：「中國目前雖仍處於『一分為二』
的政治局面，但是海峽兩岸的知識份子都應具有『文化中國』
的共識共認，為了祖國傳統思想文化繼往開來承擔一份責
任。」（見《文化中國與中國文化》，頁19）

　　重要的是兩岸的領導階層亦有此共識，臺灣當局於一九八八年七
月十四日，中國國民黨十三大閉幕後召開的中央評議委員會上，以陳
立夫先生為首的三十四位中評委，提出關於中國和平統一的議案，主
張以中國文化統一中國，建議兩岸共同成立「國家實業計畫推進委員
會」。

　　一九八八年七月，中國國民黨十三大首次通過了「現階段大陸政
策案」，文教方面的主要內容為：推行文化復興運動至大陸，促使其
「文化中國化」，對於反對馬列主義或為學術自由而奮鬥的大陸文教
界人士，經過主管機關核准，得邀請來臺訪問。大陸地區學術、科
技、文學、藝術等出版品，得以審查進口，並保障其著作權。以中國
全局的觀點，審查大眾傳播媒體有關大陸資訊、新聞採訪與涉及兩岸
的文藝表演活動。處理各級學校教科書中涉及的大陸問題，加強大專
院校大陸研究課程及資訊供應。參照國際奧會等規定，處理兩岸參與
國際體育技能競賽事宜。

　　臺灣當局提倡並支持的主流論述，是「復興中華文化」，並有全
國性文化復興委員會的設置。亦即政府對文化中國的宣示，迄未間
斷。李登輝總統在全國文化會議開幕致詞時說：所謂文化中國，乃
「一、以中國文化的藝文陶冶提升生活品質；二、以中國文化的倫理

精神重建社會秩序；三、以中國文化的民族大義完成國家統一；四、以中國文化的崇高和平促進世界大同。」

一九九五年四月八日，李登輝總統在國統會委員會議中更呼籲兩岸「應以文化作為兩岸交流的基礎，提升共存共榮的民族感情，培養相互珍惜的兄弟情懷。」

至於大陸地區官方論述，亦有馬克思主義中國化、建設具有中國特色的社會主義等說法。一九九五年一月三十日農曆除夕，中共總書記江澤民就兩岸關係發表談話，首次強調兩岸同繼承和發揚中華文化的優秀傳統。

這種以文化為訴求的政治觀，一九二〇年國父對廣東各界人士發表演說時，曾提示：「統一中國需靠宣揚文化」，強調用兵統一中國絕對做不到，也絕對不可做。而須以文治去感化各省來完成中國之統一。

總之，海峽兩岸雖然都強調中國文化、復興中華，其間卻仍有差異性。大陸中共官方認為中國人多、地方大、貧窮，所以不能貿然實施西方那一套。不但資產階級民主不能照搬，就是社會主義或馬克思思想，也應參酌中國實情，結合中國社會條件，方能實施，故主張建設中國特色的社會。這種所謂中國特色或中國文化，是為中國共產黨的存續而服務的。因此，在他們的論述裡，充滿著種族主義與文化霸權的態度。對於傳統文化，缺乏敬意與價值認同。而臺灣的復興中華文化，雖然是以文化價值為依歸，頗具傳統主義的色彩，但因主政者提出這項呼籲，卻恰好不是文化而是政治的，也就是說，為了與中共破四舊、文化大革命諸行動相對抗，而進行的文化復興運動，本質上非一文化運動而係一政治運動，是從政治上運用提倡民族文化的方式，來達成其意識型態對抗的功能。

經過四十年的分隔，兩岸終於能在八〇年代重新築起橋樑，而溝通兩地的橋樑，以文化整合最容易建構，也最容易見效。「文化中

國」的概念之提出，無疑針對此一需要。換句話說，八〇年代末的
「文化中國」與「文化出擊」的策略有其密切的關係。相反的，九〇
年代初海外中國學者提出「文化中國」，涵蓋更廣。海外學者除論述
外，並曾舉辦學術研討會，且進而於一九九四年六月在加拿大創辦
《文化中國》，〈卷首論語〉是總編輯梁燕城手筆，標題是〈從文明對
抗走向文明對話——代創刊詞〉。是引錄前半如下：

> 當《文化中國》創刊號獻在讀者面前時，我們似乎感到有一個
> 夢想正在逐漸變為現實。這個夢想就是，政治、經濟的中國目
> 前正日益強盛，世人在驚嘆或擔憂這樣的一個中國將給二十一
> 世紀投下怎樣的變數，而我們卻期待和促進一個源自古老傳統
> 而又充滿現代精神的文化中國，積極的推動世界從文明的對抗
> 走向文明的對話。
> 身為海外的中國學者，都有一些迫切的關懷——關懷中國的今
> 天，關懷中國的走向，關懷中國在地球村裡的資格。中國的歷
> 史多災多難，中國問題的研究也多災多難。尤其是中國大陸的
> 政經局勢，在過去一百五十多年裡，歷經了多次強烈地震，不
> 但國計民生受到很大的影響，而且文化生態遭受到嚴重破壞。
> 政治危機、經濟危機不足畏懼，唯文化真空，精神靈性的匱
> 乏，卻使中國人日漸失去骨氣靈性，社會失去凝聚力。因此，
> 當人們正在追求民主中國，或經濟中國（如大中華經濟圈）的
> 時候，我們首先著眼的，追求一個文化上更新的中國。這正是
> 我們創辦《文化中國》初衷所在。
> 「文化中國」，是指全人類文明裡的中華文化圈。約在八〇年代
> 初，海外的華人學者提出了「文化中國」一辭，指出除了政治
> 上的中國、地理上的中國以外，同時並存著一個文化上的中國，

這是在世界人類中存在的中國文化，如香港、臺灣，華人集中的東南亞諸國，華人足跡所至並發揮重要影響的北美、西歐、澳洲等等，都不可否認存在一個無形卻是實在的文化中國。因此，顯然應該有這樣一本雜誌，能夠促使學術文化的對話與討論，使中國得以與西方文化思潮、古今哲學及其深層的精神靈性基礎如基督徒信仰、靈修學等互相理解、融匯，以致中國文化得以成為世界精神資源之一，同時使西方文化得生根於中國，促使中國文化的更新，成為後現代中國發展的文化基礎。

最後，就有關「文化中國」的論述與研討會等相關資料列表如下：

1 論述篇章（含成冊與單篇）

表 9-1　有關「文化中國」的論述篇章相關資料

篇名	作者	期刊	期數	頁數	時間	備註
〈文化中國〉專輯	總編輯高上秦	中國時報人間副刊			1979.4	「文化中國」：壹、大家都唱中國歌。
《文化中國》叢書	編輯小組：朱雲漢、詹宏志等	時報文化出版公司			1979.5-1981.11	叢書各輯如下： 1.中國現代化的歷程 2.中國現代化的前瞻 3.民主與中國 4.五四與中國 5.知識份子與中國 6.近代中國思想人物論

篇名	作者	期刊	期數	頁數	時間	備註
						7.中國文化的危機與展望 8.西方學者論中國
《文化中國》專輯	馬來西亞僑生	《青年中國》雜誌			70年代末	據《文化中國理念與實踐》中〈代前言〉（文化中國）的考察，頁4。
〈文化中國〉與海峽兩岸的學術交流	傅偉勳	文星	105	頁66-71	1987.3	收入《文化中國與中國文化》一書，見頁13-24。
《文化中國》與〈中國文化〉專輯		文星	107	頁22-90	1987.5	
「文化中國」的象徵──梁漱溟的生平與思想	韋政通	文星	107	頁84-90	1987.5	
〈文化中國〉與中國文化──《哲學與宗教》三集	傅偉勳			頁336	1988.4	東大圖書公司
開啟後五四時代文化中國新貌	陳曉林	自由青年	705	頁6-13	1988.5	
文化中國筆下起：談文化報導與新聞工作者的人文素養	傅佩榮	報學	7卷10期	頁2-5	1988.6	

篇名	作者	期刊	期數	頁數	時間	備註
一個開放性的發展空間：「文化中國化」的多角度觀察座談會	李瑞騰主持朱淇記錄	文訊	37	頁54-72	1988.8	
為什麼「文化中國化」？	谷君	臺灣文化	革新號十期	頁10-11	1988.9	今收存林美容《人類學與臺灣》（1989年8月稻鄉版），頁133-136。
《文化中國續編》	周陽山主編	時報文化出版公司			1989.6	續編各輯如下：1.從五四到新五四 2.中國現代化的前瞻 3.民主與中國 4.科學與中國 5.近代文化中國 6.西方學者論中國
「文化中國」初探	杜維明	九十年代月刊	245	頁60-61	1990.6	
〈文化中國〉的路向	李耕主編				1991.5	見新學識文教出版中心《兩岸合論文化建設》頁186-297。
文化中國的追尋	龔鵬程				1992.11	見1992年11月明文版《海峽兩岸中國文化之未來發展》，頁1-35。

篇名	作者	期刊	期數	頁數	時間	備註
						又收錄於1997年4月幼獅版《龔鵬程縱橫談》，頁1-44。
文化中國化、生活文化化──「李總統的治國方針與文化理念」座談	高惠琳記錄	文訊	59：90	頁7-12	1993.4	
文化中國展望特輯		文訊	51：90	頁26-39	1993.4	
文化中國的內涵與定位	劉述先	文訊	51：90	頁28-30	1993.4	今收存於1997年1月三民書局《永恆與現在》，頁16-19。
文化中國與儒家傳統──杜維明教授訪談錄	劉夢溪採訪	中國文化	8	頁204-208	1993.6	
《文化中國》	總編輯：梁燕城		創刊號		1994.6	加拿大文化更新研究中心（CRRS）主辦。
培育「文化中國」	桂維明	文化中國	創刊號（總第一卷第一期）	頁6-7	1994.6	

篇名	作者	期刊	期數	頁數	時間	備註
文化中國的考察	周英雄、陳其南			頁3-10	1994.8	見《文化中國：理念與實踐》之〈代前言〉。
關於文化中國的四個疑問	王賡武				1994.8	同上
從民間文化看文化中國	李亦園			頁11-28	1994.8	同上，並見1994年2月《中國文化》9期，頁78-84。又見1993年12月臺大《考古人類學刊》49期，頁7-17。
從「單元而統一」到「多元而一統」──以「文化中國」一概念為核心的理解與詮釋	林安悟			頁51-65	1994.8	同上，並見1993年7月《鵝湖》19卷1期（總期數217期），頁16-23。
文化中國：理念與實踐	陳其南、周英雄主編			頁385	1994.8	允晨文化公司出版。
文化中國的精神資源	杜維明			頁50-57	1994.11	見時報版《邁向21世紀的兩岸關係》。
「文化中國」帶給海峽兩岸祥和	陸鏗			頁229-235	1996.4	見遠景版《陸鏗看兩岸》。

篇名	作者	期刊	期數	頁數	時間	備註
華裔學者爭取對文化中國發言權	李金銓	中國時報	9版		1996.10.15	中國大陸新聞界變化新貌系列六之一。
「政治中國」與「文化中國」的兩難	郭洪紀			頁203-213	1997.9	見揚智版《文化民族主義》。
文化中國與臺灣意識	蕭新煌	自由時報	41版		1997.11.18	專欄〈臺灣的心〉。

2 研討會或座談會

表 9-2　有關「文化中國」的研討會等相關資料

研討會或座談會	主辦單位	地點	時間	附註
文化中國與中國傳統文化學術研討會（Cultural China and Chinese Traditional Culture – A Symposium on Current Chinese Issue	美國東西中心文化與傳播研究所、夏威夷大學中國研究中心、夏威夷大學中國學者學者聯誼會	美國東西中心伯恩樓	1991.5.31-6.1	共分為四個專題。會中宣讀論文十九篇，有杜維明 A Cultural China: Conceptualizations and Implications一文。
文化中國展望：理念與實際學術研討會	香港中文大學人類學系、人文研究所港澳協會、中國時報文教基金會、中國時報	香港中文大學	1993.3.1-12	論文由陳其南、周英雄主編結集成《文化中國理念與實踐》一書，由允

研討會或座談會	主辦單位	地點	時間	附註
	週刊			晨文化公司於1994年8月刊行。
「文明衝突與文化中國」國際學術研討會	文化更知研究中心（CRRS）	美國	1994.12	據《文化中國》第一卷第三期（1994年12月）〈編後絮語〉。
重建文化中國座談會——從文化認同化解兩岸分歧	海峽交流基金會			主持人：焦仁和與會者：王邦雄、杜正勝、龔鵬程、陳曉林、唐翼明、林安悟、劉君祖。座談會內容見1995年11月《交流》24期，頁25-34。
臺灣文化vs.文化中國	綠色海洋週刊			主持人：張昭仁來賓：戴寶村、溫振華座談全文刊載於1997年2月15日《綠色海洋》週刊15期2、3版。

（二）文化中國的意義

「文化中國」這個詞彙，意涵著華人想找出共同出發點和對中華文化有共同見解的一種願望。尤其是他們關心中華文化、中國文化未來的發展，也就是說，中華文化跟世界文明潮流的關係。然而這個詞彙牽涉的範圍似乎太廣。無論是中共官方所提倡的「振興中國」、「馬

克思主義中國化」,「建設具中國特色的社會主義」,或大陸民間出現
的「民主現代化」、「新權威主義」等各種論述,均和臺灣政府的「文
化民族主義」、「臺灣新文化」等文化中國描述一樣,充滿了太多的問
題,且相互枘鑿,莫衷一是。歧路而望,誠不知正途何在也。

　　細究這許多不同的論述,我們就會發現:今天討論中國往何處
去,中國文化的出路何在,事實上不只是要面對現實的問題,也要面
對歷史問題和國際問題。正因為它同時面對這許多問題,所以才會顯
得錯綜複雜,妯娌為難,以致莫衷一是。

　　「文化中國」這個概念,雖然有許多定義上的困難,卻是很有意
義的。但重要的是不能只是一個理念,它必須落實,才能有本體性的
真實存在,才不致掛空。以下嘗試為其尋求內涵與定位。

　　「文化中國」用詞雖然不是始用於杜維明,卻是因他用來解釋現
今和將來國內外各地文化、各地華人華裔如何面對中國傳統文化和中
華未來文化許多複雜的問題,而後始引起廣泛的注意與討論。

　　杜維明有關「文化中國」的論述文章,主要有兩篇:

　　　　〈「文化中國」初探〉,見《九十年代》月刊245期（1990年6
　　　月）,頁60-61。
　　　　〈文化中國的精神資源〉,見《邁向21世紀的兩岸關係》（臺北
　　　市:時報文化出版公司,1995年11月）,頁49-57。

杜維明在〈「文化中國」初探〉一文開頭即說:

　　　　「文化中國」的興起是近年來關切中國文化何處去的知識份子
　　　的共同認識,但是因為這一現象在歷史上（包括五四以來甚至
　　　中共建國以來的當代史上）絕無先例可援,即使洞察力極為敏

銳的學術菁英也未必能把此共同認識提昇至群體的批判的「自
我意識」的層面。

可見這是個很抽象的概念，這樣一個抽象的「文化中國」概念跟比較
具體的中國文化可能是不一樣的。可以說「文化中國」這個詞彙的重
點，似乎在中華文化的普遍性和通用性，換句話說，可以遠離中國而
存在，而又有影響。杜維明很重視他的所謂symbolic niverse（象徵世
界），他認為「文化中國」包括三個意義世界（或稱三個實體），他
說：

> 「文化中國」固然有地域、國籍、種族和語言的含意，由象徵
> 符號所建構的具有普遍價值的意義世界。「文化中國」的意義
> 世界，大略而言，可以分成三個實體：（一）大陸、香港、臺
> 灣和新加坡；（二）東亞、東南亞、太平洋地帶、北美、歐
> 洲、拉美及非洲各地的華人社會；和（三）國際上從事中國研
> 究及關切中國文化的學人、知識份子、自由作家、媒體從業員
> 乃至一般讀者和聽眾。由這三個實體所創造的「論說」
> （discourse）當然不受特殊地域、國籍、種族和語言的限制。
> 不過從實際運作的層面來說，第一實體（大陸臺港和星洲），
> 擁有中華人民共和國、中華民國、香港或新加坡「國籍」的公
> 民，人數高達數十億的華人以及不再受「廢除漢字」威脅的中
> 文，應是創造文化中國這一意義世界的主要動力，因此，一般
> 的印象是，「文化中國」的「論說」應當由中國人用中文界
> 定。（見〈文化中國初探〉）

所謂「文化中國」可以看成是三個象徵世界的實體在交互作用。杜氏

所說的這三個象徵世界提供對「文化中國」一個相當清楚的理念，可以作為討論「文化中國」一個很好的基礎。

至於傅偉勳，則是在「文化中國」的原則指導下，以具體的表現方式積極的推動海峽兩岸之間的學術文化交流，他認為要使整個中國能夠走向具有共識、共認的思想文化之路，捨此「文化中國」之路，別無「統一中國」的他途。他說：

> 「文化中國」代表種種意涵，其中之一是，海峽兩岸已經無法套用過去幾十年那種純粹政治（尤其政治統戰）的老辦法，來解決中國是否能統一的艱難問題，因為兩邊分離太久，已有老子所云：「鄰國相望，雞犬之聲相聞，民至老死不相往來」的永別危機；譬如海峽兩岸的人民之間，到底還有什麼自然情感的連繫，大家都有心照不宣的奇妙感覺吧。如說今日臺灣和大陸還有一點點連繫，而兩邊還有「統一」的一點理據和一縷希望的話，恐怕只不過剩下「文化（中國）」這個概念可以依賴了，其他一無所有。（見《文化中國與中國文化》，頁13-14）

傅氏的文化交流，實質上正是臺灣地區正面積極的「文化出擊」政策。當時（一九八七年左右）蕭孟能所主持的《文星》與傅偉勳，為了海峽兩岸的文化學術交流，以及「文化中國與中國文化」的前途共同奮鬥，合作無間，而在海峽兩岸引起相當強烈的共鳴與響應。當時，所謂文化中國是與政治中國相對而言。文化中國代表理想；政治中國代表現實。文化中國應該是永遠超越政治中國的。

又劉述先對文化中國的內涵與定位，亦有所說明，他說：

> 總之，文化既有連續性，又有創新性。一個文化的理念往往由

少數秀異人物提出，以後卻廣被四海。同時文化有哲學藝術的大傳統與風俗習慣的小傳統的分別。由這些不同的視域，我們都可以檢視文化中國的意涵與定位。很明顯，要講文化中國自不能脫離中國文化的傳統，它的內容豐富複雜，不能夠做簡單化的處理。但為了方便起見，我們仍可以說，它是以儒家思想為主導所發展的一種文化型態。我這樣的說法並不排斥在儒家形成一個學派以前的中國文化，因為孔孟明言自己是繼承三代以至遠古聖王的理想，也不排斥非儒家思想如佛道對於中國文化的發展有重大的貢獻。但文化中國在長期發展的過程中的確形成了一些與其他文化不同的特色，它的意涵與定位究竟如何？恰正是我們現在所要討論的主題。

大抵受到中國文化傳統深切的影響的範圍就是文化中國的內容。這個文化的特色最容易與其他文化的對比而反顯出來。與西方不同，這一傳統從來未發展出超越的上帝觀念，也缺少機械唯物論的概念，更沒有極端個人主義的思想。質言之，這個文化完全缺乏二元對立的觀點，而服膺於中庸的理想。人生下來即是有價值的存在，上通於天，下及於物，而彰顯一種廣義的人文主義的精神。最重要的是，人生活在一個複雜的社會網絡之中，家庭是一個中心的關注點。受中國文化浸潤深的人大都樂天安命，勤勞節儉，而表現出一種極強的韌勁。近兩百年來因為受到西方文化的衝擊而被迫改變了許多傳統的方式，由一個農業社會轉變成一個現代的工商業社會，現正面臨著種種複雜問題的挑戰。（見《永恆與現在》，頁17-18）

又李亦園則從民間文化的角度（或稱小傳統）來探討「文化中國」的意義，他認為杜維明的「三個象徵世界的實體」是從「大傳

統」而出發的概念，較為著重於上層士大夫或仕紳階級的精緻文化所構成的模型。因此，他企圖從另一個角度，也就是垂直的立場來觀察「文化中國」的構成，亦即是把文化中國看成由上層的仕紳與下層的民間文化所共同構成。他在〈從民間文化看文化中國〉一文中說：

> 文化的概念有時是很抽象的，但有時也可以很低層次地落實到日常生活之中，其實高層次的抽象概念經常也是從許多具體的事實所抽離形成的。從民間文化的立場來探討「文化中國」的意義必然要從通俗的生活中去觀察，所用的材料也許是一些「不登大雅之堂」的庶民生活素材，但是卻也不妨礙這些素材仍可抽離綜合而形成較高層次的理論架構。如果從日常生活的層次去觀察，我們也許可以說，在「文化中國」範疇內的華人，無論是居住於大陸、臺灣、香港、新加坡的人，以及僑居各地的華裔人士，構成他們在日常生活上的共同特點似乎可以歸納為三類：某種程度的中國飲食習慣、中國式家庭倫理以及其延伸的人際行為準則、以命相與風水為主體的宇宙觀。這三項特徵可以說是使全世界華人在體質外觀之被辨認為華人的主要指標，即使是受當地文化影響甚深的華人，例如印尼的Perarakan或馬來亞的Baba，都某一程度的保有這三種文化特徵。而這些特徵假如逐漸減退，那麼他在文化上被認為是華人的可能也就相對地減弱了。換而言之，假如我們暫時放棄抽象的觀念來界定「文化中國」，而用「生活文化」的標準來認定的話，那麼飲食習慣、家庭倫理規範以及命相風水的宇宙觀也許是三項關鍵的指標。（見《文化中國理念與實踐》，頁12）

　　至於沈清松，雖然未就「文化中國」有所論述，卻對兩岸文化交

流有所評論，他在〈兩岸文化交流的現況與展望〉一文中，認為界定中國文化，很顯然的，中國文化的「中國」這兩個字不是一個空間性的概念；此外，文化也不能只是從族群的角度來看，他認為：

> 中國文化的意義，必須從歷史的傳承和創造來看。在長遠的歷史和創造當中，漢文化雖為主流，但其他各族亦各有特殊性。我們必須兼顧到普遍性和特殊性。每一種地方文化都應有其特質，而在這種特質當中又顯示一種普遍可理解的趣味。換句話說，讓別的人也能夠懂、能夠欣賞、也因而感動，普遍的人文關懷才是其中的關鍵。換言之，要創造一種有特色的文化，你不能封閉的說：這就是我的特色。相反的，你要使你的特色讓天下人皆能瞭解、欣賞和接受，才成其為特色。在特殊性裡面去發揮普遍性、共同性，這才是文化真正的意義所在。
>
> （見《文化與視野的反省》，頁190-191）

沈氏從許倬雲《中國文化的發展過程》一書的觀點，認為目前海峽兩岸文化交流的階段，是中國文化面臨第三次普世秩序展開之時。如果中國文化將來還有前途的話，兩岸文化互動所要走的路，是要去形成第三次的普世秩序，使中國文化能重新發揚光大於未來的世紀。

許倬雲在《中國文化的發展過程》一書裡，提到了中國不但形成了普世性文化秩序，而且還形成過兩次。許氏認為第一次是從西周開始，經過秦漢到南北朝，最後至五胡亂華而衰竭。第二次普世秩序是由隋唐開始，歷經宋、明、清，且自清以降一直到今天。依許教授的說法，目前這個普世文化正陷於谷底之中。而沈教授的看法是：與其說是陷於谷底，不如說是這個普世性的中國文化在清末以後，向世界開放，向新的領域開放，產生了調整問題。中國文化像一條大河般不

斷的發展，在新的發展中還是有舊的水，但舊的水必須尋找新的前程。文化的發展也不一定是直線的，它也許是曲曲折折，甚至是不斷循環的。依許教授的看法，中國文化就曾經形成過兩次的循環。第一次從西周開始，一直到南北朝以後，才跌到谷底。第二次自隋唐以後又開始，到了清朝又陷於谷底。

在第一次的文化裡面，包含了一些特色，由儒家、道家等諸子百家所形成的思想，以及由親緣關係和倫理關係作為整個社會的基礎。我們中國人都是以親緣關係組合的，這些親緣關係，不只是血親而已，地域上的親緣也包含在內。形塑了中國文化的一些行為和倫理模式，譬如「夫婦和順、父慈子孝、兄友弟恭」，「朋友有信、君臣有義」等等這些倫理關係。這樣的生活也透過諸子百家的思想來加以提升。思想家的作用不同於一般人追求經濟的生活、倫理的生活，而在於提出更高的理想觀念，使我們的文化得到普世性。例如，始自先秦，對於天命觀念的重視，「天命靡常，惟德是依」，天命雖是變動不居的，可是究竟還是以個人的德行來判斷。這種對於人的價值以及對於天的重視，使得中國文化獲得一種普世性。此種普世性的張舉，在第一次的文化循環中，主要是由儒家以及其他諸子百家所提出來的。可是到了第二次文化循環之後，主要是由儒、釋、道所結合而成，雖然還是以儒家為本，如宋明理學，不過，其中已經將道家、儒家的思想融合進去了。有些學者認為他們仍是儒家，換言之，新儒家還是儒家，只是為學艱難，必須面對佛、道的挑戰。就實質上來看，在新儒家的思想當中的確已經把道家與佛家的思想綜合進去了。第二次普世秩序是融合儒、釋、道的過程，並且也逐漸展現在民間的生活裡面。

在第二次普世秩序興起的時候，除了透過儒、釋、道力量的結合，將已經被破壞的理念重建起來之外，主要是在制度面上的恢復。我剛才提到的小農精耕，全國性的商業網絡，編戶齊民和選賢與能以

及文官體制的恢復，是相互配合的。在這其中，儒家是最適合這整個政治、社會和經濟脈絡的思想體系，中國文化因此最受儒家的影響。它一方面能夠納入正式的政經制度裡面，一方面又能張舉一些如仁、義、禮等超越性的理想，以及對德行和超越界的追求，使文化不會只停留在生活當中，而還可以發展提升到普世的意義，讓舉世皆可以欣賞和了解。

　　而目前正面臨第三次普世秩序展開之時，龔鵬程教授稱其為「一種新的文化運動」。[1]沈教授認為從文化發展與普世秩序的角度來看，對中國文化的內涵與發展有如下的意見：

> 所以，由以上看來，中國文化的力量，除了在知識份子的身上之外，也在民間的生活中。知識份子的作用，主要透過開放性的心靈，具有超越向度的人文精神，來提昇文化的理念，讓文化不會下沈。民間的作用就在於把這些文化理念生活化、通俗化，在政經社會制度的生活中去營利、謀生，而其生活方式也同時維繫著整個中國文化的多面性與豐富性。但在此過程中，知識份子和民間生活各有其危機存在。知識份子的危機有兩部分，其一是太過特殊化，為某些特定的利益團體來說話、做研究，忽略了本來應該注意的開放性、普世性、超越的、提昇的功能。另一個危機就是太抽象化，知識份子的理論或研究，脫離了實際社會文化的過程，只做概念性的研究，這時候就失去力量了。至於民間生活的危機就在於只是營利求生，忽略了普遍理想的追求，甚至在一些特殊的環境下，由相互的競爭變成相互的鬥爭，使社會失去高度的聯結和發展的力量。
>
> （見《文化與視野之反省》，頁194-195）

1　見《龔鵬程縱橫談》中〈文化中國的追尋〉一文，幼獅版，頁3。

　　總結以上所述，「文人中國」的理念雖然是超乎現實的「政治中國」之上，但仍以落實為要。但橫在眼前的，則是一個極為嚴肅的問題，即是任何文化的開展及其力量，固然可能超越現實政治（如中國文化不因宋、明的亡國而消失）；但是文化的發展，事實上又可能仍需要政治力支持，需要政治實體來保障、來實踐。

五　文化中國——交流理論的建構

（一）兩岸文化交流的緣起

　　把文化中國視為是正面積極的「文化出擊」政策，且是海峽兩岸學術文化交流的原則指導，自當首推傅偉勳其人。他說：

> 我的真正意思是，問題並不在唱不唱「統一中國」的口號；問題的關鍵在，我們是否了解到高唱「統一中國」口號的同時，我們在「文化中國」的原則指導下，以具體的表現方式積極推動海峽兩岸之間的學術文化交流，乃是任何「統一中國」論調的先決條件；一旦我們如此了解，則應該採取什麼具體有效的辦法去推動學術與文化的交流呢？
>
> （見《文化中國與中國文化》，頁16）

　　八〇年代初期，傅偉勳有機會與海峽兩岸的學者論學交往，有感於兩岸學術界之自我設限，認為有推動兩岸之間文化學術交流之必要。他於《學問的生命與生命的學問》裡說：

> 我初訪大陸之後，聯想到兩年前臺北聽眾的奇妙反映，就使我覺得，不論「一分為二」的中國政局如何變化，政治與文化學

術必須截然分開，海峽此岸的自我閉鎖政策必須早日突破，否則臺灣的「文化斷層」危機會愈加嚴重，反對臺灣本身不利。但是，誰來發動衝破「文化斷層」的口號，開口公開推動兩岸之間的文化學術交流工作呢？我發現到，在當時的政治禁忌處境下，要臺灣的政府官員或民間人士開口發動是絕不可能的（隨時會有被戴「紅帽子」的生命危險）。海外華裔學者應該較有自由發言，但他們本身如果已有靠北京或靠臺北的政治背景，或是非臺灣籍，恐怕不敢或不便挺身而出。我終於感到，祇有像我這樣具有本省籍而無任何政治包袱的美國華裔學者，去充當「文化橋樑」意義的「始作俑者」，才最為適當，才不致引起誤會或反效果。我終於決意，我應大膽出面，去為海峽兩岸的文化學術交流拓路，稍盡微薄之力。（頁205-206）

於是毅然為海峽兩岸充當「文化橋樑」。

一九八六年七月中旬回國參加國建會社會文化觀之討論。在會中大膽指出有關大陸問題的三項建議，當天（二十二日）《自立晚報》即時報導。第一項是：與政治無關的大陸純學術性書刊，應該有限地開放。第二項是：同時開放五四以來在大陸出版過的文藝作品，包括魯迅、巴金、老舍等人的作品在內。第三項是：我們利用現有的外匯存底的一部分，委託民間機構或海內外學術團體，在美國、香港或新加坡等地舉辦學術討論會，邀請包括大陸學者在內海內外中國學者參加，一律使用中文討論，不但我們可以握有開會程序的主動權，亦可藉此機會影響大陸學者。這即是所謂正面積極的文化出擊。在海峽兩岸大大交流的今天，當時的三項建議似乎平庸無奇，但在政府全面封鎖大陸真相任何資訊的彼時，誰敢利用國建會的公開討論場面大膽發言呢？

　　一九八七年一月十二日晚，傅偉勳在耕莘文教院大講堂首次公開
演講〈「文化中國」與海峽兩岸的學術交流〉，由《文星》雜誌發行人
蕭孟能主持，並由韋政通擔任講評。文章在《文星》三月號發表，在
海峽兩岸產生極大的反映與影響，該文開宗明示：

> 「文化中國」代表種種意涵，其中之一是：海峽兩岸已經無法
> 套用過去幾十年那種純粹政治（尤其政治統戰）的老辦法，來
> 解決中國能否統一的艱難問題，因為兩邊分離太久，已有老子
> 所云「鄰國相望，雞犬之聲相聞，民至老死不相往來」的永別
> 危機；譬如海峽兩岸的人民之間，到底還有什麼自然感情的連
> 繫，而兩邊還有「統一」的一點理據與一縷希望的話，恐怕祇
> 不過剩下「文化（中國）」這個概念可以依賴了，其他一無所
> 有。這是兩岸學者和一般知識份子都能感覺到的，是極其嚴重
> 的問題，已不能由一、兩個人力量去改變整個局勢。我今晚
> （1月12日）專為《文星》雜誌公開演講這個主題的必要性與
> 迫切性，即在於此。(見《「文化中國」與中國文化》，頁13-14)

至於「文化中國與中國文化」的用詞，似乎應始自傅偉勳，他在〈中
國文化往何處去？——一個宏觀的哲學反思與建議〉一文中說：

> 去年（1986）十二月二十三日我自美國飛抵臺北之後，《文
> 星》雜誌發行人蕭孟能先生即與我商談，透露擬設「五四專
> 輯」之意，我當時便覺蕭先生的著想實有深刻的時代意義，立
> 即表示強力支持。當日下午，《中國論壇》編輯委員會召集人
> 韋政通兄亦加入討論，當時我提議以「中國文化往何處去？」
> （Whither Chinese Culture？）為專輯總題，但政通認為醒目不

足，應可找到更有吸引力的總題。今年一月十二日晚，《文星》雜誌社於臺北耕莘文教院首次主辦一項公開演講，由我主講〈「文化中國」與海峽兩岸的學術交流〉，並由政通兄講評，算是有關「文化中國」的一項新突破。

翌日（回美之前一日）我到《文星》雜誌社告別之時，蕭先生又談及「五四專輯」的籌劃事宜，他那時的一兩句忽然促動我的靈感，想出「文化中國與中國文化」（Cultural China and Chinese Culture）此一主題，蕭先生亦即時拍案叫絕，蓋此主題攝有字語倒轉的一對重要名詞，能予兼涵當前海峽兩岸之間非政治性或超政治性的文化線索，以及中國歷史文化的賡續發展雙層意義之故。「文化中國」指謂貫通海峽兩岸的橫面線索，警告我們文化斷層可能造成「永別」危機；「中國文化」則指綿延流長的文化縱層，提醒我們祖國的歷史文化傳統不容任意割斷。縱橫雙層合起來說，乃意味著：「中國目前雖仍處於『一分為二』的政治局面，但是海峽兩岸的每一知識份子都應具有『文化中國』的共識共認，為了祖國傳統思想文化的繼往開來承擔一分責任」。

（見《「文化中國」與中國文化》，頁89-90）

一九八八年四月並以《「文化中國」與中國文化》為書名，交由臺北東大圖書公司出版，收錄在《中國時報》、《聯合報》、《中國論壇》、《文星》、《當代》、《哲學與文化》等臺北各大報章雜誌刊載過的有關「文化中國」課題長篇短論。

總之，傅偉勳是兩岸當「文化橋樑」意義的「始作俑者」，也是倡導在「文化中國」的原則指導下，以具體的表現方式積極推動海峽之間的學術文化交流者。

（二）交流的理論

何以「文化中國」能作為兩岸文化交流的原則指導？或交流之理論？交流是種接觸與溝通，可增進彼此的認識與了解。

文化是人類傳達與溝通訊息的體系，透過文化交流可以增進彼此的認識與了解，並具有培養互信建立共識，促成文化融合弭平歧異的功能。是以錢穆曾說：「一切問題由文化問題產生，一切問題由文化問題解決。」[2]英國文化人類學者李奇（Edmund Leach）在《文化與交流》一書中，認為文化是人類傳達與溝通訊息的體系，而解讀文化現象所傳達的信息密碼及意義，則為人類學者最重要的任務。又美國哈佛大學教授亨廷頓（Samuel P. Huntington）似乎更強調文化的衝突面，他於一九九三年發表〈文化的衝突〉一文，認為未來新世界衝突的根本源頭，不會出於意識型態，也不會出於經濟。人類的大分裂以及衝突的主要源頭在於文化，國際事務當中最有力的行為者依然是民族國家，但是國際間的重大衝突，會發生在隸屬不同文化體系的國家與群體之間。文化與文化的衝突會主導未來的全球政治，而文化與文化之間的斷層線，會是未來的主戰場。本文的結論雖廣受批評責難，但亨氏所指宗教信仰和文化價值觀為衝突的關鍵之見解，確極具啟發意義，並為傳統的「經濟利益」與「政治權利」衝突增添新義。[3]

一般而言，所謂「文化交流」是指兩個異質文化之間的互動歷程，並常利用跨文化比較的研究方法，思考種族與文化的差異。然而，臺灣與大陸基本上都屬於一個同質的文化，兩岸在中華文化大傳統之下，已形成了差異，因此，兩岸文化交流應可視為中華文化在不同空間、時間、制度差異之間的一種溝通歷程。且兩岸領導階層與海內外

---

2 見《文化學大義》，正中書局，1983年，頁2。

3 有關李奇、亨廷頓之說皆見〈海峽兩岸文化交流的歷程與展望——文化衝突與價值選擇的省思〉一文，該文見《兩岸文化交流理念歷程與展望》，頁116。

學者亦皆已有繼承和發揚中華文化的共識。尤其臺灣地區，歷來以維護及發揚固有文化為職志，也主張以文化作為兩岸交流的基礎，提升共存共榮的民族情感，培養相互珍惜的兄弟情懷。在浩瀚的文化領域裡，兩岸應加強各項交流的廣度與深度。因此，以中華文化或「文化中國」為基礎增進兩岸文化交流，似已成為彼此間的共識與期待。

兩岸文化雖然是同根的，但同根並不代表同質，而且異質的部分如果持續增加，尤其在現代社會急速變遷之下，恐怕會令原本同根的部分也會隱而不彰。是以在兩岸文化交流互動之時，我們不能不了解兩岸文化的異同。

1 兩岸文化的差異

雖然兩岸在文化上有共同的遠基礎，同屬一個淵源流長旳大文化源頭，但經過長期的隔離與分裂，的確也出現了許多基本的差異。甚至形塑不同的社會文化。大致上可歸納出三點最基本的差異。[4]

一、區域性的差異。區域性的形成事實上並不僅限於這四十年來，尤其應該追溯到更早期的明鄭時期，先民大量移民來臺之後，帶來了中國文化的傳統，也帶來了各種民間信仰。然而在臺灣開拓發展的結果，逐漸就有區域性差異的形成。雖然在以前的社會裡，文化的變遷基本上是相當緩慢的，但是大體上各傳統文化所重視的價值、傳統文化的模式、倫理的型態等，仍然是相當一致的。然而綜觀臺歷史四百年，荷蘭占據三十八年（1624-1662）西班牙局部占領十六年（1626-1642）、明鄭二十二年（1661-1682）、清朝統治二百餘年（1683-1895）、日本占領五十年（1985-1945），外加臺海兩岸四十年的隔離

---

4 本文所論兩岸文化的差異與共同點，其立論點皆引自沈清松〈兩岸文化交流的現況與展望〉一文，文見《文化與視野的反省》，頁181-189。

與分裂，外加臺灣由於經濟的發展，促使臺灣快速的進入到現代化的社會。這種因空間上所產生的差異，因移民造成區域的隔離，使其長久處在不同的生活方式之下，遂使區域性的差異逐漸突顯出來。

二、雙方在現代化步調上的差異。這是在時間向度上的差異。兩岸原本文化上的共同根源是中國文化的大傳統，這個大傳統是所謂第一波的農業社會裡形成的。大陸自開放以來，雖然致力於第二波的現代化，但事實上整個廣大的大陸地區還是處於農業社會，受傳統文化型態的約束比較大些。在臺灣則大致上皆已屬第二波的工業化，甚至有些地區還過度工業化，並朝向第三波的資訊化社會，甚且還有後現代化的情形出現。因此，我們可以說臺灣社會目前是處於由現代走向後現代的階段。相對而言，大陸廣大的地區仍處於農業社會階段裡，很多老百姓依舊是傳統中國農民的性格，仍未受到現代化的洗禮，更不要說心理上具有現代化價值和觀念了。所以兩岸在文化上，不僅有空間上移民所造成區域的距離，還有因現代化程度的不同所帶來時間上的距離，使兩岸人民在行為和價值觀上會有差異。

三、是政經框架的差異。臺灣在六〇年代開始有十大建設，奠定整個經濟發展的基礎。而在七〇年代以後，逐漸開始出現民主的風潮，到八〇年代民主格局奠定起來。政治的民主和經濟的自由可說是臺灣經驗的兩個支柱。亦即臺灣在造就經濟奇蹟之時，繼之以「主權在民」的理念，進行政治改革，並本之於「社區主義」的理想，建設「有人文、重倫理」的現代化社會為鵠的，從而提升人民生活品德，敦厚社會風俗。凡此，在「生命共同體」的共識下，人性、社區、國家三位一體，中國文化在臺灣已形成現代化的創新發展。反觀大陸的情況，在馬列主義的主導之下，政治上極權統治還沒有完全改變，經濟上在過去是實行集體式的計畫經濟，目前開始採取市場經濟，但在政治上仍然是緊縮。它是希望透過經濟的改善，來維護國家的實力，

滿足民眾的基本需要，來穩定它的政權，以期能避免落入像東歐、蘇聯共產國家的解體。所以在政治意識型態上的緊縮仍然存在的。

就文化而言，在大陸上，文化基本上還是被視為精神文明的建設、社會心理控制的方式。這與目前臺灣的文化處處沾染了政經自由、民主和開放的氣息，是有很大差異的。總之，兩岸文化交流，面臨了以上三種基本的差異：區域性的差異、現代化的差異、政經框架的差異。

2 兩岸文化的共同點

兩文化並不是兩種異質的文化，而是同根的文化，雖然有差異存，但不是完全異質的，還是有其共同點。試分述如下：

一、同樣都是追求現代化。現代化是人類社會所經歷的巨大形變的最近期現象，它是十七世紀牛頓以後導致的科技革命的產物。因此我們可以說現代化是發源於西方社會的。西方社會經由數世紀的演進與洗禮，古傳統、權威、價值皆受到挑戰，科學成為了解世界的基本法門，技術且成為改變世界之重要工具；西方之現代化了的社會特性是以科技為主導性的。科技是具有普遍性，亦即無時空性的，因此，當非西方社會與西方社會遇合時，非西方社會立刻面臨到科技的全面入超現象，而此科技入超乃導致其傳統的生產方法、社會結構、文化價值等之轉變、破壞而解組。因此，這個現代化運動的特色之一是它是根源於科學與技術的；其特色之二是它是一全球性的歷史活動。更簡單的說：現代化是指傳統性社會利用科技之知識以宰制自然，解決社會與政治問題的過程。[5]因此，現代化的追求，不論是內發性或外發性，皆屬必然且必須的歷程。

---

5 見《金耀基社會文選》之〈現代化與中國現代歷史〉一文，幼獅版，1985年3月，頁4-5。

　　就現代化的追求而言，雖然大陸是由傳統農業社會階段向現代邁進，而臺灣是現代化已經到一定的深度，開始產生弊端，且已經有後現代的回應出現。兩岸間有差異，但追求現代化的發展，使現代化程度加深，避免現代化的弊端，而能建立一個現代化強國，卻是兩岸共同的趨向。這三、四十年來整個臺灣經驗也可以加以當作是中國文化在臺灣這個地區，歷經工業化、現代化的脈絡實驗發展的過程。

　　二、兩岸另一個共有的交集是都強調中國的特色。在大陸方面，中國特色的想法在毛澤東提「新民主主義」運動的時候，便已經出現。當時是用來對付蘇聯，要開始擺脫蘇聯老大哥的影響，所以毛澤東希望能夠提出新政治、新經濟以及新文化，這就開啟有走中國自己的道路的想法。但真正說起來，是在中共的十三大以後，才強調要發展有中國特色的社會主義。前者被稱為是馬克思主義在中國第一次的歷史性轉變；有中國特色的社會主義的道路的強調可說是第二次的轉變。目前我們可以看到中共還是繼續在走這條路。當然，對中國特色的看法，還是有一些差異的。當初中共提出社會主義初級階段論的時候，對中國特色的強調，比較環繞著國情而言，強調合乎中國當時落後的現實，因此不能夠馬上實施高級階段的社會主義，必須從初級階段開始發展物質文明，發展生產力。所以中共起初對中國特色的想法是消極意味的，就是配合貧困落後的現況發展生產力。所以當時大陸的學術界做了許多國情調查，希望給中國特色的社會主義鋪了個了解國情的基礎。

　　中國特色的想法，在八九民運以後有了一些改變，主要是因為在天安門事件發生以後，當政者意識到整個和平演變的潮流來勢洶洶，西方資產階級自由化的思想進入大陸；尤其在整個世界，社會主義國家如東歐、蘇聯都發生變化以後，所剩的四個共產國家中共、越南、北韓、古巴，真正是個大國的也只有中共而已。中共在這種情況下想

要維護其政權，於是開始訴諸民族文化。當然，他們對民族文化的使用還是工具性的，即利用民族文化來維護社會主義，但至少在理解上有些改變。原來所謂的中國特色只是承認中國落後的現況，不能馬上實行高度的社會主義，所以叫做社會主義的初級階級。現在的轉變就在於「中國的特色」不只是中國的現況，而是中國的民族文化，因此賦予民族文化比較積極的意義。

雖然中共對民族文化仍只是工具性的使用，但中共能意識到只有民族文化資源才能救中國，重視中國特色的重要性，要走出自己的路，而不能再把傳統文化當作封建，當作要批判的對象來看待是值得我們注意的。

自國民黨遷臺以來，即針對大陸而致力於傳統文化的維護，同時接觸西方文化且受其影響，因此臺灣地區的現代化能有一些不同於歐美的地方，可以說就是中國傳統文化根源給我們的。儒家文化自十九世紀中西文化接觸之後，在中國社會主導地位漸受影響，西方自作主宰之觀念已進入中國文化之中，只要不妨礙他人，可盡力追求個人理想的實現，也同時滿足社會的需要，人的尊嚴和權利受到充分的尊重。這種文化思潮在臺灣地區已發揮得相當透澈，中國文化人文精神有了合乎人性與世界潮流的新生命。

（三）文化中國 ── 交流理論的建構

從以上兩岸文化異同的論述裡，可知兩岸的文化交流，實質上是在透過接觸、溝通和交流，增進彼此的認識與了解，學習對不同文化和意見的尊重，亦即是中國文化和現代化相互接引的過程。在交流的理論裡，其基本的起點和立足處皆在於中國文化。而所謂的「文化中國」之理念，足以統合當前諸多紛擾的，片面的狀況的；政治中國的分裂、經濟中國的多樣，皆可統合於「文化中國」這一理念之下。以

「文化中國」作為統合點與可行途徑的指引，似不失為一可行之道。
在以「文化中國」作為交流的理論或原則指導的交流過程中，仍會有
面臨文化衝突與價值選擇的問題，在〈海峽兩岸文化交流的歷程與展
望——文化衝突與價值選擇的省思〉研究報告中，認為最合乎現代社
會思潮與人民實際需求的交流模式應涵蓋三個不同的面向，[6]以下試
以該報告依次說明：

就兩岸文化交流的理念：

一、正統史觀的剖析與反省：歷史文化應以人民為主體，若一味
堅持「正統論」，或從歷史上的分與合強調統一的必然性，則易形成
政治一元論、文化一元論，及我族中心主義的偏差。正統史觀為專制
王朝尋求政權合法的基礎，是一不合時宜的歷史意識，對內將導致國
民在意識上發生國家認同的危機，對外則外交失敗，國格喪失，甚至
國家缺乏安全保障。因此，兩岸文化交流的過程中，應避免陷入正統
史觀的糾葛與競爭。

二、民族主義的詮釋與適用：中國是一個多民族國家，各民族應
該一律平等。「漢民族中心主義」已經無法適用於臺灣或中國大陸，
也為重視民族平等、尊重人權的國際社會所不容。因此，兩岸應在對
等互惠的基礎上，透過各項交流建立溝通管道，以增進了解，最後，
尋求文化的認同而完成國家的統一。

三、自由開放的精神與三個市場機制的推廣：臺灣是個自由開放
的社會，我們對應中共管制封閉的做法，似更應充分發揮自由開放的
精神。另為建立交流的秩序，則應發揮自由經濟市場、知識份子的理
念市場、及協商解決衝突的政治市場等三個市場機制，實踐自由、民
主、均富的普世價值理想。

6　該報告全文見《兩岸文化交流理念歷程與展望》，頁87-134。以下所謂交流模式所涵
　　蓋三個不同的面向，皆以該報告為依據。

　　四、前瞻的規畫與長期的觀點：文化教育的工作，須經由長時間的潛移默化，才能看出成果，故切忌短視近利急於事功。兩岸文教交流的工作，事關中華文化長遠之發展，更須堅持長期的觀點，進行前瞻規畫與務實推動，並不宜因突發事件而中止，阻礙文化的涵化與累積的功效。

　　就兩岸文化交流的原則：

　　一、平等尊重互補互惠：兩岸文化交流應本相互尊重與平等的立場，不要刻意的矮化或打壓，交流始能順利進行。而兩岸文化的發展，各具特色與長處，亦值得彼此觀照學習，並在互補互利的基礎上，汲取對方的優點，以充實文化內涵。

　　二、共同合作分潤分享：兩岸文化交流初期係以「相互了解」為目的之「水平式」交流，但為善用兩岸文化資源，增進交流的深度與廣度，則應加強以「文化合作」為目的之「垂直式」交流，俾獲致較大之文化成果，並分潤分享，加速兩岸文化的共同發展。

　　三、結合民間共同推動：現階段兩岸交流以民間為主，臺灣民間藏有豐沛資源，且有許多熱心於兩岸文化交流人士，與大陸相對團體建立密切管道，政府政策勢需與民間人力及資源結合，共同推動兩岸交流，藉多元管道進入民間社會，以發揮影響力。

　　四、協商談判建立規範：經貿交流是兩岸利益的結合，文教交流是兩理性的結合，而在交流過程中所衍生之衝突與糾紛，則需透過務實的協商來解決。因此，隨著「協商的時代」的來臨，兩岸應以談判解決交流紛爭，並尋求建設性協議的達成，為交流建立規範鋪設坦途。

　　就兩岸文化交流的具體做法：

　　一、社會精英為交流主體：社會精英掌握文化領導權，帶動國家社會的發展與變遷，具有社會示範與學習效應，故兩岸交流宜以社會

精英為主體，共同致力中國大陸的啟蒙革新，追求中華文化的創新發展。

二、生活文化為交流起點：具有實用性、開放性、大眾性、商業性、娛樂性、及傳播性等特徵的生活文化，最易引起共鳴，而其背後亦蘊涵著經濟、政治、社會及文化的意識，可帶動資訊的流通，並誘發民間社會的興起。

三、人文精神為交流內涵：中國文化的特點在人文精神，臺灣承繼此一優良傳統，並溶入近代西潮，展現出勤勞、效率、創意、公平競爭、多元化、民主化、及國際觀的文化內涵，兩岸若能本此精神，在文化的行為、表現、規範、認知、信仰五大項目中充分交流，則必形成文化認同的基礎，而促進國家的統一。

四、文化合作為交流重心：兩岸可選擇增進民生福祉、提升文教品質、及充實人民心靈生活的交流項目，採專題性、區域化的研究方式，進行學術文化合作，共同出版刊物分享成果，培養互信合作的精神，使文教交流成為兩岸關係邁入「國家統一綱領」中程階段的踏腳石。

五、行政簡化為交流服務：輔導性、服務性的便民措施，取代禁止、設限的管制做法，促使兩岸交流朝正常化發展，並加強各機關的協調統合能力，給予民間在推動交流上的實質便利與協助。

兩岸文化交流是種互動的過程：而互動的過程在於了解；而了解則是一個永無止境，永遠開放的過程，也是「文化的接引」。兩岸文化在差異中克服差異，接引共同點的過程。有本研究文化交流的書，書名就是「文化的接引」（Cultural Mediation），其中根據研究者對文化交流的觀察，現文化接引的作用，可以透過教育、出版、人員的互換、科技的引進以及價值觀的調整來促進現代，這個觀點是值得我們注意的。兩岸文化的交流其實是一個文化相互接引的過程。四十多年

來，兩岸文化有區域性的差異，現代化的差異和政經制度的差異，可是同時又有對中國特色的強調和對現代化的追求這兩個共同點，因此我覺得兩岸文化的互動，不但促進雙方的了解，克服原有的差異，而且能夠把中華文化原有發展的力量當作現代化的資源，並將中國文化的動力在現代化的脈絡中發揚出來，使它能夠面對未來世界產生一個嶄新的文化。所以我認為兩岸文化交流的過程就是接引中國文化和現代化的過程。這個接引包含了以中華文化為本，來進行現代化的意思，另一方面也包含在現代化裡發揚中華文化的特色和動力的意思。

針對兩岸的文化交流，沈清松在〈兩岸文化交流的現況與展望〉一文裡，曾經提出十個字，作為交流的基本原則，這十個字是：「同情的了解、對比的自覺」，他說：

> 針對兩岸的文化交流，我曾經提出十個字，做為交流的基本原則，這十個字是「同情的了解、對比的自覺」。所謂「同情的了解」是因為大家雖然隔離了四十多年，雙方也都經歷了不同的發展，但是文化上雙方仍存續著深層的共同根源。我想如果各位到大陸旅遊探親的話，看到大陸的河山，看到故國的文物，看到歷史的古蹟，常會觸及到心靈深處而產生一種感動，尤其是跟大陸各省籍同胞偶爾相遇交談，那種親切之感，可說是深層的中華文化為兩岸人民的相互了解，預備了深遠的基礎。因此我們可以說，文化方面所奠定的長遠基礎，也就是兩岸彼此之間能夠同情了解的基礎。但是同情的了解當然必須顧及雙方在四十年來不同的發展背景所形成的複雜情況，而且這些複雜情況仍然需要相互的忍耐。所以，同情也包含了為對方設想的意思在內。
>
> 我所提出來的另五個字是「對比的自覺」。兩岸在發展的過程

中，實際上雙方已經有許多差異形成了，當然在差異當中也有
共同點，所以我所謂「對比」的意思，並不是完全的差異或不
同，如果是全然差異的話，恐怕今後只有分道揚鑣了。在了解
到這些差異和共同點的過程中，產生一種對比的自覺，這種自
覺就是雙方各自在對照下感受到自己的缺點而需要加以改善，
把雙方文化的優點加以發揚，而在進一步的交流中進而開展出
更光明的遠景。總之，我認為「同情的了解、對比的自覺」是
今後兩岸文化交流一個非常重要的基本原則。
（見《文化與視野的反省》，頁180-181）

六　小結

　　以下試引錄沈清松在〈兩岸文化交流的現況與展望〉一文中〈省
思與結語〉的一段話，作為本章的小結：

　　總之，我希望兩岸文化交流的過程，是一個銜接中國文化和現
代化的過程，使中國文化可以重新開展，發揚光大。但如何克
服兩岸的差異而追求共同點，共同促使第三次普世秩序的興
起，使中國人既能創造特色文化，又能形成國際性的眼光，而
能夠面對未來的挑戰，對全體人類、全體世界負起文化重責，
是兩岸文化交流的共同理想，這雖是一個緩慢的過程，但遠景
卻是十分光明的。（見《文化與視野的反省》，頁200-201）

後現代圖畫書的書寫現象

一　前言

　　在畢卡索的畫中，一些和戰爭的苦難、悲傷有關的創作中都是以不同深淺的灰色構成的。一九三七年一月，西班牙政府要求畢卡索為「進步與和平」畫展創作一件特別的作品參展。正當他思考畫題時，畢卡索從報上得知西班牙的格爾尼卡遭到德軍的轟炸，死傷好幾千人，他決定以這個不幸的事件做為參展作品的主題。以下這三幅圖代表著不同時代的畫風，即古典、現代與後現代。

圖 10-1　米勒《拾穗者》　1857

圖 10-2　畢卡索《格爾尼卡》（Guernica） 1937

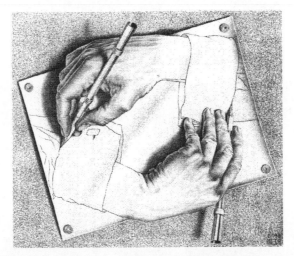

圖 10-3　莫里茲‧柯尼利斯‧艾雪《畫手》 1948

二　現代化與現代性

（一）現代化

　　從人類歷史的發展過程來看，二十世紀初期人類正經歷著一個巨大的革命性的形變。這個巨大的革命性的形變，歷史學家、社會學家

給予的名稱之一是──現代化。這個現代化運動的特色之一，它是根源於科學與技術的；其特色之二是它是一全球性的歷史活動。

1 中國的現代化

現代中國與傳統中國的不同的主要特徵在於和西方文化思想接觸而形成。其關鍵在於鴉片戰爭（1839-1842）。一八三九年黃爵滋奏禁鴉片，道光派林則徐至廣州禁菸。一八三九年林在廣州派收外商鴉片（六月三日）。十一月三日穿鼻海戰，英軍艦炮攻廣州，一八四〇年十二月二十八日流放林則徐，一八四二年五月簽訂南京條約。

這種巨大的革命性的形變，歷史學者、社會學者所能給予的名詞之一當是現代化。

現代化的緣起：在於傳統農業中國與西方現代工商國家接觸。亦即接觸西方思想而形成。其關鍵在於鴉片戰爭（1839-1841）。

其心理動機：雪恥圖強。

起步：西方陌生的船堅與炮利。

現代化歷程：以認同變革兩觀念為樞紐：

殷海光	金耀基
1.器用的現代化 曾、李、張、中學為體，西學為用	1. 曾、李、左等人主張的同光洋務之自強運動
2.制度的現代化 康、梁的百日維新	2. 康、梁的維新運動從認同轉向變革 3. 國父革命
3.思想的現代化	4. 陳、胡的新文化運動，以改革眾人思想為主 臺灣：社區營造 大陸：文化大革命（1966-1976）

圖 10-4　殷海光：《中國文化的展
　　　　　望》，臺北市：臺大出版
　　　　　中心，2009 年 12 月

圖 10-5　金耀基：《金耀基社會文
　　　　　選》，臺北市：幼獅文化
　　　　　出版公司，1985 年 3 月

2 西方的現代化與現代性

　　首先，以因果關係上說，「現代化」是因；而「現代性」則是
果。其次，更重要的是，「現代化」與「現代性」本質上分屬「實證
的」與「規範的」的兩個不同範疇。

　　西方現代化源遠而流長，「西方現代性的形塑」其過程：

　　　城市的繁興（11-13世紀）

　　　文藝復興運動（14-15世紀）

　　　海外探險及殖民主義（15-19世紀）

　　　資本主義（14-20世紀）

　　　宗教革命（16世紀）

　　　民族國家（15-17世紀）

　　　民主革命（17世紀）

科學革命（17世紀）

啟蒙運動（18世紀）

工業革命（18-19世紀）

（詳見黃瑞祺，《現代與後現代》，頁56。）

而所謂現代性主要面向「全球現代性的重要面向」是指：

世界經濟分工

民族—國家體系

全球軍事秩序

全球生態體系

國際資訊傳播秩序

國際文化交流（同上，頁66。）

圖 10-6　黃瑞祺：《現代與後現代》，新北市：巨流圖書公司，2004 年，
　　　　4 月。

三　現代與後現代

（一）三種不同的概念

一、作為歷史意義上的「時代」概念的「現代」與「後現代」
（歷史分期後現代一九六○以後，現代自十九世紀末到一九
三○年左右）

二、作為文化藝術意義的「現代主義」與「後現代主義」（文化
藝術表現形式）

三、作為時代精神的「現代性」與「後現代性」（思想觀念、行
為方式）

美國後現代理論家伊哈布・哈山認為後現代的根本特徵之一是不確定
性。不確定性就是導致了模糊性、間斷性、彌散性、多元性和遊戲性
等等一系列解構而不是建構的特徵。他曾經列表比較過現代性和後現
代性的特點，雖然他用的術語是「現代主義」和「後現代主義」：

現代主義	後現代主義
浪漫主義／象徵主義	帕塔費西學／達達主義
形式（關聯的、封閉的）	反形式（斷裂的、開放的）
目的	遊戲
設計	機會
等級森嚴	無政府主義
講究技巧／邏各斯	智窮力竭／沈默
藝術客體／完成之作	過程／表演／發生的事件
距離	參與
創造／整體性	反創造／解構

現代主義	後現代主義
綜合	對立
在	不在
有中心	分散
體裁／邊界分明的	文本／文本間的
語義學	修辭
語句組合	符號組合
主從關係句法	無關聯並列句法
隱喻	轉喻
選擇	組合
根／深層	塊莖／淺表
解釋／閱讀	反對解釋／誤讀
意符	指符
可讀的（為讀者的）	可作為手稿的（為作者的）
敘述的／正史	反敘述／野史
偉大的密碼	個人習慣語
症狀	欲望
類型	變異
生殖的／陽物的	多型態的／兩性的
妄想症、偏執狂	精神分裂症
淵源／原因	差異——延異／痕跡
上帝即父親	神聖的鬼魂
玄學	反諷
確定性	不確性
超越	內性性

《後現代的轉向》（臺北市：時報出版公司，1993年），頁152-153。

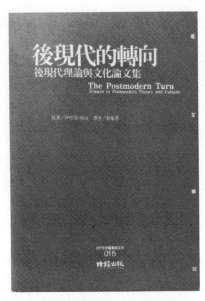

圖10-7　伊哈布・哈山：《後現代的轉向》，臺北市：時報文化出版公司，
　　　　1993 年 1 月。

（二）後現代的緣起

　　後現代固然反對現代的主張，但更確切
地說，它可以算是保留現代主義的長處，而
排斥其缺點，一、經濟空前的成長。二、社
會上專業的分門別類愈來愈精細。

　　後現代用托佛勒（Alvin Toffer）《第三
波》觀點，人類文明分：「第一波：農業社
會； 第二波：工商業社會；第三波：資訊社
會」

圖 10-8　埃文・托佛勒：《第三波》，
臺北市：經濟日報叢書，
2009 年 3 月

　　現代強調中心性、體系性、整體、終極價值觀；後現代是資訊時代的產物，是一場大眾文化運動，也是思想運動。後現代強調：差異、多元主義、異質性等概念。重過程輕目的，重活動本身而輕構架體系。後現代不重過去、未來，而重視現實本身。

　　後現代是各種思想、主義的叢結，其在文學藝術的範疇內，可歸為五種特質：

　　一、質疑反映現實、再現人生的傳統理論。

　　二、文學作品為「文本」，具開放、流動的形式，可以不斷的再創作、閱讀與詮釋。

　　三、以「去中心」與「解構」的觀點，打破單一價值觀的壟斷，消解是非、善惡等二元對立。

　　四、視語言為不透明，沒有根本的、正確的意旨，而是意符和意符之間的遊戲。

　　五、容許多元的敘述：拼湊、顛覆、後設。

　　又就文學藝術的意義而言，古典的是對內容的關注，而現代的是對形式的關注，至於後現代則變成了一系列的活動和過程本身。

　　又就文學理論而言，從作者中心論到文本中心論，乃至讀者中心論。

　　又就哲學而言，是由本體論（本質）到認識論（語言轉向），乃至實踐存在的文化轉向（日常生活）。

　　總之，後現代是針對現代的自覺與反思，是美學的轉移。其重點在於藝術生活化，生活藝術化。其特色在於：多元共生，眾聲喧嘩。

美學的轉移，轉向以滑稽為主：

美學 ┬ 美的基準（量） ┬ 秀美
     │   └ 崇高
     └ 非美的基準（質） ┬ 悲壯 ─ 無法在人以外之自然物找到
                        │ 滑稽
                        └ 乖誕抽象 ─ 人精神層面的意義

圖 10-9　**姚一葦：《美的範疇論》，臺北市：臺灣開明書店，1978 年 9 月。**

　　姚一葦把美分為美的基準和非美的基準，他解釋：「所謂美的基準（aesthetic criterion），乃一般人，一見之下即能產生直接的、純淨的快感者。此種快感為立即的，不需經過思索，故人人均可獲得；同時它是純淨的，不含快感以外的成分，即不含嚴肅、痛苦、荒謬、醜等不屬於快感之情緒者，相當於上述狹義的美的範疇。所謂非美的範疇（non-aesthetic criterion），具有一般人所謂的美以外的意義。它所帶給吾人的不是純淨的快感，在快感中容含了非快感之情緒；同時它不是立即可以把握的，需要通過吾人之思考與理解，許多人可能因為它的複雜與艱澀望而卻步，故非人人可以接受，約略相當於「美之卓越」，此種由快感的純淨程度與引起之情緒性質、傳達與接受者的能力、以及二者的相關性來設立基準，係我的整套美學觀建立之基礎。」（詳見《美的範疇論》，頁6-7）

（三）滑稽的特質

一、滑稽的醜不含不快的性質。

二、滑稽之醜應不含同情之性質。

三、滑稽的醜係瑣碎的，而非嚴肅。

四、滑稽的醜低於吾人的精神價值水平。

五、滑稽的醜自對比中產生，自笑之中消失。

（《美的範疇論》，頁259-261）

四　後現代圖畫書的書寫面貌

談到後現代藝術，則離不開「後」（post-）與「後設」（meta），尤其是後者。

後設（meta），大陸稱之為「元」。其意義：改變位置或型態，變更，易位。始於後設小說，有稱之為自我反省小說。就是將所有小說創作技巧及小說傳統成規放置在前的小說，以自我意識方式寫作的小說。

近年許多具有實驗精神的圖畫故事書的創作，在圖文關係或成書設計都反映了某些後現代特質，自覺性的運用互文（intertextuality），大量諧擬（parody），好用拼貼（pastiche or collage），在敘事手法上翻新，屢見多重敘事觀點與後設策略（metafictive devices），告別了簡單易讀的形式，褪去溫馨甜美的形象，轉向更深邃多元的面貌，顛覆以往讀者看待童書的既定印象。

圖畫故事書不再是淺顯幼稚的代名詞，圖畫故事書正在改變，尤其電腦影像處理技術發達，大大改變傳統繪畫的表現方式，將創作推升至另一境界，它是一個科技時代的產品，受後現代（postmodern）風潮浸染，形成繁花盛景的繽紛多樣。

總之，後現代圖畫書其書寫方式，基本上以語言、人物、情節等三個角度為切入點，而其慣用的書寫策略有下列五種：諧擬、拼貼、多重敘事、不確定性與後設策略等五種，試分別說明如下：

（一）諧擬（Parody）（顛覆）

大量諧擬的手法不斷出現在後現代社會中，嘲諷式的喜感製造了狂歡的氛圍，在圖畫故事書的運用，諧擬在互文的基礎上，引用（quotation）或引喻（allusions）前文本的文字、人物、事件、情節（事件安排的順序）、行文風格等，顯示模仿的痕跡以資讀者辨認出其中的相似性，再予以置換、串連、顛覆、改造、增加情節新變數等，顛覆前文本的傳統成規，使讀者提升至後設的角度進行文本間的比較，產生或戲謔或荒謬或滑稽的喜感。

除了假設讀者熟悉「已經讀過」的前文本外，「重點文本」同時強調本身的真實性，聲稱自己比前文本更可信，降低前文本的「真實性」或「重要性」。作者巧妙地將讀者定位在矛盾的前後兩種文本之間，讓他們產生不安，也打破某些文學慣例與敘述成規，而產生去中心化的效果。

例如：約翰・席斯卡（Jon Scieszka）文，藍・史密斯（Lane Smith）圖，《三隻小豬的真實故事》（*The True Story of The 3 Little Pigs*，中譯本三之三），即以書中角色一隻有名字的狼——阿力開始，牠對三隻小豬的故事提出評論，質疑原來故事造成「壞蛋大野狼」的印象，宣稱狼這一邊的講法才是一個真實的故事。牠說：

> 就像我說的，這個「壞蛋大野狼」的故事是錯的，真實的故事是一個噴嚏和一杯糖引起的……

　　阿力以狼的觀點對照原來三隻小豬的故事，挑戰傳統故事的權威性，動搖單一觀點的絕對價值，使讀者重新思索對這兩個版本的看法。

　　也請注意：在書的封面，繪者藍‧史密斯畫的是一隻豬的「手」或應稱為「豬蹄」，握著大野狼日報，我們可以推測是一隻豬在閱讀大野狼日報；而在書中倒數第三頁，我們可以看到一隻「狼指」和小豬日報，是一隻狼在閱讀小豬日報。這種對立角色閱讀對立觀點的「報導」，類似現實世界中不同媒體，各有其政治立場或主觀信仰，媒體正是這樣的傳聲工具，如此的「報導」，當中有幾分真實，多少虛構？值得讀者深思，在虛構與真實間提出疑問，是後現代文本關注點。

圖 10-10　《三隻小豬的真實故事》，臺北市：三之三文化事業公司，1999 年 5 月

　　《三隻小豬的真實故事》的對立觀點與反諷，由狼，而且是一隻有名字的狼——阿力，來說明所謂故事真相。在耳熟能詳的童話故事中，製造出另一個觀看的角度，對錯之間不再黑白分明，端看你從哪一個角度詮釋。

　　這隻叫阿力的狼，可說是個善於詭辯的狼，以自己角度合理化了

《三隻小豬》中以往被視為惡行的事件，導引讀者進入牠編織綿密的邏輯推演中，造成「多數讀者最後似乎都比人類正義所許可的程度外，賦予大野狼更多的同情。」（Nodelman：《閱讀兒童文學的樂趣》，頁293），前後版本孰是孰非，似乎演變成「公說公有理，婆說婆有理」的局面。

我們嘗試從文圖配合來看看是否透露出其他蛛絲馬跡。

文字部分：狼是第一人稱的自述，最容易博得讀者的認同，且訴諸讀者同理心：狼吃可愛小動物，人不是也吃肉做的漢堡嗎？那麼人在童話中也會被視為又大又壞囉？技巧性把讀者帶到與其同一陣線的位置。

圖：雖然以較為客觀的立場呈現，但是大多還是依照狼的眼光描

圖 10-11　《三隻小豬的真實故事》2

繪，首先狼的造型──西裝筆挺還打個領節，戴個圓框眼鏡，強調是受過良好的教養，頭部圓弧的線條，製造親和的印象。

再如：他找小豬是為了要借糖（圖像中他真的沒有糖了），他吹倒了小豬的屋子是因為感冒的鼻子（圖像畫了紅色的溫度計以及大幅鼻子的特寫，周圍線條表現出搔癢難忍），忍不住打了大噴嚏。小豬光滑的肉屁股，一看就是「漢堡樣」，不吃實在可惜，不只浪費食物還有損狼族尊嚴，還有第三隻豬，不只沒禮貌甚至惡語傷人，圖像上從門上小方框露出的更是凶惡的豬臉，這樣當然惹狼生氣。（以上部分意見參考柯倩華，〈發現「真實」的樂趣〉，載於《三隻小豬的真實故事！》書後導讀。）狼說的一切似乎都很合理。

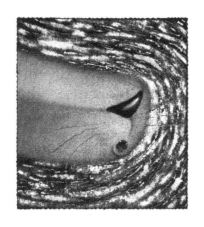
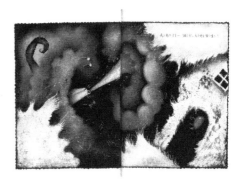

鼻子的特寫，周圍線條表現搔癢難忍，忍不住打了大噴嚏。

小豬光滑的肉屁股，一看就是「漢堡樣」
圖 10-12　《三隻小豬的真實故事》3

　　引人疑竇的是第三幅跨頁，手忙腳亂的阿力含著溫度計做蛋糕，後面還掛著一幅狼奶奶的畫像，顯然是吃了小紅帽的那隻狼。再細看蛋糕原料裡的一雙兔子耳朵、沒剝殼的雞蛋，洩漏出肉食動物嗜血成

性，潑灑出來的麵糊、蛋黃將廚房弄得凌亂不堪，和他有條不紊的
「發言」實在成對比，牠，似乎是一隻言行不符的狼。看了蛋糕裡的
兔子，還說找小豬只是為了借一杯糖，分明是和「黃鼠狼給雞拜年」
一樣不安好心嘛！

圖 10-13　　《三隻小豬的真實故事》4

　　再看圖像的每一幅圖，均有不規則黑色框線，與讀者產生距離，
且構圖常是不完整的，造成侷限性的視野，似乎一切畫面都是為了某
種目的刻意攝取的觀點，真實性尚待考驗。

　　就如倒數第二幅跨頁當狼抓狂時的樣子，被攝取出來「處理成」
小豬日報的影像，狼在控訴，這是被惡意曲解的故事版本，我們熟悉
的「壞蛋大野狼」故事，完全是站在「豬」的立場所報導出來的，所
寫的適合「豬閱讀的新聞」。

圖 10-14　《三隻小豬的真實故事》5

　　但是誰又能保證狼的版本是真實故事呢？在文字上的敘述讀者一再被狼說服，真相不是如同以往，但圖像上，卻一再透露反諷的信息：請再看結束頁，銀鐺入獄的狼，明明不做蛋糕了，還向人要糖，這記回馬槍，不是像狐狸露了尾巴嗎？「借糖」根本是狼慣用的藉口罷了。

對了嗎！也許你可以借給我一杯糖！

圖 10-14　《三隻小豬的真實故事》6

「事實的真相」在哪裡？這本書另一個諧擬的目標是新聞媒體，小豬日報與封面的大野狼日報，兩種立場不同的報紙，報導出來的真相也不同，呼應後現代文本一向的質疑──「No truth, only discourse」，事實都是建構出來的，倒數第二幅跨頁那支麥克風畫得如照相般真實，和其他卡通化的畫風格格不入，正暗喻「媒體」的建構性將事實虛構化，才是唯一的真實，而媒體報導的內容，其真實程度可有待商榷囉！

　　上述故事對傳統故事版本提出一種質疑，帶出後現代一種諧擬的態度，真相永遠不會只有一個，總有另一種看待事物的方式。

　　圖畫故事書的諧擬文本，另有一大部分的創作透過重塑角色形象，對性別議題更有全新詮釋。像古典童話中的公主形象——具有美貌、依賴、柔弱、等待救援的角色，常常是當代女性論述者努力修正的對象，反映到圖畫故事書的創作，也是引人注意的題材。

　　芭貝‧柯爾（Babette Cole）的表現不容忽視，她的《頑皮公主不出嫁》（*Princess Smartypants*，中譯本格林公司出版）移植模仿了一些古典童話的元素，並在其中將其逆反式的結合，產生幽默的趣味。

圖 10-16　《頑皮公主不出嫁》1，Puffin Books，1997 年

　　「結婚」是所有童話最完美的句點，同時也是幸福、浪漫的保證，所有王子、公主的故事都朝向這個方向。《頑皮公主不出嫁》的起點就放置在「結婚」這項前提下，然而書中這位史瑪蒂公主卻非一

般公主，從她的英文名字即可看出其中隱含的個性「Princess Smartypants」，Smartypants拆解開來成為與「Smart」、「pants」，Smart代表她具有以往公主沒有的聰明，再以服裝作為符碼，pants代表著獨立的行動力，不再穿著不方便行動的蓬蓬裙，她還馴養巨大的怪物當寵物，生活愜意自在，她——不想結婚，衝突點就在於難違父母之命，國王與王后認為她應該要物色對象結婚了，於是延伸一連串的追求與考驗的過程。

　　追求者必須通過考驗，才能獲得「美麗」又有錢的史瑪蒂公主的青睞，「美麗」之所以加上引號，是芭貝‧柯爾賦予這個詞彙以不同的形象，蓬鬆散亂的頭髮，穿著吊帶牛仔褲，足跋休閒涼鞋，在她的獨樹一格的寶座上塗寇丹，無視於追求者的殷勤，這些足以詮釋出芭貝‧柯爾對古典童話公主「美麗」概念的諧擬。

圖 10-17　《頑皮公主不出嫁》2

　　接著看「考驗」這個概念，傳統橫阻在王子與公主之間的考驗來自於邪惡的巫婆施用魔法造成的險境，或恐怖怪物（通常是會噴火吃人的巨龍）擄人勒索。這裡一切考驗都來自於史瑪蒂公主的智慧與力

量（包含體力和權力），她派她的怪物寵物與購物狂母后上場嚇退追求者，她以過人的體力與飆車技術讓對象知難而退，以奇異的場景如玻璃高塔、樹妖森林刁難王子們。本以為沒人再來煩她了，故事逆轉在史瓦斯王子的出現，他一一通過前述艱難考驗，「所以公主大方的獻上神奇的一吻……」，王子竟然變成巨大癩蝦蟆。結尾落在青蛙王子的逆向操作版，看著王子變青蛙的噱樣，實在忍不住大笑，是一個成功的諧擬妙招。

圖 10-18　《頑皮公主不出嫁》3

讀者可以在圖像中看到滑稽喧鬧的卡通化誇張演出，與埋藏在細節中的幽默，引出古典童話的熟悉情節，恐怖森林、吃人怪物、營救高塔上的公主、找出吞進魚腹中的戒指、給青蛙王子神奇的一吻，並顛倒這些情節的效用，使用負面元素（種種艱難考驗）的角色是讀者所認同的公主，目的不在傷人而是捍衛自己生活方式的手段，詼諧輕鬆的將公主形象改頭換面，也許新時代的公主也要學學魔法（不然史瑪蒂公主怎麼會製造出這麼多驚嚇王子的考驗，最重要的是那關鍵性的一吻，把王子變青蛙。），芭貝·柯爾創造出一個獨立自主的新女性形象──公主與巫婆的混合體。

男女角色互換，也是一個有趣的角度，從書名就可看出芭貝·柯爾的《灰王子》（*Prince Cinders*，中文本格林公司出版）是《灰姑娘》的男性版，對男性形象有巧妙的諧擬。長得又瘦又小的老么灰王子，受盡三個哥哥的欺負，他們長得高大多毛，天天載著公主女朋友到皇家舞廳狂歡，留下一堆髒亂給灰王子。當然仙子會出現，而且在諧擬文本的仙子一定是錯誤百出，果然這個法力差勁的仙子，努力要實現王子要變成高大多毛的帥哥，穿著西裝（suit）開跑車去參加舞會，但是卻成了搞笑演出，灰王子成了高大多毛的大猩猩，穿著游泳衣（swimsuit）、腳踏玩具跑車，去參加舞會。高大多毛的猩猩驚嚇了

圖 10-19　《灰王子》，臺北市：格林文化事業公司，2007 年 7 月

全國最多金漂亮的公主，好在午夜十二點鐘聲響起，灰王子恢復原狀，公主以為是他趕走了猩猩，解救了她。依照原故事灰王子一定要逃開，果然，他倉皇逃走連褲子掉了都不管，公主宣布誰要穿得下這件褲子，就嫁給他。結局一樣在幸福快樂中結束，三個哥哥則悲慘度日。

西方男性追求高大多毛的形象，猩猩則是這種形象的極端發展，具侵略性的雄性象徵，而公主的獲救在於灰王子趕走內在的雄性野蠻本質，恢復中性的自我，雖然瘦小卻是宜室宜家的新好男人。

上述文本中最重要的特質是：「選擇權的轉移」，古典童話中，象徵幸福快樂的結婚儀式，都由男人掌握著選擇權，女人都是處於等待的候選狀態，當代的諧擬文本，顛覆也諷刺了男選女的定位，而由女性主動尋求並挑選結婚對象如：《灰王子》，或者選擇不結婚如：《頑皮公主不出嫁》。諧擬文本靈活的視野，反映了當代男女的互動模式，釋放更多的可能性。

圖 10-20　《灰王子》2

（二）拼貼

為了批判現代主義的精英化藝術，後現代主義另有一種較為常見的方式是拼貼，在圖畫故事書中可見文字拼貼（pastiche）與視覺拼貼（collage）。

　　在圖畫故事書創作媒材，拼貼法（collage）是圖像創作的技法之一，在藝術發展史也占有一席之地，身為媒材創作技法的目的在於表現故事，運用拼貼形成完整圖像以服務於一個敘事，如艾茲拉・傑克・季茲（Ezra Jack Keats）、李歐・李奧尼（Leo Lionni）的作品，主題較為集中而明顯。而在後現代意義上的拼湊或拼貼，乃引用前文本素材，進行無組織、不協調、無邏輯因果的混合，高雅文化與流行文化的界線消融，主題向邊緣退去，可見文字字體圖像化，隨意切割、跳躍，干擾線性閱讀的流暢性，而駁雜紛亂的畫面時時岔離主題，甚至無法肩任完整性的敘事功能。

　　當然，類似上述〈巨人說的故事〉這個片段僅是《臭起司小子爆笑故事大集合》書裡的一個跨頁，畢竟全然敘述無序的圖畫故事書，較難為一般讀者接受。但可觀察到一些圖文作家，運用圖像拼貼的技法，靠向後現代風格，這方面表現較引人注目的還有席姆斯・塔貝克（Simms Taback）、羅倫柴爾德（Lauren Children）、莎拉・費里尼（Sara Fanelli）、尼爾・蓋曼（Neil Gaiman）／文與大衛・麥金（Dave Mckean）／圖，等人的創作，他們都採用拼貼，混用攝影、繪畫或其他複合媒材，創造特殊的空間感，開創嶄新的版面設計方式。

圖 10-21　　《臭起司小子爆笑故事大集合》1

　　如：尼爾‧蓋曼（Neil Gaiman）／文與大衛‧麥金（Dave Mckean）／圖的《那天，我用爸爸換了兩條金魚》，其中扉頁與版權頁的金魚圖像，挪用畫家保羅‧克利（Paul Klee, 1879-1940）的知名畫作《金魚》，將名畫視為文化資產，轉化為流行文化，拼貼消融了精英文化與流行文化的界線。

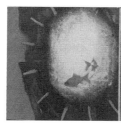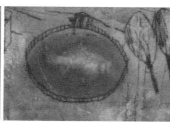

圖 10-22　《那天，我用爸爸換了兩條金魚》1

　　再者，本書文字編排散置畫面各處，參差插入對話框，二者交替，產生跳躍的閱讀經驗，運用實物照片與插圖進行拼貼組合而成新的風格與趣味，背景揉合壓克力水彩大筆刷繪的筆觸肌理，豐富魔幻層次。

圖 10-23　《那天，我用爸爸換了兩條金魚》2

現實與想像的圖像並置、交疊，產生意識流圖像，開創「意識與物像」、「時間與空間」交融的嶄新設計，顯然與以往圖畫書單純、清晰、高度理性的風格不同。

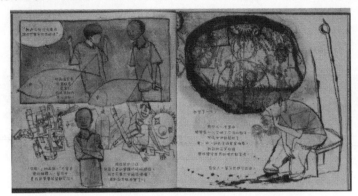

圖 10-24　《那天，我用爸爸換了兩條金魚》3

（三）多重敘事

圖畫故事書中能突顯眾聲喧嘩（heteroglossia）的語言多元性則屬大衛·麥考利（David Macaulay）的《黑與白》（*Black and White*，中譯本上誼出版社出版）。

通常一本圖畫故事書的跨頁，會遵循一個由左而右的線性敘事，規律而平穩的由圖、文交互進行，顯然的，麥考利刻意打破這種常態的敘述方式。由於這個文本較為複雜，我們稍後會詳加解說。

另一個眾聲喧嘩、各說各話的例子是從成人文學改編成的圖畫故事書《竹林》（臺灣麥克公司出版），故事原型來自日本作家芥川龍之介的小說《竹藪中》[1]，竹林裡發生了凶殺案，關係人以自己的觀點

1　日本著名導演黑澤明一九五〇年以芥川氏的短篇小說《竹藪中》作藍本，配以芥川氏的《羅生門》中躲雨情節，改編拍攝成電影《羅生門》。電影由三船敏郎、森雅之和志村喬主演，榮獲威尼斯影展金師大獎和奧斯卡最佳外語片，是西方世界接觸日本電影的重要作品。參陳力恆，〈淺談羅生門之謎〉，http://home.netvigator.com/~stwong33/art01013.htm，2004.7.5。

圖 10-25　《當乃平遇上乃萍》，臺北市：格林文化事業公司，2001 年 2 月

各說各話，計有樵夫的話、老爺爺的話、衙吏的話、老婆婆的話、多襄丸（盜賊）的話、真砂（妻）的話、鬼魂（被殺的夫）的話七段，都是對著審判官吏的自述，前面四段話證實命案發生，但後面三段話三人的講法互有出入，究竟武士怎麼死的，沒有答案。每個版本對同一事件的描述都不盡相同，這就是典型的後設言說，真相永遠不明確。

《當乃平遇上乃萍》情調就緩和多了，沒有生死糾葛，只有感受不一。

《當乃平遇上乃萍》（*Voices in the Park*，中譯本格林文化出版）描述一對上流社會母子、一對中下階層父女帶著各自的狗到公園，以母、子、父、女四個不同觀點自述在公園裡所見所感，英文本中可見四種字體印刷，加上文字內容及插畫色調、細節暗示，從四個人的觀點望向同一座公園的風景，產生不同景緻，展現不同生命基調，耐人尋味。相同的故事，因訊息過多，而失去凝聚的統一性，卻也減少一面之詞的主觀，增加多元面貌呈現的舞臺，這是後現代文本迷人之處。

《世界的一天》（*All in a Day*，中文本英文漢聲出版）[2]，是由安

2　*All in a Day*這本書，鄭明進先生根據日文翻譯為《圓的地球，圓的一天》，根據鄭明進了解，此書是由日本的安野光雅設計策劃，力邀八個不同國家的插畫家，共同完成這本圖畫故事書。參與繪製的有美國的艾瑞·卡爾（Eric Carle）、英國的雷蒙·布力格（Raymond Briggs）、蘇聯的尼古拉·葉波夫（Nikolai Ye. Popov）、日本的林明子、義大利的強·卡維爾（Gian Calvi）、肯亞的里奧與戴安·狄倫夫婦（Leo & Diane Dillon）、中國的朱成梁、澳洲的朗·布魯克斯（Ron Brooks）。參鄭明進著，《世界傑出插畫家》，頁58-61。

野光雅等九位圖畫書作家合作的，這本書總共有八個跨頁，每個跨頁
切割成八個獨立小畫面，一位插畫家負責一個畫面，畫面角落標示國
家名稱、日期和時間，中間一長條空間的文字和圖像是安野光雅負責
的荒島求救小男孩的畫面。所以空間分布在世界各地總共九個地區，
時間以格林威治標準時間一月一日零時開始，畫面出現各地不同的時
差、季節、人種、穿著、生活習俗、人文景觀，而困在荒島的小男孩
不斷向各地（各畫面）的孩子發出S.O.S的求救信號（但似乎沒人理
他，他好像也不在意），小男孩自稱「裘明亞」，他就好像觀賞全球八
個國家同步轉播畫面一樣，知道每個畫面孩子的名字，並對他們的舉
動加以評論，有時以第二人稱「你」和畫面的孩子說話，有時以第三
人稱「他」描述，同一標準時間，不同國家的小孩不同作息。多了這
個小男孩，讓整本書有所關聯，多了一層小男孩後設評論的趣味。

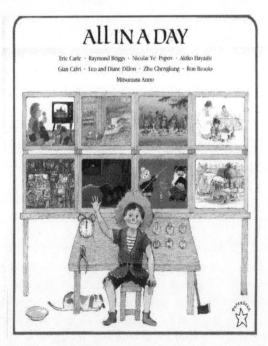

圖 10-26　《世界的一天》1，Penguin USA, 1999

圖 10-27　《世界的一天》2

　　另一個多重敘述的例子是約翰・伯寧罕（John Burningham）的莎莉系列姐妹作《莎莉離水遠一點》（*Come Away from the Water, Shirley*，中譯本遠流出版社出版）與《莎莉，洗好澡了沒？》（*Time to Get out of the Bath, Shirley*，中譯本遠流出版社出版），每一個跨頁分成左右兩邊，左邊是媽媽嘮叨的文字和成人世界平淡色彩的圖像，右邊則是莎莉多采多姿的冒險畫面，兩相對立的張力——成人／小孩，平淡／多彩，單調／豐富，風格迥異的圖像並列，讓閱讀過程產生出更多不確定與猜測，提供讀者主動詮釋的空間。

這兩個文本的文字都是媽媽嘮叨的話，片片斷斷，瑣瑣碎碎，是以情境與氣氛連貫，而非語意上的連結，大致可知是媽媽對莎莉的嘮叨，而莎莉卻「無言以對」沒有任何文字上的回應。再看版式安排，每一個跨頁分成左右兩邊，左邊是文字和表情不太變化的媽媽做著瑣碎的家事，色彩平淡，視角侷限，右邊則是莎莉多采多姿的冒險畫面，色彩飽和豐富，視野寬闊。讀者可以自我延伸解釋，左邊是媽媽代表的成人世界、平板、僵化、單

圖 10-28　　《莎莉，洗好澡了沒？》1，臺北市：遠流出版事業公司，2013 年 6 月

調，右邊是莎莉的幻想世界，豐富、多變、瑰麗，但是創作者並未明確顯示出連結的訊息，或可說伯寧寧是運用文本的空隙（gap），來表達親子的代溝（gap），或成人與小孩的差異。總之，文本訊息不夠多，讀者引申多樣的解釋都只是「合理的猜測」。

圖 10-29　　《莎莉，洗好澡了沒？》2

圖 10-30　《莎莉，洗好澡了沒？》3

（四）不確定性

麥考利在《黑與白》，分別看完四組故事，似乎都有一個結局，左上小男孩回到父母懷抱，左下父母恢復正常，右上車站恢復平靜，右下好斯坦乳牛重回牧場。但再綜觀整個大文本，在圖像中又隱藏著一些線索，暗含逃犯為四個故事串聯的關鍵。

圖 10-31　《黑與白》1

但在最後一頁，版權頁的圖
像，此時，故事三〈等待的遊戲〉
裡的火車站建築顯然是視覺中心，
但是小狗、車站、手，這三個圖像
的交互關係又提出新的可能，手的
大小比例，顯示車站是模型，看到
小狗讓人聯想空間是在左下故事客
廳裡的模型火車，進而推論右上故
事中的車站竟是玩具火車的模型，
引申小男孩身上穿的黑白條紋衣服
與逃犯相類似，會不會這一切都是

圖 10-32　　《黑與白》2

小男孩的想像遊戲？小男孩根據自己所見所聞的經驗交織編出的虛
構？麥考利顯然提供了過多互相衝突的線索，在《黑與白》中要分辨
出現實與虛構的邊界是不可能的，文本拒絕呈現一致性的統合，從開
始、中段都彼此衝突、推翻、矛盾，讓文本統一合理的「有效訊息」
過少而「無關宏旨」的訊息卻過多。書中的事件發生時空交疊、圖像
互涉、虛實不明、線索過多，形成自我消解的世界或相互矛盾的情
勢，充滿不確定性，值得讀者仔細推敲。

後現代文本的敘事特色是文本充滿不確定性，在澳洲圖文作家陳
志勇（Shaun Tan）的《失物招領》（The Lost Thing），表現最為明
顯，這本書的後現代特徵有著碎片超載的現象，一幅幅插畫和文字就
鑲嵌在發黃的某種機械工程用書的書頁上，這樣的拼貼背景更充滿了
閱讀干擾的雜訊，不時以其充滿知識的符號、公式、圖示吸引讀者的
目光，顯示以科學知識為主的現代主義已經向後退去，知識過度發
展，能源過度耗盡的世界是一幅陌生而疏離的景象，處處充滿耗弱的
情緒和「無精打采的歷史」，正是此書給人的感受。加上撲朔迷離的

情節與塞滿了符號、公告、方向牌、管子、盒子、不可名狀物體的插
畫，如迷宮般神秘。

圖 10-33　　《失物招領》，臺北縣：繆思出版公司，2004 年 12 月

　　書中主角敘述的「失物」，不確定屬於哪裡？該往何處？最終去
處也並未明示其為最佳歸宿，文本沒有明確說明。全書文字多見：似
乎、或許、不太……、相當……、大概、不敢說、……吧，如此推測
的語氣，閱讀過程如在雲端始終不踏實。

　　像書中主角的好友彼特，他所感興趣的不是「失物」的身世，而是他自己的解釋方式，他不知「失物」從哪裡冒出來，斷言他就只是弄丟了，採取一種不必管他起源，不必為此擔心的斷然態度。（詳見約翰・斯蒂芬斯〔John Stephens〕,〈後現代主義與兒童文學〉）

　　而書中主角卻仍千方百計想送「失物」回屬於他的地方，卻又無法真正確定。這兩者表現出的就後現代的一種現象，既是懷舊卻又失去歷史感，於是強調個人對事件提出詮釋，不再強求故事、結構與文本內在表達的完美無缺，轉而更寬容地面對文本各層面的斷裂、侷限、矛盾與不穩定性。

（五）後設策略

　　一般兒童文學的小說、故事的敘述，亦如寫實主義小說，均要求完美的「偽裝」成「事實」，建造一個完整第二世界的幻境，力圖掩蓋作品的虛構性，刻意隱藏敘述行為，以求得「似真性」的閱讀效果（陶東風，頁183）。圖畫故事書的後設技巧，著重在自我反身性（self-reflexive），對正在創作中的敘述行為進行講述、評論，使敘事構架斷裂（frame-breaks）、倒錯（inversion），揭露出文本虛構的本質，進入虛實交涉的遊戲天地，並挑戰傳統寫實主義完整結構與符合因果邏輯及時間順序的敘事傳統。許多後設文本，敘述進行如常，如前述的「刻意隱藏敘述行為」，到結尾時，才揭示文本虛構的維度，拆穿其虛構的本質，解構似真性的效果，將讀者拉到後設的維度，點醒之前種種敘述，不過虛構一場。

　　後設文本打破虛構幻境的邊界，最為明顯的策略應是「插入敘述者」或闖入者（intruder）現身。《臭起司小子爆笑故事大集合》的傑克和小紅母雞，它們在書名頁前的對談或傑克在致謝辭頁直接向讀者發言，或小紅母雞歇斯底里的自言自語也像是對著讀者發出對本書的

評論等情節安排，均揭示本書虛構的地位。

　　而《誰怕大壞書》裡的皓皓就是一個標準的闖入者而且也改變了故事，他闖進《小金髮和三隻熊》的故事，他遇見《糖果屋》的兩兄妹、《長髮公主》王子拉著公主的長髮爬上高塔，《穿長統靴的貓》裡的那隻貓，闖進《灰姑娘》裡的皇家舞會，發現他要為以前──剪書、破壞書的動作付出代價，這些故事的「原貌」都被皓皓搞得面目全非，他曾經把故事中的王后的寶座剪下，並在所有人物臉上加上兩撇鬍子，萬人迷王子也被他剪下來，而從故事中失蹤；撕毀顛倒書頁、黏上電話、留下餅乾屑。讓故事裡的角色，如：小金髮、王后、後母對他非常不滿，有了自我意識，一路追著找他算帳，在驚險的追逐中，幸好皓皓及時脫離書中的世界。

圖 10-34　《誰怕大壞書》1，臺北市：格林文化事業公司，2004 年 2 月

圖 10-34　　《誰怕大壞書》1

後設文本打破虛構幻境的邊界，最為明顯的策略應是「插入敘述者」或闖入者（intruder）現身。《封面灰狼》裡（謬思出版社，文／尚-瑪喜・侯必亞，圖／塞巴斯提昂・穆韓），一隻在書中的狼，牠住

圖 10-36　　《封面灰狼》，臺北縣：謬思出版公司，2004 年 10 月

在一座森林裡，光禿的樹沒有任何角色和牠一起在故事中出現，趁著星期日圖書館休館，牠跑出書外去拜訪堂兄、表兄等身處不同故事中的狼。其中有小紅帽故事中的棕狼，三隻小豬裡面的黑狼，七隻小羊裡的白狼，沒有一隻狼可以幫牠，這時一隻被關在書中鳥籠裡的一隻小鳥，求狼打開鳥籠救牠，接著牠們倆就借用圖書館的許多書中的「一部分」，完成造一座

森林的任務，如：從《四季》這本書中借種子，《掌握節氣》書中借雲和太陽，慢慢的樹發芽了，逐漸有生物進入這本書中，而一個狼和小羊的故事也慢慢地在成型中……

文本中的灰狼進出各個故事中，書中的狼對著灰狼質疑一本書怎可沒有自己書中的角色，正是提醒讀者跳脫單一觀點的侷限性，而小鳥進出書中攫取所需、架構出一座森林的誕生，一本書的故事場景，接著……故事就產生了，揭示了虛構就是這樣發生的。

另一種常用的後設策略是：角色具有自我意識，他們知道自己是虛構中的一角，卻極力掙脫敘述者的擺弄或原故事的框架。這種例子可在《臭起司小子爆笑故事大集合》中找到，〈小紅運動衣〉裡的野狼和小紅運動衣，不滿傑克一口氣把故事說完憤而退出故事，遂造成這個故事有一整頁空白，顯示虛構人物有了自主意識與自決能力。在〈傑克的豌豆大麻煩〉這一節中，傑克和巨人都深知自己在原虛構（原來的童話）中的地位，傑克想要依照原情節搬演，巨人卻不喜歡原來的版本，想要自己重新編。二者都在此書中翻新版本後設小說中的人物明白顯示其虛構性，在圖畫故事書中較明顯的例子是克利斯・凡・奧司柏格（Chris Van Allsburg）的《河灣鎮糟糕的一天》（暫譯，英文書名：*Bad Day at Riverbend*）。

奧司柏格一改往常精準寫實的風格，只用線條來表現這本書，這些線條是非常平順穩定的黑色線，畫在白色背景上，沒有光影和景深，只有人物景象的外型輪廓描繪。故事場景設置在美國西部小鎮，讓人聯想牛仔槍戰的衝突場面，但這本書神秘詭譎不測的氣氛在某種奇異的線條出現，書中敘述：「這隻馬身上覆蓋了一條條某種光亮、似油脂的黏泥。」鎮上居民嚇壞了。

圖 10-37　**"Bad Day at Riverbend" 1, HMH Books for Young Readers, 1995**

　　這種「黏泥」一直不斷蔓延，警長率隊騎馬循線追蹤，找到一個巨大且由「黏泥」製成的長腳人，再追過一個山頭，警長等一群人就被一束強光凍結住。謎底揭曉——他們都是著色本上的人形，而一個小女孩正拿著蠟筆在他們的臉上胡亂的著色。

　　上述的「黏泥」就是蠟筆，而西部小鎮上的警長和居民，都是著色本上虛構的人物，前面充滿懸疑的西部小鎮怪異現象的敘事，在書末揭示虛構的維度，如一個飽懸張力的氣球，在小女孩塗鴉的瀾漫天真下獲得釋放，形成一種閱讀的反差，而有幽默的效果。

　　克利斯・凡・奧司柏格的《河灣鎮糟糕的一天》（暫譯，英文書名：*Bad Day at Riverbend*），平靜小鎮發生令人意外的謎團、令居民驚恐異常的亂七八糟的彩色線條，一切竟然都是小女孩拿著蠟筆的塗鴉，而哪個巨大的「黏泥」怪物就是小女孩的「傑作」，明顯暴露文本製作的過程（圖10-38、10-39），封底又揭示這個女孩就是奧司柏格的女兒（圖10-40）。

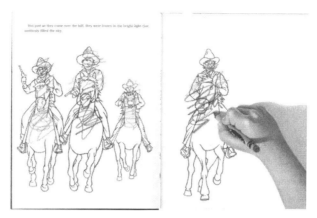

圖 10-38　"Bad Day at Riverbend" 2

圖 10-39　"Bad Day at Riverbend" 3

圖 10-40　"Bad Day at Riverbend" 4

五　例舉

（一）《臭起司小子爆笑故事大集合》

約翰‧席斯卡（Scieszka, Jon.）文。藍‧史密斯（Lane Smith）圖。管家琪譯。《臭起司小子爆笑故事大集合》（*Stinky Cheese Man and Other Fairly Stupid Tales*。臺北市：格林文化事業公司，1996年1月初版3刷）。

約翰‧席斯卡和藍史密斯兩人的第一本作品《三隻小豬的真實故事》，以顛覆手法改寫經典童話故事《三隻小豬》，這本書至今已被譯成十幾種語言，全球銷售百萬本。

之後，兩人推出的《臭起司小子爆笑故事大集合》，贏得當年度美國凱迪克大獎，並讓臭起司小子這個角色成為家喻戶曉的名字，所以他諧擬的目標文本──薑餅小子是傳統古典童話的人物代表，而臭起司小子就成為後現代文本的人物代表。

這本書可說是「後現代圖畫書經典」。

（二）插入敘述者（intrusive narrator）或闖入者（intruder）現身

《臭起司小子爆笑故事大集合》兩個插入敘述者（intrusive narrator），傑克和小紅母雞脫線演出令人印象深刻。

左標題頁……小紅母雞諧擬故事

在本書中一直扮演故事的闖入者（intruder）──→小紅母雞

插入敘述者（intrusive narrator）──→傑克

小紅母雞和傑克紅黑交替的對話敘述被「標題頁」打斷。

《臭起司小子爆笑故事大集合》小紅母雞在標題頁旁的扉頁，

「正式」故事還沒開始前和敘述者傑克的演出就屬此類特徵。看看他們的對話：

> 小紅母雞說：「我找到一顆麥子啦！誰來幫我種麥子？那隻懶狗呢？那隻懶貓呢？那隻懶老鼠呢？都跑到哪裡去了？」[3]——（角色自覺性，在重點文本中尋找前文本的角色）
>
> 「等一下！請你閉嘴，你不能在這裡說故事，這本故事書還沒正式開始！」——（插入敘述者對故事述說方式的堅持，引人注意到故事結構本身。）
>
> 「你是誰？你可以幫我種麥子嗎？」
>
> 「我叫傑克，我是這本書負責說故事的人——不，不行！我不能幫你種麥子，我正忙著要把很多好笑的故事整理出來……可不可以請你先走開？待會兒等我需要你的時候，再請你出來，好嗎？」
>
> 「可是，誰來幫我一起想故事？誰來幫我畫麥子？誰來幫我寫『麥子』這兩個字？」
>
> 「別再管麥子了，已經到標題頁了！」——（自我指涉「self-referential」書籍結構）

　　傑克插入〈小紅運動衣〉，自顧自的一口氣把故事說完，使小紅運動衣和狼憤而退出故事，在〈傑克的豌豆大麻煩〉改寫成另兩個故事外，還進入〈小雞林基〉的故事大喊：「我忘記目錄了！我忘記目錄了！」引起角色的排擠，小雞林基說：「你不在這個故事裡。」，敘

3　小紅母雞說的話，依照原書處理方式，成為放大的紅色文字。

述者傑克說：「我知道，但是我來警告你們，目錄……」[4]，故事裡這群雞、鴨、鵝、狐狸都不聽，果然在故事尾端，目錄就掉下來壓扁他們。——目錄是書籍結構的一部分，大部分被讀者排除在作品之外，而今卻與故事中角色互涉，成為虛構故事中的一部分，破壞了原本閱讀常軌，即「作者——故事（書籍）——讀者」，三者互不涉入的狀況，故事隱身在書籍中，而書籍本身是故事的載體，無關乎故事性。而後現代創作亟欲打破的是「寫作者摹擬真實世界創造的幻境（illusion）」也即仙子故事的故事框架，成為一種內省的後設文本，把創作本身（諸如寫作者、寫作，以及一切有關一本書或一個故事如何被完成的所有事情），當成最主要課題。如下圖：

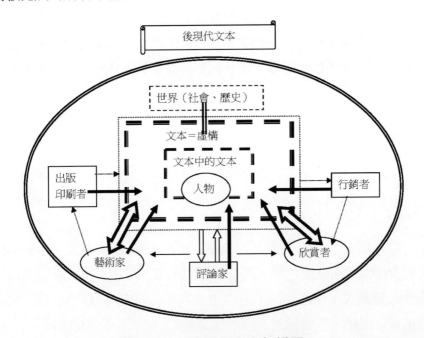

圖 10-41　後現代文本架構圖

4　本段文字根據英文本 *Stinky Cheese Man and Other Fairly Stupid Tales* 翻譯，中譯本與此有異。

　　文本是人為的虛構，是話語（discourse）的構成，相同的，世界也是話語（discourse）的構成，也具有虛構性質。

　　文本在後設（meta）的層面上，已經不是寫實主義小說單一的維度，它可能出現文本裡面還有文本，虛構中還有虛構，看不出一個像寫實主義一樣，完整封閉架構的文本。所以，藝術家全知全能的權威消失，混雜了許多不同來源的聲音。明顯的，在內容上可看出，它言說、討論有關小說的一切，包含作者、讀者、書籍物質存在狀態的因素諸如：印刷、出版、行銷、評論家等，文本中的人物自由穿梭在兩層或多層虛構維度上，文本與前文本的交疊、諧擬（parody），這些都成了文本中的內容，隨時打破如真似實的寫實主義「完整的獨立的第二世界」即幻象（illusion）的界線，擺明了是人為製作（artefact）的虛構。

　　文本內容雖是藝術家製作，但現代語言觀改變，語言不再是思想的載體，更大的可能是語言的體系支配著人如何思考，所以創作者對於文本不再是單向權威的生產者。而讀者不再只是單向的接受者，後設文本更需要讀者主動參與整個文本建構的遊戲。

（三）成書結構

　　再回到成書結構這部分來觀察，若以圖畫故事書整本書的物質性結構而言，大致從開端起為封面、扉頁（一或二個跨頁）、版權頁（有時在正文前和書名頁並列成一跨頁，有時在正文後單獨一頁）、書名頁、正文、封底。有的書會在正文前有單獨一頁是放致謝詞或表示將此書獻給某人。大致都按照一定的規律排列，有些精彩作品在正文前的扉頁、書名頁及致謝詞就開始預留線索或運用圖像作為正文敘述前的背景。

　　明顯運用後設技巧的後現代圖畫故事書則會在正文前的開端部分

「過度發揮」，讀者還沒準備好，故事的碎片就一片片朝讀者傾洩，給人出乎意料的閱讀經驗，而這種乍看似乎缺乏組織系統的隨意性安排，運用渥厄的術語就稱之為：任意性本質（arbitrary）的開端。

如：小紅母雞對原故事中撿到麥子的情節誇張諧擬，以及傑克力圖導入故事正軌的努力，二者產生滑稽的張力，也對所謂「正常」的圖畫故事書物質性結構產生顛覆性破壞，以提醒讀者注意原本不為人注意的結構，破壞正是為了引人注意它的存在。

圖 10-42　《臭起司小子爆笑故事大集合》2

接下來，顛倒的「致謝詞」及「目錄」從天而降，壓倒了故事中的角色，還有封底，小紅母雞對ISBN國際書碼的好奇，都顯示出本書對書籍結構的揶揄，異化成書結構，產生滑稽。

（四）諧擬故事的前身

如果讀者對前文本熟悉，才能對「重點文本」破壞的成規有所領悟，幽默的效果才能有效。

1. 標題頁之前──小紅母雞
2. 小雞林基──小雞林肯

3. 公主和保齡球 ── 豌豆公主

4. 真正的醜小鴨 ── 小小鴨

5. 我是青蛙王子 ── 青蛙王子

6. 小紅運動衣 ── 小紅帽

7. 傑克的豌豆大麻煩 ── 傑克與豌豆

8. 仙蒂瑞拉拉姆皮拉斯基 ── 灰姑娘仙蒂瑞拉和拉姆皮拉斯基

9. 最特別的比賽 ── 龜兔賽跑

10. 臭起司小子 ── 薑餅人

還有沒有內容的《那男孩大叫牛寶寶》

（五）從豌豆公主的形象談人物造型

豌豆公主面容是灰色，表情露出諧星式驚恐表情，眼睛如豆，牙齒粒粒可數，光腳丫外露，與傳統公主端莊、淑女的形象大相逕庭，灰姑娘的造型亦是，尤其一頭如枯草亂髮，瘦長的到三角臉龐，線條尖銳，完全沒有傳統女主角的溫潤造型（如瓜子臉、一頭收攏潔淨的秀髮、明眸皓齒、唇紅齒白、身形優美、穠纖合度）。還有她們鮮少露出「腳丫子」──→（一位古代淑女應當保護好的部分）。

而文本中傑克也成了宮廷弄臣的形象，穿戴成小丑的模樣，細長的斜眼，一張大嘴切割臉部大半的比例，多嘴饒舌露出粒粒可數的牙齒，立體的三角形鼻子和三角形帽子，讓人直覺聯想他性格的刁鑽詭計，看他在〈小紅運動衣〉的搶白，〈傑克的豌豆大麻煩〉對巨人的哄騙，結尾任由巨人吃掉小紅母雞（還用小紅母雞烤熟的麵包夾成的母雞三明治），自己一臉僥倖的逃離，大大顛覆原有弱者傑克的形象，現在是一個刁鑽狡猾的小人。

書中人物造型運用許多三角形的尖銳線條，有稜有角一般是丑角或反派角色的造型，加上全書色調厚重偏暗刁鑽促狹的狂歡化風格，審美風格趨向醜怪。

（六）夢想與現實

提醒夢想成真的另一面，當夢想不能成真時，該如何面對？人生是否也有這樣的狀態，除非原本就是天鵝蛋，否則在鴨子窩孵出的仍是一隻鴨子，面對人生無法改變的部分，我們應用何種態度面對？

（七）科學圖鑑式

同時在後現代的思潮中，雅俗文化界線的消融，進行非文學性語言的諧擬，相當多的後現代文本均可見套用知識書的行文方式，以打破審美的和非審美的規範，對以往的「文學性」判準提出質疑與批評。另外，在圖像的表現上，科學圖鑑式插圖也常成為諧擬的手法。

一般知識書插圖，要求資訊正確性，輔助文字的侷限澄清概念，或進一步擴展延伸文字的內容。通常圖的旁邊還會加上解釋性的文字，聚焦觀察重點。《臭起司小子爆笑故事大集合》的〈我是青蛙王子〉的插圖就是昆蟲圖鑑的諧擬，拼貼在青蛙舌頭上的昆蟲，拉線說明其名稱，滑稽的是連「篇名」都要拉線說明。

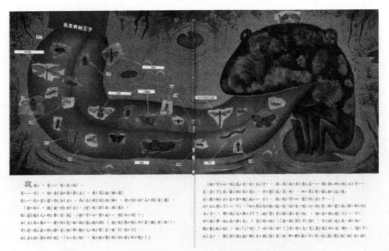

圖 10-43　《臭起司小子爆笑故事大集合》3

（八）角色自覺與空白頁

角色具有自我意識，他們知道自己是虛構中的一角，卻極力掙脫敘述者的擺弄或原故事的框架。這種例子可在《臭起司小子爆笑故事大集合》中找到，在〈傑克的豌豆大麻煩〉這一節中，傑克和巨人都深知自己在原虛構（原來的童話）中的地位，傑克想要依照原情節搬演，巨人卻不喜歡原來的版本，想要自己重新編。二者都在此書中翻新版本，其中傑克把自己和巨人的現狀，編成一個沒完沒了的新故事。

〈小紅運動衣〉裡的野狼和小紅運動衣，不滿傑克一口氣把故事說完憤而退出故事，造成右邊跨頁空白人形，角色逃出故事圖像，以及接著一整頁空白，顯示虛構人物有了自主意識與自決能力。《臭起司小子爆笑故事大集合》的空白頁，刻意突顯虛構的任意與荒謬性，用書中人物的自我意識，大野狼、小紅帽抗議退場，造成書頁空白，挑戰敘述者（創作者）專制的權威。

（九）拼貼

《臭起司小子爆笑故事大集合》裡〈巨人說的故事〉是一個標準的例子。

圖 10-44　《臭起司小子爆笑故事大集合》4

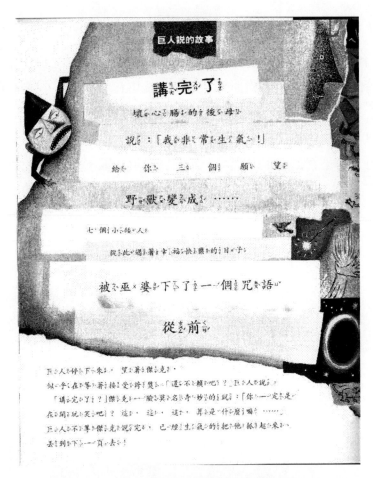

圖 10-45　《臭起司小子爆笑故事大集合》5

　　細看文字拼湊的部分，是古典童話中直接引用下來的經典名句，有些是屬於特定故事，有些則是常見的慣用句法，運用不同字體、不同紙質、不平整的撕裂痕、裁剪痕，彷若從各自不同文本直接撕、剪下來，隨意黏貼在一起的視覺效果，不只排列無序，甚至故意倒錯，「講完了」放在開始的位置，「從前從前」放在最後。現將文字的內容及原出處，整理成下表：

英文與中文翻譯（參考中譯本細部更動）	出處
THE END 講完了	慣用句法
Of the evil Stepmother 壞心腸的後母	《白雪公主》
Said "I'll HUFF and SNUFF and…" 說：「我會很生氣而且從鼻子吸一大口氣而且…」	《三隻小豬》
Give you three wishes 給你三個願望	《三個願望》（參附錄）古典童話慣有三段反覆情節
The beast changed into 野獸變成	《美女與野獸》
SEVEN DWARVES 七個小矮人	《白雪公主》
HAPPILY EVER AFTER 從此以後過著幸福快樂的日子	慣用句法
For a spell had been cast by a Wicked Witch 被巫婆下了一個咒語	
Once upon a time 從前從前	慣用句法

　　這些經典童話句法與慣用套數，在原作品中並未特別引人注意，一但抽離出來，予以無序拼貼，更突顯其成為敘述傳統的身分，而無邏輯的排列，文意斷裂，反而促使讀者回頭尋找其源由軌跡，勾起嘗試重整出另一新秩序的企圖，不管秩序可不可得，讀者已然進入創作的遊戲之中。

　　另一方面，圖像運用複合媒材拼貼，讓人立刻感受到故事的碎裂與虛構，現成物拼貼會和現實產生一種連結與對照，不斷引發人去探詢它原來的屬性體系，激發人在現實與虛構間徘徊、尋找、指認。像

猜謎一樣，嘗試從不完整的碎片中猜出一些可能的答案。

　　仔細看圖10-44，插圖中拼貼物是一塊深藍褐色花紋黑底布料占據大畫面，其他有報紙、書刊、攝影、圖片等碎片，似乎可看出中間是阿拉丁神燈巨人的「拼圖」，巨人從神燈的煙霧中「冒出」，戴著黃帽子、兩隻耳朵很像是《三隻小豬的真實故事》（*The True Story of The 3 Little Pigs*，中譯本三之三文化出版）的主角——名叫阿力的狼，牠的右眼是從一個漫畫小男生的圖案擷取，左眼和長鼻子是不是小木偶的？微笑的嘴巴是從一個真人臉部攝影剪下來，還貼反了。西裝是布料，領帶那條魚讓人聯想就是《漁夫和妻子》裡能達成漁夫願望的魚？「神燈巨人」的右側，有識字書的ABC、《史托彼得》（暫譯，英文書名：*Struwwelpeter*）[5]的手、《傑克與魔豆》的金雞蛋、斷了尾巴的瞎老鼠、星空、會發出火光的手掌、仙女棒、小鳥、穿長統靴的貓、薑餅男孩、《傑克與魔豆》的豎琴、《綠野仙蹤》的錫人、彈奏吉他的樂師、《白雪公主》的毒蘋果、灰色的側臉、船、狼，「神燈巨人」的右側，有兔子、藏寶地圖的寶山、羊、城堡、大海、七個小矮人、屋子、穿著黑西裝的手、鴨子嘴（牠發出QUACK的聲音）、伊索、黑貓、閃著亮光的玻璃鞋、穿紅衣的老婦人、紅玫瑰、三隻小熊的椅子，圖片外圍是巨人，也就是這個故事的「作者」的四根手指頭。

　　用文字的線性敘述來描述圖像的同時性，極為瑣碎，上述僅列出物項屬類，一長串清單已非常枯燥無聊，更遑論細談顏色、大小、線條……等。它們雖然被湊在一塊兒，主要訴求並不明顯，因此〈巨人說的故事〉外的框架文本裡，敘述者傑克驚訝的問：「這就是你的故事？你在開玩笑，這不只是一個笨童話，是不可置信的笨的童話，是

5　Dr. Heinrich Hoffmann, *Struwwelpeter*, 於1845年出版，內容敘述一位不喜歡剪頭髮、指甲的男孩，最後頭髮和指甲長得超長。資料引自 Alan Powers, *Children's Book Covers*, London: Mitchell Beazley, 2003. p36.

超級笨的童話，是全天下最最笨的童話。」[6]這道出了一般讀者面對
這樣的文本所會有的反映，因為無法理解而怪罪文本，但若用後現代
的角度驚醒讀者的自覺意識來看這整個過程，可看到文本另一層涵
義，這層涵義不是從文字達意，而是以拼貼無厘頭的形式來暗示。

（十）「鏡淵」的故事結構

圖畫故事書中，較少出現文字鏡淵的表現，但《臭起司小子爆笑
故事大集合》裡〈傑克說的故事〉就是一個「鏡淵」結構的故事，無
窮無盡無限反覆……。

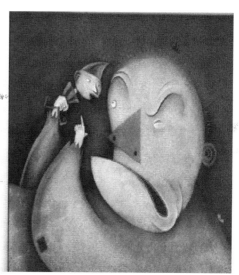

圖 10-46　《臭起司小子爆笑故事大集合》6

「鏡淵」的起源、效用，以及被文學運用的始末在盧西恩‧達連
巴赫（Lucien Dallenbach）的《文中之鏡》（*The mirror in the text*）有

6　本段文字根據英文本 *Stinky Cheese Man and Other Fairly Stupid Tales* 翻譯，中譯本與
　其有極大差異。

深入闡論。他指出最早提出這個名詞的是紀德（André Gide）在1893年寫的一篇文章裡，由於他對於紋章學（heraldry）的興趣，使他發現在紋章的盾形中會包含一個更小的且一模一樣的盾形中，於是提出「en abyme」一詞，這種大盾中有小盾，小盾中有更小的盾，一直延伸如無底深淵。達連巴赫進一步替紀德解釋：「鏡淵」指的是所有置於一個作品中的觀點都顯現出一個與此作品相似物存在其中。並為「鏡淵」下定義為：一個作品的目的轉回自我，呈現自我到映，其主要特性是顯現出作品的意義與形式。

「鏡淵」的概念廣泛在文學、圖像、哲學及其他領域中[7]廣泛應用，之所以成為後設精神在於它是一種自省的、反觀的、無窮後退的追尋造成的真實與虛構的質疑，羅伯特·阿爾特（Robert Alter）在他研究自我意識小說的論著中指出，小說應當是：「一面忠實地反映『作為自然的忠實反映物』的鏡子」，簡言之，就是反映的反映，鏡子的鏡子，「鏡淵」不啻為後設小說的具體模型，因之有「部分魔術」（partial magic）的色彩[8]。

六　結語

後現代圖畫故事書帶來多元的面貌與敘述技巧翻新的驚喜，在解構與重構過程傾向遊戲、喜感的氣氛，因價值觀與意識型態的改變造成人物形象的重塑、角色權力轉移與改變情節，呈現令人耳目一新的創作，迥異於以往風貌。

7　另有關德里達（Derrida）「鏡淵」的概念結合他的「延異」說，與「替補的無盡遊戲」論。

8　轉引自王欽峰著，《後現代主義小說論略》，頁56-57。原文詳見 Alter, Robert. *Partial Magic: The Novel as a Self-Conscious Genre*. London and Berkeley, 1975, p245.

（一）束縛鬆綁、權威崩倒

無可否認的，以往寫實主義與一般兒童文學敘事作品，提供一個平穩安定的架構，孩子可以在這種穩定的情節架構中得到和諧的安定感。然而，後現代文本的功能正是把讀者放進一個曖昧不清、進退兩難的困境，或荒唐突兀的錯愕，採取各種假設，面對文本中多種可能的世界，無非希望束縛鬆綁、權威崩倒，使之更容易重建和改造。

（二）讀者主動建構

讓一切事物都有假設的餘地，讓一切僵化都有轉圜的空間，使原本顯而易見的變得曖昧模糊，原本未知的卻忽地再明白不過，讀者遊走於虛構與真實之間，文本因讀者的主動建構而產生意義，這種「賦予權力」（empowerment）的效益，是讀者突破種種意義斷裂的迷障後獲得的回饋機制，在圖畫故事書這種輕薄短小的文本中，這樣的回饋來得更為迅速而有效。

（三）創造廣泛的審美參與空間

在了解後現代圖畫故事書帶來的改變後，最終目的就是如何欣賞此類文本，一書在手，可以說讀者的詮釋決定了當下這本書的面貌。在這一層意義上運用後現代圖畫故事書更仰賴讀者主動參與的成分，為讀者創造更廣泛的審美參與空間。

（四）大人、小孩相互為師

尤其針對「隱含讀者的雙重性」——意義指涉同時含括大人和小孩，後現代圖畫故事書更強調親子或師生共讀的必要性，在這個過程，大人不可以成為書本唯一的「演奏者」，兒童的參與更為重要，

大人、小孩應相互為師，彼此補充、提醒可能的解讀線索，相互合作共同建構文本的意義。

（五）平等的對話

共同經歷意義斷裂時的疑惑、重整文本語境後的恍然大悟，體驗這種特殊文本帶來的情緒起伏。文本更挑戰讀者的思考層次，觀察、分析獲得的訊息、假設、推論、驗證、找出前後相關或矛盾之處，文本就會吸引讀者一步步進入思考的路途，而釐清思路最好方式就是大人與小孩間平等的對話。

（六）獨特藝術品

後現代圖畫故事書的文字和圖像在不同層次上起作用，假設成人和小孩會帶著彼此不同的知識和經驗來到文本前，許多好的創作受孩子歡迎，取悅小孩同時也吸引大人，圖畫故事書不再只是淺顯而快速閱讀的消耗品，而是經得起玩味再三的敘事體，也是同時擁抱大人、小孩的獨特藝術品。

（七）從文化上說

人們可以把後現代主義定義為對現代主義本身的精英文化的一種反映。它的典型文化風格是遊戲的，自我仿造的，混合的，兼容並蓄的和反諷的。

（八）從哲學上說

後現代思想的典型特徵是小心避開絕對值、堅實的認識論基礎、總體政治眼光、關於歷史的宏大理論和「封閉的」概念體系。它是懷疑論的、開放的、相對主義的和多元論的，讚美分裂而不是協調，破

碎而不是整體，異質而不是單一。

最後我們不得不承認，後現代本身即蘊含著一種焦慮不安、沒方向、迷惑等感覺，畢竟它只是「後—現代」（post-modernity）或「現代之後」而已。因此「有人說」，後現代不可界定、不可捉摸、甚至不可表達，雖然稍嫌誇張，不過也透露了一點值得注意的訊息。這可能意味著到目前為止我們還無法掌握，社會文化未來的動向。如果是這樣的話，或者應該遵照先哲的教誨，保持緘默吧！（見《現代與後現代》，頁221）

（本文由林文寶、林德姮合著）

敘說文化產業
——以臺灣地區為例

　　文化產業是時尚，也是流行，其間爭議亦多。本文試以臺灣的一個個案，以及一個研究構想計畫為例，旨在說明在資訊化、全球化之下，仍以區域為重。文化產業是因文化工業而起，因此文化產業其特質是：在地性、文化性及不可複製性。是以個人主張以「區域文化產業」稱之。這個用詞，除能擺脫資本主義的魔咒，亦能與「社區總體營造」共生。

一　前言

　　文化產業是時下流行的學術術語，也是時尚的流行。也因此，文化產業有了快速發展，甚至競爭激烈。有人說：全球化帶來資訊、科技、資本、人才與文化創業的跨國流動，影響所及，國界消失，空間距離不再具有實質意義，任何偏遠的小地方只要能夠突顯地域特色，都有可能躍上國際舞臺。因此，面對全球化的競爭，最重要的是如何確立文化的主體價值，同時突顯在地文化的獨特性與專業性。文化創意產業具有普遍性、多樣性、小型性、分散性等特色，同時著重結合在地文化及全球性市場的深層思考。（見《臺灣製造——文化創意向前走》，頁2）

　　壯哉斯言，所謂全球性市場，則又與全球化、資本主義相去幾希？

二 文化工業與文化產業

　　文化工業（Cultural Industry）這個術語是由法蘭克福學派家霍克海默（Max Horkheimer）和阿多諾（Theodor Wiesengrund Adorno）在其合著《啟蒙辨證法》一書中創造的新詞，是指大眾文化的生產。這個明顯矛盾的術語（文化與工業的對立）試圖把握晚期資本主義高度工具理性化和科技化的社會的文化命運。文化工業從根本上被解釋為經濟活動。

　　在《啟蒙辨證法》一書草稿中，他們使用的是「大眾文化」，之所以用「文化工業」代替「大眾文化」是因為大眾絕不是首要的，而是次要的：他們是算計的對象，是機器的附屬物。顧客不是上帝，不是文化產品的主體，而是客體。文化工業使我們相信事實就是如此。他們認為「大眾文化」這種表述會讓人誤以為大眾是其中的主體，大眾對他們消費什麼樣的文化有自主定奪的權力，但是「大眾文化」恰好是偽大眾、反大眾的。在高度發達的資本主義社會，在工業化體制下生產出來的文化是自上而下強加給大眾的。為此，他們發明了「文化工業」這個概念。

　　在阿多諾和霍克海默哪裡，「文化工業」實際上包含了兩個層次的意思：一是指憑借現代科學技術手段，以標準化、規模化、機械複製等工業化方式生產出來的與高雅文化相對立的，以電影、電視、廣播、報紙雜誌等大眾傳播為傳播媒介的具有商品性、消費性特徵的文化型態或曰文化產品，這是文化工業的靜態含意。以動態的角度講，文化工業是整個文化產品的生產和消費系統，而且在生產和消費的背後一直隱藏著一種強大的資產階級意識型態力量，憑借這種力量，大眾的自覺意識被束縛了，主體性被控制和操縱了，也是在這個意義上，文化工業實現了反啟蒙的效果。兩位理論家正是針對這兩個層次

的含意對文化工業展開批評的。

首先，工業化使文化、藝術淪落為商品。阿多諾認為，工業這個詞是指事物本身的標準化，是指擴散技術的理性化，而不是嚴格地指那種生產過程。文化工業的種種低俗性正是被工業化形式生產出來的，在與高雅文化特別是與嚴肅藝術的對比中，他的低俗性一一突顯出來。文化工業充斥著標準化的情感和虛假的個性，不具備任何審美特徵，喪失了藝術的個性和自律性。

二十世紀六〇年代末年，文化、社會和商業之間的相互交織比以前更緊密。跨國公司投資於電影、電視與唱片產業，它們在社會和政治層面上也更加突顯其重要性。阿多諾、霍克海默以及法蘭克福學派的先賢和後進們持續研究文化工業中的變遷，並成為國際知名的左翼知識份子。文化工業一詞被廣泛用於批評現代文化生活中人們所察覺到的限制與侷限。該詞也被法國社會學家莫林（Morin, 1962）、余埃特（Huet et al., 1978）、米業基（Miège, 1979）活動家和政策制定者所接受，並且轉化為「文化產業」一詞。

他們為什麼喜歡用複數形式（Cultural Industries）並非單數形式（Cultural Industry）呢？兩者的區別具有啟發性，而且這種區別極為重要。法國「文化產業」社會學家反對阿多諾和霍克海默採用單數形式的「Cultural Industry」一詞，因為它被侷限在一種「單一領域」之中，這樣一來，現代生活中共存的各種不同形式的文化生產，都被假設遵循著同一種邏輯。他們不僅想要指出文化產業的複雜程度，還想辨別不同類型文化生產所遵循的不同邏輯。例如，廣播產業的運作與新聞界的運作相差甚遠，也與出版或錄音錄像等「編輯」生產模式大相逕庭（Miège, 1987）。因此，法國知識份子更願意使用複數形式的「Cultural Industries」。（以上詳見《文化產業》，頁18）

從單數的「文化產業」，變為複數的「文化產業」，甚至加上創意

為「文化創意產業」，是否真正走向文化，抑或為資本主義解套，兩者是一丘之貉，抑或涇渭分明。仍有諸多辨思的空間。

申言之，阿多諾和霍克海默對「文化工業」的批評，主要是以消費主義世界的操縱性、保守性和單向性為主要目標，他們認為，所謂的「文化工業」，就是透過物化、商品化，按照宰制原則、貨物交換價值原則、有效至上原則，來規畫人類傳統的文化活動，包括把文化裁制配合消費的需要，把文化當成機器的附庸，把利益的動機轉利到文化領域和形式上，使得文化在先定計畫的控制下，大量作單調、劃一的生產，等於人性整體經驗的縮減化和工具化。

阿多諾也對文化產品提出指控，他認為文化工業各個部門所製造出來的文化產品，都是針對大眾消費而量身打造的，因此，在相當程度上，可以左右大眾的消費傾向，文化產品本身帶著商業目的，其製造目的並不是在滿足人們的真正需求，而是合乎市場需求，完全是為了獲得市場的利潤。

變為複數的「文化產業」，由於文化的定義廣泛，且對於不同背景、地域、傳統等的人皆具不同意義，故世界各國對於文化產業的認知也會因社會人文等背景而有所不同。黃玉蓮綜合各國學者對文化產業的意義，歸納出五項共通的核心元素：（一）以文化資本為內容；（二）形式包括有文化商品及文化服務；（三）利用符號意義創造產品價值；（四）民眾進行的一種文化消費；（五）可以創造利潤，有益民生。（見《文化產業的形塑——劉興欽與內灣區再造》，頁17）

而聯合國教育科學文化組織（UNSECO）對文化產業的定義是：「結合創作、生產與商品化等方式，去運用本質是無形的文化內容。這些內容基本是受到智慧財產權的保障，其形式可以是商品或是服務。」「文化產業也可以被視為創意產業（Creative Industries），或是在經濟領域的行話被稱之為未來性產業（future oriented industries），或在科技領域稱之為內容產業（content industries）。」

三　臺灣的文化產業

從臺灣大學院校中有關文化產業相關科系、所數（含學科約有 40），又從「全國碩博士網」中的相關論文篇數中（不下百篇），可知文化產業在臺灣地區是趨勢，也是新寵。

至於，其緣起或稱始於社區營造。其推手以陳其南為主。

一九九一年臺灣省政府特別聘請日本千葉大學教授宮崎清來臺，傳授有關日本當地有關傳統手工藝振興，及如何帶動地方經濟、社區再造等案例及經驗。宮崎清的經驗分享，不但刺激了當時正因都市化發展而造成鄉村人口流失、傳統工藝逐漸沒落的臺灣政府。

一九四四年，行政院文化建設委員會更採宮崎清經驗提出了「社區總體營造」的口號，並大力推動。一九九五年文建會並舉辦「文化・產業」研討會，以「文化產業化、產業文化化」作為努力方向，期盼能將文化產業納入文化政策，來帶動社區總體營造、社區經濟，此時算是「文化產業」概念在臺灣的發芽期。

當時主持會議的文建會副主委陳其南對文化產業有了初次的定義，他認為文化產業著重的是創意及個性，產品必須具有地方傳統或工匠的特殊性及獨特性，並且強調產品的生活性及精神價值。另外，文化產業需以地方本身作為思考主題，是基於地方特色、條件、人才和福祉來發展的產業，因此需要地方民眾自己構思、整合，在追求發展的同時也考慮到環境的保育、維護，他認為文化產業必然要保護生態和傳統，而且期待永續發展。

爾後文建會進一步詮釋「文化產業化」、「產業文化化」的操作定義。「文化產業化」指的是以文化為核心，經過精鍊，再造後發展成可以帶來經濟效益的產業；「產業文化化」則是強調以文化作為傳統產業的包裝，或將傳統的產業整合到地方文化特色之內，為產品附加

在生產品、提供販售之外的文化價值。

從以上背景、資料可以了解，臺灣的文化產業與地方整體營造息息相關，較關注於地方文化再造，一九九八年的臺灣文化產業才逐漸提升到政策面，及擴大相關定義、範圍，如一九九八年當時的文建會主委林澄枝於臺灣第一本《文化白皮書》裡就提到：

> 我國如果想要跟先進國家並駕齊驅，就有必要積極落實文化產業化和產業文化化的理念和政策。……當臺灣的經濟發展在規模和技術上漸趨飽和之際，的確需要從創意和智慧方面尋求突破，因此，未來的文化建設應該是整合經濟發展，進而促成文化和產業的相互轉化和提昇。任何有前瞻性的中央和地方主政者，都不應忽略這個課題。如何將此種文化理念轉化為國家和地方發展政策，將決定未來的生活品質與國家競爭力。
>
> （見〈什麼是文化創意產業〉，頁42）

爾後西方國家的相關概念，如創意產業、知識經濟、內容產業等湧進臺灣後，原本只定位在社區總體營造概念衍生出的文化產業，逐漸將範圍擴大，開拓新的領域，凡是透過文化與創意創造出來的產業，逐漸都被視為文化產業，或文化創意產業。

二〇〇一年一月六日，當時文建會主委陳郁秀有一趟日本之行。見識到「橫濱港灣未來21計畫」、「金澤市以及三處社區營造典範案例」。於是，有了「2050願景臺灣」的構想。

二〇〇二年時，臺灣文建會更首度將文化產業列為施政主軸，並由行政院將之列入「挑戰2008：國家重點發展計畫」。二〇〇三年三月及七月，則由經濟部、教育部、新聞局及文建會共同組成了跨部會「文化創意產業推動小組」，確立了臺灣文化產業的範疇，將之分為創意

生活、數位休閒娛樂、時尚、設計、廣告、建築、出版、廣播電視、電影、視覺藝術、音樂及表演藝術、工藝、文化展演設施等十三項。

同時也將文化產業定義為：「源自於個人創意或文化累積，透過智慧財產全的形式與運用，具有創造財富與就業機會潛力，並促進整個生活提升的行業。」二○○三年九月二十四日並提出「文化創意產業發展法草案」，函報行政院審核修訂。

目前臺灣文化創意產業由文建會、經濟部、新聞局和內政部四個部會共同推動，教育部負責跨領域人才之培訓，文建會負責藝術產業扶植，新聞局負責媒體產業，經濟部除負責設計產業外，另負責跨部會協調、彙總，目前臺灣文化產業共分為十三項產業，範圍細項如下：

主管機關	次產業	說明
文建會	視覺藝術產業	・係指從事繪畫、雕塑及其他藝術品的創作、藝術品的拍賣零售、畫廊、藝術品展覽、藝術品的公證鑑價、藝術品修復等之行業。
	音樂與表演藝術產業	・係指從事戲劇相關業務（創作、訓練、表演）、音樂劇及歌劇相關業務（樂曲創作、演奏訓練、表演）、音樂現場表演及作詞作曲、表演服裝設計與製作、表演造型設計、表演舞臺燈光設計、表演場地（大型劇院、小型劇院、音樂廳、露天舞臺等）、表演設施（劇院、音樂廳、露天廣場等）經營管理、表演藝術經紀代理、表演藝術硬體相關服務（道具製作與管理、舞臺搭設、燈光設備、音響工程等）、藝術節經營之行業。
	文化展演設施產業	・係指從事美術館、博物館、藝術館（村）、音樂廳、演藝廳經營管理暨服務等之行業。

主管機關	次產業	說明
	工藝產業	・係指從事工藝創作、工藝設計、工藝品展售、工藝品鑑定制度之行業。
新聞局	電影產業	・從事電影片製作、發行、映演及電影工業等之電影周邊產製服務等之行業。
		・從事電影發行之行業應歸入8520（電影片發行業）細類。
	廣播電視產業	・係指凡利用無線、有線、衛星或其他載具，從事廣播、電視經營及節目製作、供應等之行業。
		・從事廣播電視節目及錄影節目帶發行之行業應歸入8630（廣播節目供應業）細類。
	出版產業	・係指從事新聞、期刊雜誌、書籍、唱片、錄音帶等具有著作權商品發行等之行業。
經濟部	廣告產業	・係指從事各種媒體宣傳物之設計、繪製、攝影、模型、製作及裝置等行業。獨立經營分送廣告、招攬廣告之行業，亦同。
	設計產業	・係指從事產品設計企畫、產品外觀設計、機構設計、原型與模型的製作、流行設計、專利商標設計、品牌視覺設計、平面視覺設計、包裝設計、網頁多媒體設計、設計諮詢顧問等之行業。
	設計品牌時尚產業	・係指從事以設計師為品牌之服飾設計、顧問、製造與流通等之行業。
	建築設計產業	・係指從事建築設計、室內空間設計、展場設計、商場設計、指標設計、庭園設計、景觀設計、地景設計等之行業。

主管機關	次產業	說明
	創意生活產業	・源自創意或文化積累，以創新的經營方式提供食、衣、住、行、育、樂各領域有用的商品或服務者。
		・運用複合式經營，具創意再生能力，並提供學習體驗活動者。
	數位休閒娛樂產業	・數位休閒娛樂設備（如：3DVR設備、運動機臺、格鬥競賽機臺、導覽系統、電子販賣機臺、動感電影院設備。）
		・環境生態休閒服務（如：數位多媒體主題園區、動畫電影場景主題園區、博物展覽館）
		・社會生活休閒服務（如：商場數位娛樂中心、社區數位娛樂中心、示範型網路咖啡廳、親子娛樂數位學習中心）

資料來源：陳昭義編著：《2003年臺灣文化創意產業發展年報》，臺北市：經濟部文化創意產業推動小組辦公室，2004年7月。

綜合以上所述，我們發現，文化產業所呈現的形式，主要分成文化商品及文化服務，但在這兩個面向衍生出來的範疇，實在非常廣泛，因此文化產業並不像是一個固定的抽屜，拉開之後，你可以找到哪些門類，範疇非常固定清楚，文化產業比較像是一個飛速轉動的陀螺，它利用穩固的文化核心，不斷的轉動，而帶動出不斷變化的邊緣產業，這也是文化產業的範疇愈轉愈廣，愈轉愈大的原因。

在臺灣，文化產業由於官方主導與介入太多，是以其範圍愈轉愈廣，愈轉愈大，也因此逐漸脫離當年陳其南社區總體營造的區域性特色，而一時朝產業發展。

四 臺灣新竹縣內灣社區再造

　　擬分內灣的歷史、內灣的社區再造與散場三部分說明之，本文敘
述是以黃玉蓮碩士論文為依據（見頁73-80）：

（一）內灣介紹

　　內灣村位於新竹縣橫山鄉，橫山鄉呈現東北西南走向的長方形區
域，正好位於新竹縣的中心地帶（見圖），橫山鄉境包括力行、新
興、沙坑、福興、內灣、豐田、豐鄉、大肚、南昌、田寮和橫山總共
十一村，其中內灣村位於橫山鄉之東側，三面環山背倚麥樹仁山脈，
前臨油羅溪。

橫山鄉地理位置圖

圖片來自http://search.ncl.edu.tw/twinfo/hypage.cgi?HYPAGE=local/map.hpg&graph_
id=1000408

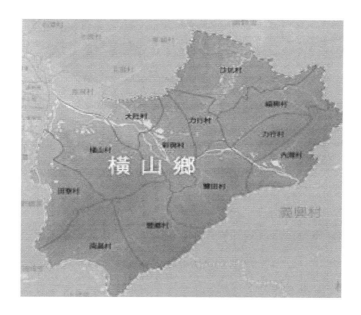

內灣村地理位置圖

圖片來自http://upload.wikimedia.org/wikipedia/commons/thumb/4/46/Map03-cg011.
jpg/250px-Map03-cg011.jpg

　　內灣在清朝時期舊名「南河部落」，後來之所以被稱為「內灣」，
和油羅溪流經此地的地貌有關，內灣三面環山，只有一端開口，油羅
溪正好從聚落前流過，從高空眺望，聚落位於河道的右側，往山腳的
方向內彎，恰似一新月形，於是從日據時代開始，此聚落就有「內
灣」之稱。

　　橫山鄉有百分之九十的面積屬於丘陵和山地，其餘則為河谷平原
地區，內灣位於油羅溪谷，居民本來定居在沖積平原上，但因屢遭大
水淹沒，所以遷移至更高的地方，也就是現在的內灣村，目前內灣村
剛好橫跨油羅溪兩岸，為了方便兩岸居民交通，因此修建了攀龍吊橋
和內灣吊橋，這兩座吊橋也是內灣境內最有名的勝景。

　　內灣地區的氣候和平地差異不大，冬季月均溫約攝氏八點八度，

夏季月均溫則約攝氏二十二點九度，濕度約百分之八十到九十，雨量大都集中在五月的梅雨季，由於內灣依山傍水、氣候溫和濕潤，蘊含了豐富的生物資源，包括落葉植物、園藝作物、大型喬木、臺灣山櫻花等，以及各種蝶類、昆蟲，由於自然景觀的豐富，也讓內灣在旅遊發展上擁有先天的優勢條件。

內灣真正開始發展的契機，是日據時代日本人來此「理番」。日本政府著眼於當地擁有豐富的煤礦和林產，因此選擇以內灣為據點，積極開發山地，而為了運送煤礦和林產，明治四十四年（1911），日本政府在內灣舖設了輕便鐵軌，昭和十九年（1944），則開始興築內灣線鐵路。

臺灣光復後，國民政府接手內灣線鐵路的建設，一九五○年內灣支線完工，這條臺灣第一條自力興建的支線鐵路，搭配內灣興盛的煤礦業和伐林業，為內灣開創了一段將近三十年的黃金時期。

除了煤礦之外，內灣還擁有油羅、上坪等林場，為了將砍伐的木頭運送下山，內灣還產生了獨特的「木馬」文化；而中低海拔山林裡遍布的樟樹，則帶動了樟腦業的發達，清光緒年間，當時的臺灣巡撫劉銘傳大力鼓吹樟腦業，而在日據時代，日本政府亦以免役、配發優惠品等方式積極鼓勵樟腦的開採，並採取統一國有專賣的方式，明治三十二年（1899），內灣也設立了專門製造樟腦的腦寮。

礦業、林業、樟腦業的蓬勃發展，帶動了內灣的繁華，五○、六○年代，礦工和木工有如潮水般湧入內灣，為內灣帶來了豐沛的消費力，當時的內灣街上，小店、旅館、酒家、茶坊林立，木材工廠老闆楊盛泉為了讓白天辛勞的工人，到了晚間有消磨時間的去處，於是在一九五○年開設了內灣戲院，演出豪華歌舞秀，有讓內灣這個小小的山城，入夜之後人生鼎沸、歌舞昇平，因此得到「小上海」的稱號。

後來，由於日據時代的大量開採，造成山野中的林木被砍伐殆

盡，森林資源逐漸減少，加上七○年代之後，政府林業政策改變，禁止伐木，讓內灣曾經興盛的林場，一個個面臨關閉的命運，內灣曾經是喧騰一時的伐木業，就這樣曲終人散。

　　林業走入歷史之後，緊接著就是礦業的沒落。六○年代起，臺灣各地的礦區災變頻傳，加上進口煤礦的價格日益降低，讓煤礦業開始凋零衰敗，內灣附近的礦坑一個接著一個走向封坑的命運，一九八四年，瑞芳地區的海山災變，一口氣帶走了一二八條人命，不但讓全國震驚，也讓內灣曾經熱鬧一時的煤礦業，就這樣劃下句點。

（二）內灣再造

　　當曾經帶動內灣繁華的伐木業、煤礦業走入歷史，這個擁有美麗的自然資源（櫻花、螢火蟲、油桐花）、豐富的人文資源（客家文化、鐵道文化、木馬文化）、以及大量的名勝古蹟（內灣戲院、內灣吊橋、攀龍吊橋）的山城小鎮，理應轉往旅遊休閒業發展，八○年代之後的內灣正是如此，不過，效果並不明顯。

　　初期的不順遂，並沒有打擊到內灣人振興的決心，一九九九年，以推廣橫山鄉文化為宗旨的「兩河文化協會」成立，並積極舉辦包括「再造美麗新內灣——小火車之遊」等結合人文和旅遊的活動。身為兩河文化協會一員的彭瑞雲表示，當時的工作重點是先凝聚內灣人往旅遊休閒產業發展的共識，再來就是透過各種活動，把內灣往外推。

　　除了民間機構的努力，政府單位也開始伸出援手，二○○○年，經濟部商業司展開「內灣地區形象商圈」發展計畫，並且委託「中國生產力中心」執行，期待能在三年的計畫之內，讓內灣繁華榮景再現，進而打造「北九份、南臺灣」的旅遊榮景。

　　當時擔任內灣形象商圈發展計畫，內灣駐地代表的彭瑞雲回憶，在民間和政府的配合下，從二○○○年開始，內灣地區再造確實步入

軌道，不過，當時她卻一直有種「卡」住的感覺，不知道怎麼繼續往前，彭瑞雲在二〇〇〇年於新竹縣政府召開的規畫會議上，直接提出她的疑惑，「現在的內灣老街也規畫好了，導覽圖也做了，民宿也安排好了，我們的旅遊業是沒問題的，但是不是缺少了一點人文的角度？」

當時，新竹縣政府計畫室主任林明德靈機一動，「哪個漫畫家劉興欽不是內灣附近的人嗎？用他筆下的漫畫人物來代言如何？」

林明德的這個提議，立刻獲得一致贊同，但由於劉興欽去國多年，聯絡不易，於是就展開各方尋找劉興欽的計畫，在這個尋人活動裡，彭瑞雲扮演了關鍵的角色，她知道劉興欽是昔稱「大山背」的豐鄉村人，於是彭瑞雲到大山背最知名的廟宇「樂善堂」，把樂捐簿裡面只要姓氏是劉的聯絡方式全部抄下來，然後一個一個打電話詢問，在第七十幾通電話的時候，終於找到劉興欽的叔叔，才因此和劉興欽接上線。

從二〇〇〇年起，內灣就開始使用劉興欽筆下的阿三哥、大嬸婆、機器人等漫畫人物，為當地的旅遊代言，並收到了很好的效果。根據內灣社區發展協會負責人彭瑞雲的估計，二〇〇二年內灣商圈從事旅遊活動的人次高達四十三萬人，占新竹縣各風景區旅遊活動總人次的百分之十九點六。而在二〇〇三年內灣螢火蟲季的時候，更曾有單日湧入十萬人次人潮的記錄。

內灣街景

內灣街景

內灣街景

（三）散場

　　打從二〇〇〇年開始，劉興欽就將阿三哥、大嬸婆的形象，提供給內灣的商家使用，不過，從二〇〇六年起，劉興欽也將阿三哥、大嬸婆授權給新竹縣北埔的商家，並對外公開表示，「只要有益於本土產品外銷，歡迎借用大嬸婆。」

劉興欽的這個做法，讓許多內灣地區的商家錯愕，像經營「大嬸婆野薑花粽」的彭瑞雲就認為，此舉等於是讓大嬸婆「鬧雙胞」，不過劉興欽卻對內灣人的反映感到不解，他認為只要不傷害大嬸婆的形象，大嬸婆的圖案人人可用。

不過，更劇烈的轉折還在後頭，二〇〇六年五月九日，「大嬸婆野薑花粽」收到劉興欽委託律師發出的存證信函，內文寫著「即刻終止雙方於二〇〇二年十一月簽定之授權合約書，爾後不得再使用『大嬸婆』相關圖案於其店內所生產之產品」，「店內非本人授權畫作亦不得繼續展示，亦不得再使用有本人畫作圖案之印章。」

劉興欽表示，他會寄出存證信函，是因為氣不過內灣有人說他的漫畫「沒沒無聞、沉寂多年」，全是靠內灣才幫他把漫畫名號打響，讓他有被糟蹋的感覺。

雖然寄出存證信函，但劉興欽也表示，只要內灣商家品質有保證，還是會讓他們繼續使用大嬸婆商標。不過，此舉已經引起內灣其他商家緊張，「大嬸婆礦工烏梅汁」及「大嬸婆養生醋」為了避免爭議，都決定重新設計商標，不再使用「大嬸婆」名義。

漫畫人物出走書本，成功幫助一個小鎮找回繁華，這是一個像童話般美好的神奇故事，但王子和公主卻沒有從此過著幸福快樂的日子，終究阿三哥和大嬸婆還是離開了他們一手打造的內灣，不過，為何離開？造成他們離開的原因是什麼？怎麼做才能留住臺灣？才是更深層而需要討論與解決的問題。

五　以「區域文化」為臺東大學人文學院重點研究的構想

本研究計畫構想曾於二〇〇七年執行一年，後因經費不濟中輟。目前，擬凝聚共識，發展為全校性發展方向。

首先，介紹臺東縣與臺東大學。

臺東縣簡介

臺東縣位居臺灣東半部，地勢狹長，依山傍海，境內有中央山脈及海岸山脈貫穿，北以秀姑巒溪與花蓮交界，南以大武山和屏東為鄰，蘭嶼和綠島是隸屬臺東縣的兩座小島，青山綠水海天一色，煞為美麗。

臺東縣主要地形為高山、縱谷、平原與海岸，海岸線南北長為一七六公里，若涵蓋離島的綠島和蘭嶼兩島嶼，則長達二三一公里。全縣面積約三五一五平方公里，約占臺灣島的十分之一，全臺第三大縣，境內擁有東部海岸和花東縱谷兩個國家風景區。

臺東為臺灣居住族群最多元的縣市，擁有卑南族、排灣族、魯凱族、布農族、阿美族、雅美族（達悟族）、平埔族等原住民族群，外加閩客、外省族群，各異其趣的民族性，使得這片山水之間的淨土，孕育出更獨特的人文風情。

臺東觀光資源除了在人文方面有豐富的族群分布外，尚有長濱、卑南、麒麟等史前文化遺跡；而自然資源更是包羅萬象，除了地形地質景觀：峻嶺、峽谷、瀑布、溪流、湖泊、溫泉、岩岸、珊瑚礁群、離島等外，更有珍貴豐沛的動植物生態。臺東的遊憩系統依地形及交通狀況分為南橫、縱谷、東海岸、知本南迴、市區及綠島、蘭嶼離島。（資料參考自臺東縣政府旅遊網，網址為http://tour.taitung.gov.tw/chinese/index.asp）

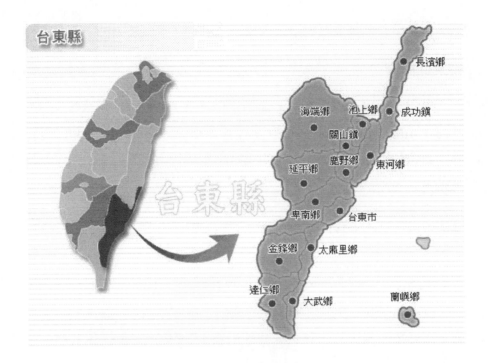

臺東縣地圖

圖片來自：http://www.apc.gov.tw/life/images/village/taitung.gif

臺東大學簡介

臺東大學是由「臺灣省立臺東師範學校」、「臺灣省立臺東師範專科學校」、「臺灣省立臺東師範學院」、「國立臺東師範學院」逐步改制而成。

對日抗戰勝利，臺灣光復後，政府為發展地方教育，於一九四六年夏，在省立臺東中學及臺東女中各附設「簡易師範科」一班，招收國民學校畢業生，修業四年。一年後，鑑於其教育目標及課程設備等均與普通中學不同，乃將兩校附設之簡師班合併，並於一九四八年二月，正式成立「臺灣省立臺東師範學校」。

　　同年八月，增設「普通師範科」，招收初中畢業生，修業三年；同時並商得臺東縣政府同意，撥用臺東市中華路一段現址建校。其後，為因應山地學校師資不足及地方教育發展之需要，曾辦過供山地籍國民學校畢業生就讀的一年制「補習班」，及招收高中（職）畢業生的一年制「教育學科選修班」、「特別師範科」等。

　　一九六七年八月，本校為配合政府提高國民學校師資素質的政策，奉命改制為「臺灣省立臺東師範專科學校」，分設「國校師資科」（後改稱「普通科」）及全省唯一的「國校體育師資科」（後改稱「體育科」），開始招收初中（職）畢業生，修業五年（一九八○學年度起須另加實習一年）。其後，並曾設置暑期二年制國校師資科、三年制普通師範科等，辦理在職國民小學教師的進修教育，以提升其專業及專門知能，提高其教學品質。

　　一九八五年，政府為配合世界各主要國家師範教育發展趨勢，進一步提升國小師資素質，決定將臺灣地區九所省（市）立師範專科學校，於兩年後一次改制為師範學院，使小學師資均能具備大學程度。一九八七年八月，本校經審慎規畫、積極籌備後，改制為「臺灣省立臺東師範學院」，開始招收高中（職）畢業生，一九九一年七月改為「國立臺東師範學院」，二○○三年八月一日改名為「國立臺東大學」。

　　配合國家高等教育政策，調整增設大學所需系所、充實師資設備，發揮大學教學、研究及服務推廣之三大功能。兼顧人文與科技、生活與品德、個人與公民責任，培養具有適應社會生活、開創能力的現代國民，及具有國際觀與創造力的領導人才。因應地區產業需求，結合區域文化特色，兼顧學術研究的提升與民眾生活的改善，帶動地方建設與繁榮。

臺東大學知本校區

其次，試略述該研究計畫的緣起、架構與預期效益。

（一）緣起

臺東大學原屬師範院校，長期以來資訊不足，且僻遠不受重視，陷入所謂中心與邊陲的弔詭。雖然，升格改制為大學，而本人亦接掌人文學院。期間，除加速系所轉型外，亦思考學院未來走向。雖然，大學林立，相當文化產業系所，亦如雨後春筍般成立，但其經思考，仍以「區域文化」作為研究主軸的構思：

臺灣自一九八七年解除戒嚴法，使臺灣從此走向一條多元開放的道路。但就高等教育而言，仍有本土化與國際化之爭。這種爭執主要是對殖民文化的反動，因此，它也是一種自然的趨勢。每個人都將成為世界公民，但在同時又不能失去本源頭的認同下，每個人都必須在所屬的國與社區扮演積極參與的角色。我們雖然要邁入國際化，但相對的，地方化、區域化的觀念愈來愈受到重視。國際化和地方本土化到底如何去除緊張，亦是不可避免的事實。吉尼特・佛斯（Jeannette Vos）、高頓・戴頓（Gordon Dryden）於《學習革命》（*The Learning Revolution*）中認為塑造明日世界有十五個大趨勢，其實是「文化國家主義」，他們說：

> 當全球愈來愈成為一個單一經濟體，當我們的生活愈來愈全球化，我們就愈來愈清楚地看到一個相反的運動，奈比斯稱之為文化國家主義。

> 「當世界愈來愈像地球村，經濟也愈來愈互賴時，」他說，「我們會愈來愈講求人性化、愈來愈強調彼此間的差異，愈來愈堅持講自己的母語，愈來愈想要堅守我們的根及文化。

即使是歐洲由於經濟原因而結盟，我仍然認為德國會愈來愈德國，法國人會愈來愈法國」。

再一次的，這其中對於教育又有極為明顯的暗示。科技愈加發達，我們就會欲想要抓住原有的文化傳統——音樂、舞蹈、語言、藝術以及歷史。當個別的地區在追求教育的新啟示時——尤其在所謂的少數民族地區，屬於當地的文化創見將會開花結果，種族尊嚴會巨幅提升。（見林麗寬譯，中國生產力中心出版，1997年4月，頁43-44）

換句話說，當世界逐漸趨於「藍海」式的經濟地球村之際，人們亦愈來愈重視彼此差異，當英語成為世界共通語言之際，母語亦逐漸受人重視；資訊科技愈加發達，區域文化愈加不可或缺，固有文化愈加顯露出其不容置疑的傳統力量。

本校二〇〇三年八月一日，改制為大學時，隨即分設人文、師範、理工等三個學院。人文學院設立時，只有兒童文學研究所和南島文化研究所，正顯示設院的兩大特色。尤其是兒童文學研究一直是本校的招牌研究所。兒文所得以順利茁壯，究其原因，乃因地處偏僻，能避開文化霸權、文化幫辦等殖民文化；反之更能「立足本土，心懷大陸，放眼天下。」申言之，唯有根植自己的區域特色，才能有國際觀，正是所謂區域策略，全球表現。

臺東大學知本校區

(二)研究目標

　　是以本計畫只在整合學校與本院資料，延伸過去既有的研究成果。期望能由「區域文化」而達「區域產業文化」的藍海策略。

　　是以本計畫旨在以「南島文化」與「兒童文學」為兩大主軸，強化人文學門間「區域性」的銜接與結合，兼顧傳統與現代的動向，以消弭人文學門中「本土化」與「國際化」的緊張與不安。

　　「傳統與現代：以區域文化為重點發展之研究計畫」為新世代人文教育與研究的啟航，將反映本院獨具特色的文化視野及進軍國際的氣度，並將突顯本院獨有的地緣特色，並將區域文化形塑成創意文化產業等。

　　本計畫之進行以區域文化的資料收集與整理作為研究的主軸，進而形構區域文化地圖；並建構資料庫，進而行銷區域文化產業。

　　試將其整體研究架構表列如下：

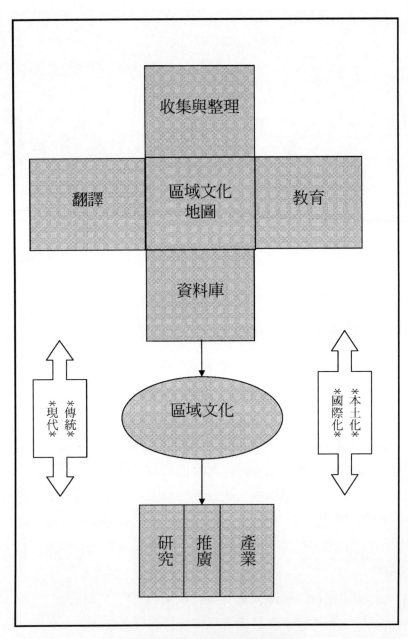

人文學院系所重點研究架構圖

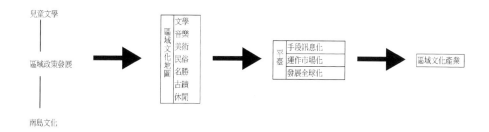

人文學院系所重點發展架構圖

（三）預期效益

1 奠定本院發展的潛能

　　本院未來將繼續積極強化新興學科與經濟發展之關聯性。本研究計畫不僅可發揮本院固有之特色，還能配合地方發展。

2 掌握新興學科的發展趨勢

　　臺灣東部天然及人文資源豐富，且具有其他縣市所沒有的區域文化特色。透過區域文化產業與國際接軌，進而邁向全球化，將是未來的走向，亦是本院發展之重點。本計畫以宏觀角度進行「科技整合」，將可徹底掌握新興學科的發展趨勢。

3 與地方互利互助的發展

　　本計畫將善用臺東的自然環境和文化條件，可結合「國立臺東史前文化博物館」、興建中之「臺東美術館」與「兒童故事館」之資源，藉由文化產業的研究教學與應用，發掘區域文化的產業資源，進而透過產、官、學合作，並建構區域文化產業的結合，對本校與地方之互利發展，將有莫大助益。

六 結語

文化產業一詞，本身就如同「文化產業」，是個明顯矛盾的術語。文化與產業的對立，如何找到平衡點，仍是理論與實際的黑洞。

在臺灣地區的文化產業，是由官方推動，且力主與「社區」結合，並強調整體性，並以操作型定義說明「文化產業」運作方式，就是「文化產業化」和「產業文化化」。

就以文中所舉兩個例子而言，內灣再造可以說是兒童文化產業，內灣以劉興欽的漫畫人物，成功讓內灣起死回生，開創繼「小上海」之後的另個黃金時代，但王子和公主從此之後就可過著幸福快樂的日子嗎？遺憾的是，事情並未如童話故事般的發展，二〇〇六年劉興欽和內灣當地商家掀起了使用權的糾紛，也讓這段美麗的故事，有了變調性的轉折。

內灣再造，有地方性，甚至也有總體性，而其缺失則在於「文化性」，雖然臺灣各地都有文史工作者，可是一旦涉及產業與經濟利益時，似乎就忘了所謂「文化產業」的產品，其價值幾乎十分之九在於它的文化。

至於臺東大學人文學院的研究重點構想，正是知識份子的省思與使命使然。臺東大學地處東隅，但在現代科技與文化國家主義，或是全球區域化下，我們仍有我們的優勢。（臺東是臺灣最後的淨土，也是多族的地區。）基本上，該計畫以「立足本土，心懷大陸」而「放眼天下」。唯有去除殖民，根植於本土，才能有不迷失於國際觀，這是所謂「本土策略」的全球表現。

可是該計畫距離變成政策方向，似乎仍是遙遙不可及，在搜集資料與整理過程中，了解到文化遇上政治之時，真有百感交集之嘆，尤其各部門各自為政，缺乏整體性。

個人認為「文化產業」，雖然極力且企圖和文化工業切割。可是，事實上所謂「文化產業」亦只是「文化工業」的修定版。

在經濟與資本掛帥的資訊化、全球化的今日，談文化是奢侈的行為，它需要勇氣與時間。

如果「文化產業」的產品，它的價值幾乎十分之九在於它的文化。這種產品不只是物質性，而是在於它的文化性。這種文化性，具有個性、在地性以及不可複製的特質。這種的產品，正式所謂的「區域文化產業」。

如果我們真的要發展「文化產業」，或許真如林懷民所言：「先談文化，再說產業」。他期待文化創意產業政策改善生態，但政府必須先弄清楚方向和問題、對症下藥以求「培基固本」，絕不能跟隨西方潮流，憑藉著「創意」制定政策。（見《文化‧創意‧產業》，頁49）

參考書目

陳昭義編著　《2004年臺灣文化創意產業發展年報》　臺北市　經濟
　　　部文化創意產業推動小組辦公室　2004年7月

陳昭義編著　《2005年臺灣文化創意產業發展年報》　臺北市　經濟
　　　部文化創意產業推動小組辦公室　2005年6月

陳昭義編著　《2006年臺灣文化創意產業發展年報》　臺北市　工業
　　　局　2006年4月

陳昭義編著　《2007年臺灣文化創意產業發展年報》　臺北市　工業
　　　局　2007年5月

陳昭義編著　《2007年臺灣文化創意產業發展年報》　臺北市　工業
　　　局　2008年5月

陸　揚　《大眾文化理論(修定版)》　上海市　復旦大學出版社
　　　2008年1月

劉維公　〈什麼是文化創意產業〉　《典藏今藝術》　第128期
　　　2003年3月　頁42-45

于國華　〈文化‧創意‧產業──十年來臺灣文化政策中的「產業」發
　　　展〉　《典藏今藝術》　第128期　2003年3月　頁46-49

王曉路等著　《文化批評關鍵詞研究》　北京市　北京大學出版社
　　　2007年7月

周憲倫　《文化研究關鍵詞》　北京市　北京師範大學出版社　2007
　　　年11月

大衛‧赫斯蒙德夫　《文化產業》　張菲娜譯　北京市　中國人民大
　　　學出版社　2007年10月

黃玉蓮　《文化產業的形塑──劉興欽與內灣社區再造》　臺東大學
　　　兒文所碩士論文　2008年6月

嚴三九、王虎倫　《文化產業創意與策畫》　上海市　復旦大學出版部　2008年6月

林正儀、張瓏總策畫　《文化創意產業》　臺北市　行政院文化建設委員會　2004年9月

財團法人國家文化藝術基金會策畫　《文化創意產業實務權書》　臺北市　商周出版　2004年12月

吳錫德策畫　《臺灣製造——文化創意向前走》　臺北市　允晨文化實業公司　2007年8月

陳其南主講、洪文珍整理　〈社區總體營造與文化產業發展〉　《臺灣手工業》　第55期　1995年7月　頁4-9

向勇、喻文益　《區域文化產業研究》　深圳市　海天出版社　2007年1月

霍克海默、阿道爾諾著　梁敬東、衛東譯　《啟蒙辨證法》　上海市　上海世紀出版集團　2006年4月

陳郁秀、劉玉東策畫主持　《創意島嶼狂想曲——2050願景臺灣》　臺北市　遠流出版公司　2005年4月

吉尼特・佛斯著　林麗寬譯　《學習革命》　臺北市　中國生產力中心　1997年4月

萬物靜觀皆自得

一

　　錢鋒，或可稱之為當代中國基礎教育界的狂狷者之一。他曾在北京亦莊實驗小學任教，二〇一六年八月他以「萬物啟蒙」課程與徐莉、周其星三位共同獲得全人教育獎的提名獎。

　　所謂，「萬物啟蒙」課程，是緣於他認為今日人們真正對於世間萬物的關注與體察少之又少。只有真正重視、體驗與關注外界的自然萬物，方能喚醒和打通人內在的感官和感悟。基礎教育，尤其是小學階段的啟蒙教育，對這方面的塑造尤其重要。

　　他期許孩子「與萬物為友，以自然為師」，他以兒童成長為起點，用想像、理性和愛心，創造性的打通學科邊界，開啟了豐富的項目學習，為中國文化的啟蒙探索一條新的路徑，為孩子提供了無限可能，培養了他們的人文情懷與工匠精神。他以堅韌的意志，純粹的教育情懷，帶領一群青年教師，將理想的教育帶到現實的世界。

　　「萬物啟蒙」課程，用現代的術語來說，即是所謂的跨學科學習，是目前教育的新趨勢。而其獨特處是：他認為當下的教育應該以中國文化為本源，並嘗試打通學科與文化的邊界。「萬物啟蒙」課程，或許是對中國傳統蒙學的一種繼承與創新。

　　「萬物啟蒙」的緣起，可說當代有識之士對教育的省思，這種省思或源於清末鴉片戰爭（1929-1942）後，傳統中國遭遇到亙古所未有的挑戰，產生了巨大深刻的形變，對中國來說，這是中國傳統解組

的世紀，也是中國現代化的開始。

現代化運動的特色之一，它是根源於科學與技術；特色之二，它是全球性的歷史活動。這個現代化可以說發源於西方，因此西方國家挾其科技，輔以政治、軍事、經濟的侵略，於是所謂的現代化則淪為西化，並以全球化為包裝，進行帝國主義式的獵奪。（見1985年3月臺灣幼獅文化版，金耀基，《金耀基社會文選》，頁3-4。）

而後有了民族自決的覺醒，且吉妮特‧佛斯（Jeannette Vos）、高頓‧戴頓（Gordon Dryden）於《學習革命》（*The Learning Revolution*）中認為塑造明日世界有十五個大趨勢，其中之十是「文化國家主義」，他們說：

> 當全球愈來愈成為一個單一經濟體，當我們的生活方式愈來愈全球化，我們就愈來愈清楚的看到一個相反的運動，奈斯比稱之為文化國家主義。
>
> 「當世界愈來愈像地球村，經濟也愈來愈互賴時」，他說，「我們會愈來愈講求人性化，愈來愈強調彼此間的差界，愈來愈堅持自己的母語，愈來愈想要堅守我們的根及文化。
>
> 即使是歐洲由於經濟原因而結盟，我仍認為德國人會愈來愈德國，法國人愈來法國」。
>
> 再一次的，這其中對於教育又有極為明顯的暗示。科技愈加發達，我們就會愈想要抓住原有的文化傳統——音樂、舞蹈、語

言、藝術及歷史。當個別的地區在追求教育的新啟示時——尤
其在所謂的少數民族地區,屬於當地的文化創見將會開花結
果,種族尊嚴會巨幅提升。(見1997年4月中國生產力中心出
版,林麗寬譯,頁43-44)

　　昔日所謂的國際化,或即是現在所謂的全球化(Globalization)。
「全球化」是一個備受爭議的「名稱」。從後殖民主義觀點,則
認為全球化是一種殖民主義。後殖民主義因有薩依德(Edward Said,
1935-2003)、佳亞特里・C・斯皮瓦克(Gayatri C. Spivak, 1942-)、霍
米・巴巴(Homi K. Bbabba, 1949-)(照片如下,由左而右依序排列)
等三位代表人物先後發表論述,使得學界對後殖民主義的研究與文化
身分、種族問題、離散現象以及全球化問題融為一體,並在一些第三
世界國家釀起了民族主義的情緒。

　　學者檢視全球化的過程,發現其核心在於科技。雖然,科技是獨
立於社會脈絡,可是科技的發展卻會造成社會、國家、文化和個人的
運作方式與認知自我方式的改變。

　　當然,全球化或許已經成了不爭的事實,但是全球化的影響和播
撒不只是停留在經濟和國際交往上,文化的全球化亦趨突顯出現。可
是我們也不樂意單一性,或以歐、美為中心。

全球化：帶來跨國交流意味著自由、離散的合理化、時空的壓縮、旅行的理論化。理論上全球化是去中心與疆域，因此，沒有真正的全球文化，因為認同和文化歸屬必須仰賴情感和傳統的共鳴。

全球化論者如果能以麥克魯漢（Marshall Mcluhan, 1911-1980）重塑「地球村」概念入手，更能有休戚與共、四海一家的感覺，和道德涉入的本質。

全球化論點要皆以政治、經濟入手，或許從人類學觀點，會拋開不必要的霸權與衝突。

人類學的世紀之旅可以總結出意義深遠的三大發現。這正是後來居上並給整個人文社會學科帶來重要轉向的關鍵所在：人的發現、文化的發現、現代性原罪的發現。（見葉舒憲：《文化人類學教程》，中國社會科學出版社，2010年7月，頁14-15）

「萬物啟蒙」原屬於充實學校「童化課程」，考啟蒙意義有三：1. 傳授基礎知識或入門知識；2. 教小孩；3. 開導蒙昧，使之明白事理，而後將這些課程編撰成書，並稱之為《中國文化通識文本》，壯哉斯言，誰曰不宜。

今又編撰有《萬物啟蒙詩歌讀本》三卷：第一卷《草木之華》，第二卷《蟲鳥之靈》，第三卷《風物之美》。書中不見編撰者任何說明，且注解亦不針對原詩，而是提供相關的資訊，而今問序於我，且任我奔馳不設限，於是勾起我的無限思序，個人認為萬物啟蒙詩歌讀本更接近地氣與傳

統，也更合適於啟蒙。因此，擬就傳統詩教、詩歌本質與詩歌特質等三方面略敘己見。

首先，本文所指詩歌，當與詩、歌謠同義。

詩或詩歌之與中國，可說水乳交融，而目前兒童詩歌逐漸流於想像的遊戲；古詩歌則流於吟唱或背誦，非但不適當，且有悖傳統詩教。

透過歷史的考察，我們知道中國詩教可說源遠而流長，所謂詩教，溫柔敦厚是也（見《禮記・經解篇》）。朱自清在〈詩言志辨〉一文裡，認為詩言志的歷程是：

獻詩陳志
賦詩言志
教詩明志
作詩言志（詳見《朱自清集》，河洛版，1977年4月，頁1119-1162）

所謂詩言志，其實就是詩教；古有採詩之官，《詩經》的編錄，原有諷諫教戒之意，

但《詩經》編錄之後，士大夫為宴遊歌詠之需，隨即成為上層社會傳
習的教科書，風行於當時的政治社會，至孔子以五經教學生，弟子三
千，即為教詩明志，《論語》裡提到詩的有：

 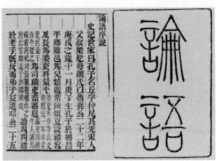

子貢：「貧而無諂，富而無驕，何如？」子曰：「可也，未若貧
而樂，富而好禮者也。」子貢：「詩云：『如切如磋，如琢如
磨。』其斯之謂與？」子曰：「賜也，始可與言詩已矣；告諸
往而知來者也。」〈學而篇〉

子曰：「詩三百，一言以蔽之：曰思無邪？」〈為政篇〉

三家者以雍徹。子曰：「相維辟公，天子穆穆。」奚取於三家
之堂！〈八佾篇〉

子夏問曰：「『巧笑倩兮；美目盼兮；素以為絢兮。』何謂
也？」子曰：「繪事後素。」曰：「禮後乎？」子曰：「起予！
商也始可與言詩已矣！」〈八佾篇〉

子曰：「關雎樂而不淫，哀而不傷。」〈八佾篇〉

子所雅言，詩、書、執禮，皆雅言也。〈述而篇〉

曾子有疾；召門弟子曰：「啟予足！啟予手！詩云：『戰戰兢兢，如臨深淵，如履薄冰。』而今而後，吾知免夫！小子！」〈泰伯篇〉

子曰：「興於詩；立於禮；成於樂。」〈泰伯篇〉

子曰：「吾自衛反魯，然後樂正，雅頌各得其所。」〈子罕篇〉

「唐棣之華，偏其反而。豈不爾思，室是遠而！」子曰：「未之思也夫！何遠之有！」〈子罕篇〉

子曰：「誦詩三百，授之以政，不達；使於四方，不能專對；雖多亦奚以為！」〈子路篇〉

陳亢問於伯魚曰：「子亦有異聞乎？」對曰：「未也。嘗獨立，鯉趨而過庭。曰：『學詩乎？』對曰：『未也。』『不學詩，無以言！』鯉退而學詩。他日，又獨立；鯉趨而過庭。曰：『學禮乎？』對曰：『未也。』『不學禮，無以立！』鯉退而學禮。聞斯二者。」陳亢退而喜曰，問一得三：「聞詩；聞禮；又聞君子之遠其子也。」〈季氏篇〉

子曰：「小子，何莫學夫詩！詩，可以興；可以觀；可以群；可以怨。邇之事父；遠之事君。多識於鳥獸草木之名。」〈陽貨篇〉

孔子對於古代文化，包括春秋時代貴族間的文化，做個總結、闡述、提高的工作，就經學而言，有下列三點決定性的基礎：

一、他把貴族手中的文化及文化資料，通過他的「學不厭，教不倦」的精神，既修之於己，且擴大於來自社會各階層的三千弟子，成為真正的文化搖籃，以弘揚於天下，成為爾後兩千多年中國學統的骨幹。

二、孔子說：「興於詩，立於禮，成於樂」，把詩、禮、樂當作人生教養進昇中的歷程，這是來自實踐成熟後的深刻反省，所達到的有機體的有秩序統一。

三、從論述看，他對詩書、禮、樂及易，作了整理和價值轉換的工作，因而，注入了新的內容，使春秋時代所開闢出的價值，得到提高、昇華，因而也形成了比較確定的內容與形式。

（見徐復觀：《中國經學中的基礎》，學生版，頁7-8）

孔子說：「吾自衛反魯，然後樂正，雅頌各得其所。」〈子罕篇〉，恢復以樂配詩的原有的合理狀態，這是他對詩經所作的重要整理工作。詩經在春秋時代的盛行，詩經對人生所發生的功用，當時的賢士大多已感受到。孔子的詩教，屈萬里認為有三點：

一、用詩涵養性情，以為修身之用。二、藉詩通達世務，以為從政之用。三、用詩練習辭令，以為應對之用。至於多識草木

鳥獸之名，那可以說是其餘事了。從孔子以後，到秦始皇以前，談詩的人，大都不超過這個範圍。（見《詩經釋義》（一），華岡出版社，1967年10月新版，頁22）

其實，仔細思考前邊引錄《論語》一書中有關詩的章句，再細嚼「詩，可以興；可以觀；可以群；可以怨。邇之事父；遠之事君。多識於鳥獸草木之名。」〈陽貨篇〉；「興於詩；立於禮；成於樂。」〈泰伯篇〉以及「志於道，據於德，依於仁，游於藝。」〈述而篇〉用現代術語來說，它就是成為一個人的全人教育，尤其「多識草木鳥獸之名」絕不是餘事了，它正是接地氣的根植於日常生活所見。

查考歷代童蒙教育，學者自以朱熹為主，朱熹有《小學》一書，朱熹認為小學是大學的基礎，於〈小學書題〉說：

古者小學，教人以灑掃應對進退之節、愛親敬長隆師親友之道，皆所以為修身、齊家、治國、平天下之本。而必使其講而習之於幼稚之時，欲其習與智長、化與心成，而無扦格不勝之患也。（見《小學集解》，世界版，頁1）

可知朱熹對童蒙教育的看法是：由躬行而入窮理，而躬行主要在於修身、處事、接物等，亦即是以現實的萬事萬物為主。因此，張伯行於《小學集解》有云：

> 小學之方，灑掃應對，入孝出恭，動罔或悖，行有餘力，誦詩讀書，詠歌舞蹈，思罔或逾。（見《小學集解》，世界版，頁2）

可惜的是，「誦詩讀書，詠歌舞蹈」，朱子並未多加著墨，蓋朱子教育主張由外入內心，並未注意到兒童的心理需求。

陳榮捷，《王陽明傳習錄詳註集評》，
臺北市：臺灣學生書局，2006 年 9 月

真正關注童蒙的詩歌教學，不得不首推王陽明，尤其是〈訓蒙大意示教讀劉伯頌等〉一文，任時先在《中國教育思想史》一書，分析〈訓蒙大意〉，認為其兒童的方案如下：

一、兒童教育的目的是：蒙以養正。
二、兒童教育的原則是：孝、弟、忠、信、禮、義、廉、恥。

三、兒童教養的教材是：誘之歌詩，以發其志意；導之習禮，
以肅其威儀；諷之讀書，以開其知覺。

四、教學法上注意點是：

第一、注意了解兒童的心理性
情，使其自然發展，而達
到「趨向鼓舞，中心喜
悅」的境地。

第二、注意兒童的心性的陶冶。

第三、注意兒童身體發育的健
全，平時以周旋揖讓而動
其血脈，拜起屈伸而固束
其筋骸。

第四、注意兒童心志的潛化，日使之漸於禮義而不覺其苦
難，自然而然養成健全的人格。（見商務版，1993年
3月，頁232）

　　總之，王陽明能理解兒童。他認為詩歌，可以「洩其跳號呼嘯於
詠歌，宣其幽抑節滯於音節。」他在贛南為各縣學規定教約，關於兒
童的唱詩，有種種的設計。他認為兒童是人生的春天，在王陽明的心

目中該是充滿了陽光、歡躍
和歌唱。王陽明非常重視詩
歌的教化作用，音樂和優美
的詩可以使兒童幼小的心靈
充滿了對宇宙、對人生的希
望和美感，這也是順乎兒童
的本性和自然生長的法則。

　　引申的說，了解詩歌的本質與特質，則更能進一步了解兒童與詩歌的關係。

　　而所謂詩歌的本質，首見今文《尚書》〈堯典〉：「詩言志，歌永言，聲依詠，律和聲」。這是舜命夔典樂並教導冑子的話，《尚書正義》對詩言志的解釋是：

> 作詩者自言已志，則詩是言志之書。（見《十三經注疏本》，藝文版，頁47）

而〈詩大序〉亦云：

> 詩者，志之所之也。
> 在心為志，發言為
> 詩。情動於中而行於
> 言，言之不是故嗟嘆
> 之，嗟嘆之不是故永
> 歌之，永歌之不是，
> 不知手之舞之，足之
> 蹈之也。（見《十三經注疏本》，藝文
> 版，頁13-15）

〈詩大序〉是屬於儒家實用主義的文學觀，
但仍有「情發於聲」之論。至陸機，則進而
主張「緣情」，陸機於「文賦」中說：

> 詩緣情而綺麗，賦體而瀏亮。（見許文

雨編著：《文論講疏》，正中版，1967年1月臺一版，頁35）

總之，不論「言志」或「情緣」，詩歌的本質是抒情。

至於詩歌的特質則在於音樂性，所謂音樂性，是說它具有音樂上的某種效果而言。音樂的組成要素，包括節奏、旋律、和聲與音色。而詩歌的音樂性，主要是指節奏性而言。其實，詩歌的音樂性，是源遠而流長，今日學者已證實詩歌、音樂、舞蹈三者同出於一源。《尚書》〈堯典〉：

詩言志，歌永言，歌依詠，律和聲；八音克諧，無相奪倫，神人以和。

《呂氏春秋》〈古樂篇〉

苦葛天氏之樂，三人操牛尾，投足，以歌八闋。

《禮記》〈樂記〉：

詩，言其志；歌，詠其聲也；舞，動其容也。三者本於心，然而樂器從之。

從以上引述可知，詩、音樂（歌）、舞蹈在我國以往的觀念裡，亦認為是三者出之於同源，且是根據於宗教或敬天祭祖之儀式中。今日的人類學者與社會學者，由於對原住民的研究，更確定最初的詩

歌、音樂與舞蹈是一種三位一體的混合藝術。而三者共同點就是節奏。在原始時代，詩歌可以沒有文學意義；音樂可以沒有旋律；舞蹈可以不問姿態，但是必須有節奏。後來三種藝術分化，每種藝術保持節奏；但在節奏之外，音樂儘量往旋律方面發展、舞蹈儘量向姿態方面發展、詩歌儘量向文字意義方面發展，於是彼此距離就日漸甚遠了。

我們知道詩歌、音樂、舞蹈三者同源，而三者又以節奏為共同之點：我們便會知道，詩歌絕不能少了格律。所謂格律，最重要的是章句的整齊。這種格律的要求或謂源於自然現象，以及中國文字本身獨有的特性。但查考初時，詩歌原與音樂、舞蹈不分，所以不能不遷就音樂、舞蹈的節奏；因為它與音樂、舞蹈原來同是群眾的藝術，所以不能不有固定的形式，以便於大眾協同一致。如果沒有固定的音律，這個人唱高，哪個人唱低，這個人拉長，哪個人縮短，就會嘈雜紛嚷，鬧得一塌糊塗。詩歌的章句整齊，原是因應音樂、舞蹈合樂，便於群唱的，後來就成為詩歌固定的形式：於是沒有那固定形式的，在傳統上就不能算是詩歌。同時，與格律有關的是「韻」，詩歌在原始時代與音樂、舞蹈並行，它的韻是點明一個樂調或一段舞步的停頓所必須的。同時，韻也把幾段音節維繫成為整體，免於渙散。所以沒有韻，在傳統上也不能算是詩。

從以上所述，我們知道詩歌不能少掉格律，這種音樂化的格律，即是詩歌的特質所在。這種特質所在，亦可從字形本身見其端倪，陳世驤在〈原興〉一文裡，解釋「詩」字如下：

　　詩（𡶡）和以足擊地做韻律的節拍，
此一運動極有關係，此尤其於古文字

的象形。以足擊地做韻律的節拍，顯然是原始舞蹈的藝術，和音樂、歌唱同出一源。（見《陳世驤文存》，志文版，1972年7月，頁227-228）

持此，我們可以說：詩歌是用有格律的語言文字，從節奏上，表現情意的藝術作品。這種詩歌不但是抒情的，而且也是音樂性的。（以上參見《高明文輯（下）》〈詩歌的基本理論〉第一節「詩歌的本質」，黎明版，1978年3月，頁113-116）但我們也要了解，詩歌之所以有一種固定的有規律的形式，原因大概都在它當初是應和樂舞的。詩的形式在原始時代與樂舞的形式一致，這種形式隨節奏而變化，而節奏是情感的自然流露，因此詩的音樂性的形式，是隨時會變遷的。

中國詩歌的音樂性，又緣於中國語言文字的特質在於孤立體、單音節與有聲調。因其孤立，宜於講對偶；因其單音節，宜於務聲律。

總之，詩歌想透過另種的語言處理，而成為一種樂語。我國歷代韻文學的產生，皆源於音樂的需要。唐詩因為不能唱，而後有詞的產生；詞又因為不能唱，元曲於是產生。雖然新詩的產生，有時橫空而來，但其本質仍在音樂性，這是無可爭的事實，也是我們必先了解的事實。

尋根溯源，文學的創始，即始於歌謠、傳統詩教，詩歌抒情本質與音樂性的特質，更與兒童的發展息息相關。考我國歷代啟蒙教材，即以韻文編寫，即取其易記與漸入之效。及至清末，新教育開始公布實施，在新教育的發展過程中，歷受日本、德國、英國、美國的影響，在各種西潮的衝擊下，一直未能建立一套屬於自己的教育體系與

制度，當然詩教更不易廣，今見《萬物啟蒙詩歌讀本》出版，似乎更見啟蒙的意涵。總之，在全球化的浪潮下，找到屬於自己的立足的文化，才是「全球在地化」的真諦，時下有《CQ文化智商》（David C. Thomas, David C. Thomas、Kerr Inkson著，吳書榆譯，經濟新潮社，2013年4月）、《第五波產業革命：文化創鑫》（覃冠豪著，上奇時代，2013年11月）、《文化地圖》（Erin Meyer著，李唐莉、唐岱蘭譯，好優文化，2017年12月）等書，皆在強調文化與文化並置及差異。中國正在崛起，該以何種姿態現身？或許以固有文化素養為核心，是我們必須面對的現實。

最後，我以艾略特在〈傳統與個人才能〉一文中的兩段話作為本文的結束：

每一個國家，每一個民族，都不僅有自己的創作習慣，而且還有自己的文學批評的習慣。（見《艾略特文學論文集》，百花洲文藝出版社，1994年9月，頁1）

傳統是一個具有廣闊意義的東西，傳統並不能繼承。假若你需要它，你必須通過艱苦勞動來獲得。首先，它包括歷史意識。對於任何一個超過25歲仍想繼續寫詩的人來說，我們可以說這種歷史意識幾乎是絕不可少的。這種歷史意識包括一種感覺，即不僅感覺到過去的過去性，而且也感覺到它的現代性。（同上，頁2）

談張雪門《兒童文學講義》

一　前言

　　本文旨在談論張雪門《兒童文學講義》一書。談張雪門《兒童文學講義》則必涉及民國時間的兒童文學相關論述，本文不在探討兒童文學本身的基本概念，主要在呈現一些相關的事實。因此，在行文中儘量以列表來呈現。又有關張雪門的生平與學術，亦不在討論範圍之內，僅是單純的談《兒童文學講義》一書。

二　民國時期的兒童文學教科書

　　民國時期（尤其是二、三十年代），曾經火熱無比。但對兒童文
學界而言，似乎是水波不興。曾經海豚出版社在二〇一〇年之後，出
版了《中國兒童文學經典懷舊系列》、《百年鉤沉——民國兒童教育大
系》，前者是作品；後者是教材，其實就是繪本。至於有關兒童文學
的研究，似乎是乏人問津。目前個人所及，可見最早的資訊是：一九
六一年十一月，少年兒童出版社的《1911-1960兒童文學論述目錄索
引》一書，其間一九一一年二月至一九一九年九月，兒童文學專著和
論文集收錄如下：

書名	作者	出版社	出版時間
兒童文學概論	魏壽鏞 周侯予	商務印書館	1923年初版 1924年再版
兒童文學概論	周侯予	中華書局	1923年9月版
兒童文學概論	朱鼎元	中華書局	1924年10月版
童話概要	趙景深	開明書店	1927年7月版
童話論集	趙景深	開明書店	1927年9月版

書名	作者	出版社	出版時間
神話學ABC	謝六逸	世界書局	1928年版
兒童文學研究	張聖瑜	商務印書館	1928年7月版
兒童心理與興味	葛承訓	中華書局	1929年初版 1931年、1933年兩次改版
神話雜論	茅盾	世界書局	1929年6月初版
中國神話研究ABC	玄珠（茅盾）	世界書局	1929年版
童話學ABC	趙景深	世界書局	1929年版
世界童話研究	〔日〕蘆谷重常著，黃源譯	華通書局	1930年3月版
小朋友童話	趙景深	北新書局	1930年8月版
神話研究	黃石	開明書店	1931年11月再版
兒童閱讀興趣的研究	徐錫齡編	民智書局	1931年版
兒童的世界	蔣薇	現代書局	1932年版
兒童文學小論	周作人	兒童書局	1932年2月版
兒童故事研究	陳伯吹	北新書局	1932年10月版
兒童文學小論參考資料	趙景深	兒童書局	1933年2月版
兒童讀物研究	王人路	中華書局	1933年3月版
兒童文學研究	趙侶青 徐回千	中華書局	1933年版
兒童文學研究	陳濟成 陳伯吹	上海幼稚師範學校叢書社	1934年版
兒童文學概論	呂伯攸	大華書局	1934年版
新兒童文學	葛承訓	兒童書局	1934年3月版

書名	作者	出版社	出版時間
童話評論	趙景深編	新文化書社	1934年4月版
兒童讀物選擇法	林斯德著	湖北大問書齋	1935年版
兒童讀物研究	仇重、柳風等	中華書局	1948年版
兒童文學	錢畊莘	世界書局版	附：（因資料不全，
兒童文學概論	吳研因	世界書局版	出版年分不詳）

（頁28-30）

　　上述書目中有兒童文學教科書十二種，最後因資料不全，出版年
分不詳者兩本，其實從書目中缺出版月分者，個人懷疑編者似乎未見
其書。又在書目中未列張雪門《兒童文學講義》（上、中、下）。

　　雖然周作人的《兒童文學小論》不是教科書，而趙景深卻在江蘇
省上海中學把它當作教材來教，後來並將教學材料與成果編輯出版
《兒童文學小論參考書》。

　　民國時期到底有多少本兒童文學教科書，個人擬以下列三本書作為對照：

　　王泉根評選　中國現代兒童文學編選　南寧　廣西人民出版社
1989年8月
　　王泉根編著　民國兒童文學文論輯評（下）　太原市　希望出
版社　2015年12月
　　李利芳著　中國發生期兒童文學理論本土化進程研究　北京市
中國社會科出版社　2007年8月

　　上述王泉根二書（後者是前書的修訂再版），以及李利芳的博士論文這三本書中，都有一九四九年以前的兒童文學理論專書書目，試將其列表與《1911-1960兒童文學論文目錄索引》對照比較如下：

1911-1960 兒童文學論文目錄索引（頁28-30）	中國現代兒童文學文論選（頁1006-1022）	中國發生期兒童文學理論本土化進程研究（頁390-391）	民國兒童文學文論選評（下）（頁1087-1102）
周侯予《兒童文學概論》中華書局（1923）	無	有	無
趙侶青、徐迴千《兒童文學研究》	1933年1月，上海中華書局初版，共110頁	有	有
陳濟成、陳伯吹《兒童文學研究》上海幼稚師範叢書社（1934）	存目，同左	有	《兒童文學研究》陳濟成、陳伯吹著，1934年，上海幼稚師範學校叢書社出版
呂伯攸《兒童文學概論》 大華書局（1934）	無	有	1934年6月上海大華書局，共193頁
仇重等《兒童讀物研究》中華書局（1948）	1948年9月，上海中華書局，共205頁	無（不在發生期）	有
錢耕莘《兒童文學》世界書局	1934年7月，世界書局出版，共121頁	有	有
吳研因《兒童文學概論》世界書局	無	出版時間不詳	《兒童文學概論》（存目）吳研因著，世界書局出版（具體出版時間不詳）

無	《兒童文學ABC》（存目）徐調孚著，1929年，世界書局出版	無	《兒童文學ABC》（存目）徐調孚著，1929年，世界書局出版
有	《親兒童文學》（存目）葛承訓著，1933年，兒童書局	有	《新兒童文學》存目葛承訓著，1933年，兒童書局出版
無	無	無	《兒童文學講義》（存目）張雪門著，1930年，北京香山慈幼園出版

　　在四本書中，李利芳因為沒有出版月，所以對照性稍嫌不足。在原目錄索引中有疑問者有七。王泉根前者補足三本，卻多出了一本徐調孚的《兒童文學ABC》；後者補足一本，卻又跑出一本是吳妍因存目的《兒童文學概論》，至於李利芳則橫空出現一本周侯予的《兒童文學概論》。

　　今查核相關資料，目前應該有十一種兒童文學教科目。令人疑惑的是，張學門《兒童文學講義》在上列表四種書中，竟然只有王泉根後者列為「存目」而已。至於周侯予、徐調孚與吳妍因三人的書，似乎是以訛傳訛，以致無中生有。今將現存可見十一本列表如下：

民國時期兒童文學教科用書：出處是指分體分類而言

作者	書名	出版地	出版社	出版年月	出處
魏壽鏞 周侯予	兒童文學概論（110頁）	上海	商務印書社	1923.8	頁47-58
朱鼎元	兒童文學概論（63頁）	上海	中華書局	1924.10	頁8-14

作者	書名	出版地	出版社	出版年月	出處
張聖瑜	兒童文學研究（194頁）	上海	商務印書社	1928.9	頁70-86
張雪門	兒童文學講義 上（142頁） 中（182頁） 下（128頁）	北京	香山慈幼院	1930.2 1930.4 1932.10	上、中
趙侶青 徐迴千	兒童文學研究（110頁）	上海	中華書局	1933.1	頁19-51
王人路	兒童讀物研究（138頁）	上海	中華書局	1933.3	頁5-65
葛承訓	新兒童文學（177頁）	上海	兒童書局	1934.3	頁14-122
呂伯攸	兒童文學概論（193頁）	上海	大華書局	1934.6	頁51-66
錢畊莘	兒童文學（121頁）	上海	世界書局	1934.7	頁17-84
陳濟成 陳伯吹	兒童文學研究（111頁）	上海	上海幼稚師範學校叢書社	1934.10	頁33-111
仇重、 金近等	兒童讀物研究（205頁）	上海	中華書局	1948.9	頁6-205

綜觀書寫者似乎是教育從業者為多，而出版社要皆以上海為主。
這個時期（二、三十年代）正是兒童文學以課程標準的形式出現在國
家課程綱要中，對教材主張兒童文學化。這是中國兒童文學發展史上
的第一個黃金年代。

三　兒童文學教科書的體例與文體分類

教科書的意義，依《辭海》的界定：「依照法定科目，選擇適當
材料，編輯成書，用以教授學校學生者，稱教科書。」因此，所謂的
教科書，是依科別、教學目標、教材與教學方法而編寫出來的用書。
基本上它是以基礎性、客觀性與全面性為主，如兒童文學教科書，除
基本概念外，文體分類而言，需含各種文體。因就書名而言，不是兒
童文學就是兒童讀物，當然這兩名稱會與定義有關，但至少它是兒童
文學教科書。如名為童話研究，它可以是童話的教科書，但絕不是兒
童文學的教科書。

教科書自有其編寫方式的體例在。而本節旨在了解體例，是以將
分類另成一小節。試分述如下：

（一）體例

體例簡單的說是指著作的書寫格式。

中國第一本兒童文學教科書，也是第一部探討兒童文學基本原理的專著，是由魏壽鏞、周侯予兩人編寫的《兒童文學概論》，1923年8月由上海商務印書館印行。作者聲明：「本書內容簡單，不能作研究「兒童文學」的資料，只好算「研究兒童文學」的呼聲。」（見頁110）全書目錄如下：

> 著作的動機
> 著者的計畫
> 什麼叫做兒童文學
> 兒童有沒有文學的需要
> 兒童文學的要素
> 兒童文學的來源
> 兒童文學的分類
> 兒童文學的教學法
> 附錄一　課本形式
> 附錄二　文學教學實況
> 著者的聲明

從引述目錄可知已具備兒童文學的相關知識。而分類、教學法似乎是教科書的重點。又著者的計畫有云：

> 書裡所指的兒童，他的童齡，是從四歲到十五歲，便是從幼稚
> 園起到初級中學為止。（頁5）

以下試將十一種教科書的書寫體例列表如下：

	篇章	例言	實習重點	練習問題	兒童文學教學法	作品適用年級	教材舉例	序跋	注釋	參考文獻	附錄
魏壽鏞、周侯予	6	v			v	v		v			v
朱鼎元	9				v	v	v	v			
張聖瑜	11	v		v	v	v	v	v			v
張雪門	15		v					v	v	v	v
趙侶青、徐迥千	10	v		v	v			v			
王人路	9			v				v			
葛承訓	18			v	v			v		v	
呂伯攸	10	v		v	v	v	v				
錢畊莘	7	v	v	v							
陳濟成、陳伯吹	11			v				v		v	
仇重、金近等	10										

　　從列表中只能看到書寫體例的概況，當然各書的用詞不一，有興趣者可取原書對照。一般來說，各書皆立足以兒童本位，又實例重於理論，且各書亦有其特色。其間仇重等《兒童讀物研究》一書。是由九位當時活躍在上海文壇的著名兒童文學作家。全書依文體類別進行專題研究，與一專題既有理論的闡述，又有作品的評析，是四〇年代一部重要的兒童文學專著。列其書目如下：

一、緒言（呂伯攸）

二、故事類讀物（仇重）

三、小說類讀物（金近）

四、童話類讀物（賀宜）

五、遊記類讀物（柳風）

六、閱讀兼表演的讀物（包蕾）

七、有韻的讀物（呂伯攸）

八、知識的讀物（鮑維湘）

九、讀物與圖畫（邢舜田）

十、連環圖的昨今明（何公超）

　　本書將知識的讀物與連環圖列入文類，是其特色。當然，魏壽鏞、周侯予是體例的創建者，其貢獻自不待言。以下略述其餘各書在體例列表中不見的特色。至於張雪門是本論文的另個論述重點，有專節討論，於此不述。

　　于鼎元《兒童文學概論》，有一個單元是〈兒童文學教材的舉例〉。兒童文學教材化或教材兒童文學化，是當時小學語文教育的趨勢，本單元即當時現狀的呈現。

　　張聖瑜《兒童文學研究》第三章〈兒童文學之特質〉，教科書首度揭示兒童文學的特質有六：口傳、自然、單純、純情、神情與醇美。又附錄〈兒童文學教材實況調查〉一文，是實證性問卷調查表與報告。

　　趙侶青、徐迥千《兒童文學研究》，其中有三章值得關注：

三、兒童文學在初級教育段應占怎樣的地位

八、兒童文學與注音符號的關係怎樣

　　九、兒童文學與常識科的關係怎樣

　　這是全書中用「怎樣」命題的三篇文章。有關注音符號已成過去，至於其他兩個怎樣似乎二十一世紀初還在討論。所謂常識書，即是目前所謂的知識性讀物，或稱科普讀物。當時吳妍因輩即主張兒童文學化。

　　王人路《兒童讀物的研究》一書中第七單元〈兒童讀物的效能測驗〉、第八單元〈兒童讀物的介紹和批評〉，皆屬開創性的著述。

　　又葛承訓《新兒童文學》，第十六章〈兒童興趣〉，亦是開先例的論述。其實，葛承訓在一九二九年十二月已出版《兒童心理與興味》一書（中華書局出版）。

　　呂伯攸《兒童文學概論》，第十章〈兒童文學在今日〉，談的是知識性的兒童文學化問題。

　　錢畊莘《兒童文學》第七章〈餘論〉第一節〈兒童文學與漢字問題〉，歐風東來，漢字問題也波及兒童文學。

　　陳濟成，陳伯吹《兒童文學概論》，第五章〈兒童文學的將來〉，論及兒童文學的未來走向。

（二）分類

　　兒童文學文體的分類，是研究與學習的起點。各家分法不一，有些作者甚至沒有任何說明（如王人路、葛承訓、陳濟成、陳伯吹等），就直接分類，所謂概論或研究，要皆以文體分類為主軸，試將十一家分類列表如下：

文類 \\ 編著者		魏周存侯鏞予	朱鼎元	張聖瑜	張雪門	趙徐侶迥青千	王人路	葛承訓	呂伯攸	錢畊莘	陳陳濟伯成吹	仇金重近等
詩歌（韻文）	兒歌						v	v				
	民歌						v	v				
	童謠						v	v				
	諺語						v	v				
	舊詩	v	v	v	(v)	v		詩		v	v	v
	新詩						詩					
	詞曲											
	其他											
童話（故事）	神話						v	v			v	
	神仙	v					v					
	動、植				v							
	寓言	v			v		v	v				
	故事	v	v	v			v	v			v	v
	謎語	v				v	v					
	諧談	v			v		v	v				
	小說	v					v			散文	v	v
	荒唐話											
	傳說							v				
	科學				v							
	神經				v							
	史地				v							
散文（普通文）	傳記	v				(v)	v					
	遊記	v										v

文類		魏周存侯鏞予	朱鼎元	張聖瑜	張雪門	趙徐侶迴青千	王人路	葛承訓	呂伯攸	錢畊莘	陳陳濟伯成吹	仇金重近等
	論說	V					V					
圖畫故事	故事畫	V			V			V				V
	繪圖故事											
	自然						V					
	童話						V	V			V	V
	成語故事											
	日記											
	小品文											
	連環圖畫											V
	知識的											V
戲劇	劇本	V	V	V		V	歌劇 話劇			V	V	V
合計		11	3	3	9	4	18	14	4	3	6	9

　　綜觀上表，原則上有三種不同的分類法。首先，是魏壽鏞，周侯予的文體分類。將文體分成十一大類，有些大類下又有次類，如詩歌下有八個次類。

　　其次是朱鼎元的文體類型的分類。朱氏在文中（頁9）提到兒童文學材料分類的方法，從來各家的說法不同。並提到Macclintock的主張，分成八類：神話、民間傳說和神仙傳說、動物故事和自然故事、寓言、英雄故事和傳奇、實際生活故事、詩歌與戲曲。但朱氏認為還不如歸納出三大類：故事、詩歌、戲曲。大類下有次類。他認為這個

方法簡明合用一點，這個方法，每類依據「選擇標準」、「解釋」、「功能」與「分目和適用的時期」等四項加以說明。張聖瑜即步其後塵。葛承訓則增圖畫書一類。而錢畊莘則分成散文、韻文與劇本。

再其次，是與吳妍因有關。吳妍因傾向與小學國語課程標準的分類，他主張課程兒童文學化。他的分類是：故事、詩歌、劇本、普通文與實用文。（見呂伯攸，《兒童文學概論》，頁51）如趙侶青、徐迴千，依吳妍因的分類，與小學國語課程準備的分類法，分成：普通文、實用文、詩歌與劇本。在表中是在不易呈現，是以引轉如下：

甲、普通文	記敘文（含生活故事、自然故事、歷史故事、童話傳說、寓言、笑話、日記、遊記及其他等十種） 說明文 議論文
乙、實用文	書信 布告 其他
丙、詩　歌	兒歌 民歌 雜歌 謎語 詩歌
丁、劇　本	話劇 歌劇　（頁51-66）

　　總結這三種分類法，其實就兩種。一種是以文類為主；另一種是
受散文、詩歌、戲劇與小說書寫大類的形式為主。

　　至於呂伯攸的分類又有王人路、錢畊莘並有文體分類表。至於陳
濟成、陳伯吹在書中並無說明，直接分成六種文體。

　　其實，雖然分類有不同，但要皆以文體的分類做為論述的主軸。

　　在朱鼎元、張聖瑜的分類中，在故事次類中卻不見童話，是否他
們認為童話即是荒唐童話或物化。可是張聖瑜在第八章〈兒童文學的
體制〉中明明有討論到「童話」（頁70-73），而次類中卻不見。又文中
說「且圖畫實為兒童文學輔佐要件，若故事畫、若謎畫、若劇幕畫，
甚至童謠、兒歌……無不宜畫。於兒童幼期文學讀本，更不可少。故
有畫無字之圖畫故事，與有腔無字之乳歌。同為兒童原始文學之主要
材料也。」（頁86），而張氏未將圖畫書列為一種文類，殊為可惜。

四　張雪門與《兒童文學講義》

　　張雪門（1891-1973），浙江勤縣人，是著名的幼兒教育專家。早
在上個世紀三十年代，他與陳鶴琴是幼教界並稱為「南陳北張」，也
是中國幼教之父，人稱它是中國的裴斯塔洛齊，而陳鶴琴是中國的福
祿貝爾。他是行為課程教學法創始人。

　　而本文則是以他的《兒童文學講義》（上、中、下）為論述主題。

　　《兒童文學講義》分上、中、下三冊，合計有四五三頁，是民國
時期其他兒童文學教材所不及者。全書分上、下兩編。今將目錄引述
如下：

上編：本論

第一種：科學故事┃第一類┃預習的問題
　　　　　　　　　　　　　　預習的材料
　　　　　　　　　┃第二類┃預習的問題
　　　　　　　　　　　　　　預習的材料
　　　　　　　　　┃第三類┃預習的問題
　　　　　　　　　　　　　　預習的材料

第二種：寓言┃第一類┃預習的問題
　　　　　　　　　　　預習的材料
　　　　　　┃第二類┃預習的問題
　　　　　　　　　　　預習的材料
　　　　　　┃第三類┃預習的問題
　　　　　　　　　　　預習的材料

第三種：動物植物製造物等故事┃第一類┃預習的問題
　　　　　　　　　　　　　　　　　　　　預習的材料
　　　　　　　　　　　　　　　┃第二類┃預習的問題
　　　　　　　　　　　　　　　　　　　　預習的材料

第四種：神經故事┃第一類　神話┃預習的問題
　　　　　　　　　　　　　　　　　預習的材料
　　　　　　　　┃第二類　傳說┃預習的問題
　　　　　　　　　　　　　　　　　預習的材料
　　　　　　　　┃第三類　神仙女巫小妖等故事┃預習的問題
　　　　　　　　　　　　　　　　　　　　　　　　預習的材料
　　　　　　　　┃第四類　巨人與龍的故事┃預習的問題
　　　　　　　　　　　　　　　　　　　　預習的材料

第五種：童話　第一類　預習的問題
　　　　　　　　　　　　預習的材料
　　　　　　　第二類　預習的問題
　　　　　　　　　　　　預習的材料
　　　　　　　第三類　預習的問題
　　　　　　　　　　　　預習的材料

第六種：史地故事　第一類　洪荒時代及遠地人的故事　預習的問題
　　　　　　　　　　　　　　　　　　　　　　　　　　預習的材料
　　　　　　　　　第二類　名人故事　預習的問題
　　　　　　　　　　　　　　　　　　預習的材料
　　　　　　　　　第三類　佳兒的故事　預習的問題
　　　　　　　　　　　　　　　　　　　預習的材料

第七種：笑話　第一類　預習的問題
　　　　　　　　　　　　預習的材料
　　　　　　　第二類　預習的問題
　　　　　　　　　　　　預習的材料

第八種：韻文　第一類　歌謠　預習的問題
　　　　　　　　　　　　　　預習的材料
　　　　　　　第二類　謎語　預習的問題
　　　　　　　　　　　　　　預習的材料
　　　　　　　第三類　遊戲歌　預習的問題
　　　　　　　　　　　　　　　預習的材料
　　　　　　　第四類　有韻語的故事　預習的問題
　　　　　　　　　　　　　　　　　　預習的材料
　　　　　　　第五類　故事詩　預習的問題
　　　　　　　　　　　　　　　預習的材料

第九種：圖畫故事 | 第一類　故事畫 | 預習的問題
　　　　　　　　　　　　　　　　　預習的材料
　　　　　　　　　　第二類　繪圖故事 | 預習的問題
　　　　　　　　　　　　　　　　　預習的材料

下編：概論
　　第一章　我們怎麼研究神話傳說和歌謠
　　第二章　兒童文學的特質怎樣
　　第三章　我們從什麼地方去搜集兒童文學的材料
　　第四章　兒童文學選擇的標準
　　第五章　兒童文學的分類
　　第六章　怎樣和兒童講文學
　　　　　　各章附參考錄

　　個人認為張雪門《兒童文學講義》一書，是民國時期最重要的一部兒童文學教科書，以下就體制與文體分類兩項說明如下：

體制

　　1. 它是為幼稚師範系統所編著的一部幼兒文學的教科書。它是一部立足於兒童與教育為基礎的教科書，有明顯的針對性、目的性與教育性。

　　2. 他書是概念在前，文體分類在後。且本論——文體分類純以作品為主，每種文體又分類。先有「預習的問題」，隨附有「預習的材料」。他在自序有說明：

　　　　我編纂這一部兒童文學講義，根據於第三院女師範四年級授課

的教材。我的旨趣，想養成她們自動研究——讀書的方法，並不想供給他們若干的教材。這是和前幾次擔任幼稚師範時的計畫不同：……從十八年中秋後一日，我移居到香山，又在三院繼續兒童文學的工作。第一天上教室，便有一種異樣的感觸。這裡環境優美，生活平靜，師範生就感到她們所需要的恐不是前次師範生的需要罷，供給這一種功課的材料和技能，遠不如養成她們對這一種功課的愛好和讀書的方法。因之我編制上更變了方針，先提問題，後列材料，盼望她們自己去預習的工夫。大幾問題在前，要想解決，便不能不從材料中去做比較、推理、旁徵等研究；而我則據她們研究的過程，以訓練其態度及方法。這兩種的旨趣，和歷年施教的經驗，我現在還不想憑著這兩點就下斷語。第一，時間太短；第二，學生的能力及平時的訓練不同，雖教師的修養和技能始終還是我一個人，然而也變得很遠了。（頁1-2）

壯哉！斯言也！「先提問題，後列材料，盼望她們自己去做預習的工作」，「而我則據她們研究的過程，以訓練其態度極其方法」。這不就是時下的翻轉課堂，學習在課外，討論在課上，也就是以學生為中心的教學，進而養成學生的自主學習。

3. 雖說這個時期的教科書實踐重於理論，也就是教科書中文本的材料優先，但張雪門的「預習的材料」卻是出奇得多。

4. 概論放在下編，有歸納、總結的意涵，也就是在精讀比較各種文體後，來做實證性理解。其中較特殊的是前三章。第一章談神話、傳說和歌謠的研究，第三章談兒童文學材料的搜集，可收學習與研究的效果，亦呼應序文中提到自動研究的讀書方法。

5. 全書三冊（上、中、下三編），上、中兩冊有附錄〈本書大綱

及選材一覽〉，正是古代提綱挈領，時下的心智圖（思維導圖），並有複習的效用。而下冊每章後面有參攷錄，具有參考文獻與註解的效用。

6.第二章討論兒童文學的特質，這就是其他教科書未及之處。他認為兒童文學內容和形式上主要的特質是：荒唐、擬人、滑稽、簡單、重複與變化等六種。所謂荒唐、滑稽在今日，仍是令人耳目一新。

分類

張雪門上中兩冊，將文體分成九類，特別將科學故事、動物、植物製造等故事、神怪故事、史地故事與笑話列為一個大類，或許緣於教育性與生活性的兒童中心觀點所致，所以他的分類既不像純以文體分類，也不像書寫形式類型的分類，但卻有課程標準分類的影子。有關他的分類，後來似乎無人受其影響，他的分類其實是缺乏判準，且在各大類（他稱之為種）下的次類分第一類、第二類，卻有的次類又有名稱，如第四種神怪故事，下分四類，每類又有名稱，如第一類神話。而有的大類，如第二種寓言，下分第一類、第二類，並無名稱，如體例不一。又作者在下冊第五章〈兒童文學的分類〉後面〈參考錄〉註一說：

> 按本書的上兩編材料本分做九種，其童話一種含義較混，茲特刪去，改為——科學故事、寓言、動物等故事、神怪故事、史地故事、笑話、韻文、圖畫故事——八種。（下冊，頁112）

刪除的理由似乎不充足，倒是把圖畫故事列為一個大類，則是首創舉。他說：

> 這一種故事的性質較混，且歷史也較晚，和上述七種顯然不同

的地方，辨識借圖畫做媒介，而無需於口傳的言語罷了。圖畫
故事在教育上的功能，是引起兒童的記憶，以再認事物，並喚
發其想像刺激其思考，而使之自己創造出故事來。……年幼的
兒童，運用第一類；到了小學，就可兼用第二類了。前者為形
成思想與言
語方式的工具；後者實為文字上書本研究的先導；加以配景合
法，又可樹植兒童藝術的興趣。（下冊，頁111-112）

五　小結

從上敘述可知，民國時期兒童文學論述發展的概況，以及張雪門
《兒童文學講義》的時代性意義。可是這段事實似乎不受關注與研
究，而張雪門的《兒童文學講義》更是被遺忘。

新時代兒童文學的緣起，自然離不開一九三九年中國鴉片戰爭的
事實，而兒童文學的興起，更離開教育、國語與教材。

一九一九年四月二十一日，國語統一籌備會在北京成立，在大會
上周作人、胡適、朱希祖、錢玄同、馬裕藻等六人提出了「改編小學
課文」的議案。這個議案在全國文教界一致呼籲下，經呈北京政府教

育部批准，在一九二〇年一月通令全國各國民小學，先將一、二年級國文改為語體白話文。規定在一九二二年冬季廢止臨時的小學白話文。而「兒童文學」自周作人等提倡以來，已形成了一股潮流，在一九二二年達到最高潮。這股潮流對國語教科書的編寫，產生很大的影響。一九二三年由吳妍因起草的《新學制課程標準綱要小學國語課程綱要》，在其〈（三）方法〉之（二）：「讀文 注意欣賞，表演，取材以兒童文學（包含文學化的實用教材）為主。」（見張心科編著，海豚出版社，2012年12月）民國兒童文學教育文論輯箋》，頁43），至一九二九年教育部公布實施的《小學課程暫行標準小學國語》，重申「讀書」的內容應側重兒童文學，其「目標」有云：

> 欣賞相當的兒童文學，以擴充想像、啟發思想，涵養感情，並且增長閱讀兒童圖書的興趣。（同上，頁48）

而所謂民國時期兒童文學的論述（或稱教科書），也因此應勢而出。民國時期的兒童文學論述，是兒童文學發展史上的第一次黃金期，它是歷史，也是事實，更是記憶。

附錄
文章出處一覽表

序號	文章	出處	頁數	出版年月
1	試析〈春的訊息〉	臺灣區省市立師範學院七十六學年度《兒童文學學術研討會論文集》	95-102	1988年5月27日
2	楊喚對兒童文學的見解——楊喚研究之一	《臺灣文藝》113期	8-16	1988年9-10月
3	試說我國古代童話	臺灣區省立師範學院七十七學年度《兒童文學學術研討會論文集》	127-170	1989年5月11日
4	解讀兒童戲劇與遊戲	《中縣文藝》4期	12-15	1990年9月
5	兒童文學的演進與展望	《東師青年》34期	132-140	1995年6月
6	我國近代童話的演變與反挫	《東師語文學刊》第10期	101-139	1997年6月
7	海峽兩岸兒童文學交流活動記事年表	《兒童文學家》季刊21期	44-55	1997年6月
8	豐子愷與兒童	《兒童文學家》季刊23期	34-40	1997年12月
9	文化中國——兩岸兒童文學交流理論的架構	《海峽兩岸兒童文學交流之研究》	126-171	1998年7月

序號	文章	出處	頁數	出版年月
10	後現代圖畫書的書寫現象	2008年10月24-26日第二屆海峽兩岸圖畫書研討會，上海師範大學		2008年10月
11	敘說文化產業——以臺灣地區為例	11月15-17日全球化時代文化產業發展與合作國際論壇，青島海洋大學	論文集，頁68-78	2008年11月
12	萬物靜觀皆自得	《萬物啟蒙　詩歌讀本》的原序本		2018年2月
13	談張雪門《兒童文學講義》	12月4-6日，生活·行為·經驗——兩岸三地張雪門教育思想百年紀念研討會（地點寧波市）		2018年12月

文學研究叢書·兒童文學叢刊 0809019

兒童文學論集（四）

作　　　者	林文寶	
特約校稿	林秋芬	
責任編輯	陳胤慧	

發 行 人	陳滿銘
總 經 理	梁錦興
總 編 輯	陳滿銘
副總編輯	張晏瑞
編 輯 所	萬卷樓圖書股份有限公司
排 　 版	林曉敏
印 　 刷	百通科技股份有限公司
封面設計	百通科技股份有限公司

發　　行　萬卷樓圖書股份有限公司
　　　　　臺北市羅斯福路二段 41 號 6 樓之 3
　　　　　電話 (02)23216565
　　　　　傳真 (02)23218698
　　　　　電郵 SERVICE@WANJUAN.COM.TW
香港經銷　香港聯合書刊物流有限公司
　　　　　電話 (852)21502100
　　　　　傳真 (852)23560735

ISBN 978-986-478-301-4
2019 年 11 月初版一刷
定價：新臺幣 480 元

如何購買本書：

1. 劃撥購書，請透過以下郵政劃撥帳號：
　　帳號：15624015
　　戶名：萬卷樓圖書股份有限公司
2. 轉帳購書，請透過以下帳戶
　　合作金庫銀行 古亭分行
　　戶名：萬卷樓圖書股份有限公司
　　帳號：0877717092596
3. 網路購書，請透過萬卷樓網站
　　網址 WWW.WANJUAN.COM.TW

大量購書，請直接聯繫我們，將有專人為
您服務。客服：(02)23216565 分機 610

如有缺頁、破損或裝訂錯誤，請寄回更換

版權所有·翻印必究

Copyright©2019 by WanJuanLou Books CO., Ltd.

All Right Reserved　　　　**Printed in Taiwan**

國家圖書館出版品預行編目資料

兒童文學論集（四） / 林文寶著. -- 初版. --
臺北市 : 萬卷樓, 2019.11
　　面 ；　　公分. -- (文學研究叢書 ; 809019)
ISBN 978-986-478-301-4(平裝)

1.兒童文學　2.文學評論

815.92　　　　　　　　　　　108011167